講談社文庫

# 東野圭吾公式ガイド

作家生活35周年ver.

東野圭吾作家生活35周年実行委員会 編



講談社

本文デザイン
岡 孝治＋森 繭

# 作家生活35周年ver.

# 東野圭吾 公式ガイド

東野圭吾作家生活35周年実行委員会 編

東野圭吾公式ガイド◉目次

# 東野圭吾年表

1983年『人形たちの家』第29回 江戸川乱歩賞応募。二次選考通過

1984年『魔球』第30回 江戸川乱歩賞応募。最終候補

1985年『放課後』第31回 **江戸川乱歩賞受賞、デビュー**

1986年『卒業』『白馬山荘殺人事件』

1987年『学生街の殺人』『11文字の殺人』

1988年『学生街の殺人』第9回 吉川英治文学新人賞候補／第41回日本推理作家協会賞（長編部門）候補
『魔球』『香子の夢――コンパニオン殺人事件（現：ウインクで乾杯）』『浪花少年探偵団』

1989年『十字屋敷のピエロ』『眠りの森』『鳥人計画』『殺人現場は雲の上』『ブルータスの心臓』

1990年『鳥人計画』第11回 吉川英治文学新人賞候補　『依頼人の娘（現：探偵倶楽部）』『宿命』
『犯人のいない殺人の夜』『仮面山荘殺人事件』

1991年『変身』
「天使の耳」第44回 日本推理作家協会賞（短編および連作短編集部門）候補
『回廊亭の殺人（現：回廊亭殺人事件）』『交通警察の夜（現：天使の耳）』

1992年『ある閉ざされた雪の山荘で』

「鏡の中で」第45回 **日本推理作家協会賞（短編および連作短編集部門）候補**
『美しき凶器』

1993年『ある閉ざされた雪の山荘で』第46回 **日本推理作家協会賞（長編部門）候補**
『交通警察の夜』第46回 **日本推理作家協会賞（短編および連作短編集部門）候補**
『同級生』『分身』『浪花少年探偵団〈2〉（現：しのぶセンセにサヨナラ）』

1994年『怪しい人びと』『むかし僕が死んだ家』『虹を操る少年』

1995年『パラレルワールド・ラブストーリー』『あの頃ぼくらはアホでした』
『怪笑小説』『天空の蜂』

1996年『天空の蜂』第17回 **吉川英治文学新人賞候補**
『名探偵の掟』『どちらかが彼女を殺した』『毒笑小説』『悪意』『名探偵の呪縛』

1997年『名探偵の掟』第18回 **吉川英治文学新人賞候補**

1998年『探偵ガリレオ』『秘密』

1999年『**秘密**』第120回 **直木三十五賞候補**／第20回 **吉川英治文学新人賞候補**／
第52回 **日本推理作家協会賞（長編部門）受賞**
『私が彼を殺した』『白夜行』

2000年『白夜行』第122回 **直木三十五賞候補**

2000年『嘘をもうひとつだけ』『予知夢』
2001年『片想い』第125回 **直木三十五賞候補**
『超・殺人事件——推理作家の苦悩』『サンタのおばさん』
2002年『レイクサイド』『トキオ(現:時生)』『ゲームの名は誘拐』
2003年『手紙』第129回 **直木三十五賞候補**
『おれは非情勤』『殺人の門』
2004年『幻夜』第131回 **直木三十五賞候補**
『ちゃれんじ?』『さまよう刃』
2005年『黒笑小説』『容疑者Xの献身』『さいえんす?』
2006年『**容疑者Xの献身**』第134回 **直木三十五賞受賞**/
第6回 **本格ミステリ大賞(小説部門)受賞**
『夢はトリノをかけめぐる』『赤い指』『使命と魂のリミット』
2007年『たぶん最後の御挨拶』『夜明けの街で』『ダイイング・アイ』
2008年『**流星の絆**』第43回 **新風賞受賞**
『聖女の救済』『ガリレオの苦悩』
2009年『パラドックス13』『新参者』
2010年『カッコウの卵は誰のもの』『プラチナデータ』『白銀ジャック』

2011年『あの頃の誰か』『麒麟の翼』『真夏の方程式』『マスカレード・ホテル』
2012年『容疑者χの献身』エドガー賞長編賞候補 『歪笑小説』
『ナミヤ雑貨店の奇蹟』第7回 **中央公論文芸賞受賞**
『虚像の道化師』『禁断の魔術』
2013年『**夢幻花**』第26回 **柴田錬三郎賞受賞**
『祈りの幕が下りる時』『疾風ロンド』
2014年『**祈りの幕が下りる時**』第48回 **吉川英治文学賞受賞**
『虚ろな十字架』『マスカレード・イブ』
2015年『ラプラスの魔女』『禁断の魔術（長編小説版）』『人魚の眠る家』
2016年『危険なビーナス』『恋のゴンドラ』『雪煙チェイス』
2017年『素敵な日本人』『マスカレード・ナイト』
2018年『魔力の胎動』『沈黙のパレード』
2019年『希望の糸』『新参者』CWAインターナショナル・ダガー賞最終候補
第1回 **野間出版文化賞受賞**
2020年『クスノキの番人』

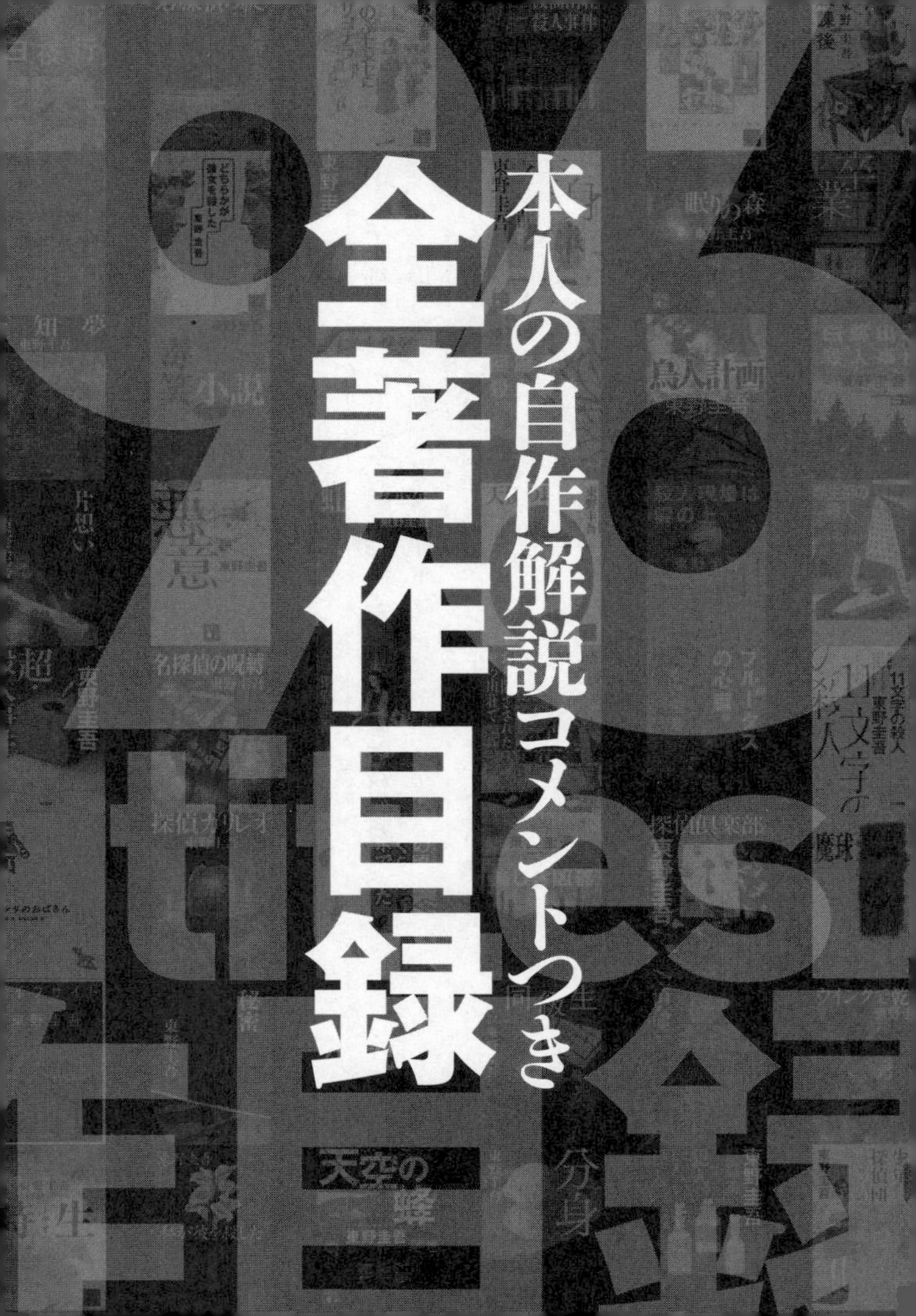
本人の自作解説コメントつき
全著作目録

# 35th × 96titles

# 放課後

講談社文庫
1988年7月(文庫初版。以下同)

**第31回 江戸川乱歩賞受賞**
**1985年「週刊文春ミステリーベスト10」第1位**
**1986年テレビドラマ化(フジテレビ系)**

高校の更衣室で生徒指導の教師が青酸中毒で死んでいた。現場は完全な密室状態。男性教師を二人だけの旅行に誘う問題児、頭脳明晰な美少女、剣道部の主将、教師をナンパするアーチェリー部の主将。犯人候補は続々登場する。そして運動会の仮装行列で第二の殺人が起こる。史上初100万部を突破した乱歩賞受賞作。

江戸川乱歩賞を受賞した僕のデビュー作です。受賞まで五年くらいかかるだろうと踏んでいたんですが、三回目の応募で受賞することができました。

物語の舞台は女子高。洋弓(アーチェリー)部の生徒たちが出てきます。当時は結婚していて、妻が高校の教師をしていたので、ネタは拾いやすかったですね。僕が大学時代にやっていたアーチェリーの知識も活かしました。

この頃は、まあ当たり前の話なんですけど、書き手としてはまだド素人なわけですよ。だから殺人事件が起きて、それは密室殺人で……、推理小説っていうのはこういう感じだろうと決めつけて書いていた時期の作品ではありますね。

ただ、殺人の動機には凝りました。当時はなんとなく、十人が読んだら十人とも納得するような動機じゃないとだめだという風潮があったと思うんですけど、自分としては「えっ、こんなことで殺すかよ」と思うような話を書きたかったんです。ところが「えっ、こんなことで殺すかよ」とまんまと非難されてしまいました(笑)。ちょっと損しちゃいましたね。話題にはなったんですけど。

今は「えっ、こんなことで⁉」っていう動機自体が現実にある時代になりましたから、今のほうが受け入れてもらえるかもしれないですね。


(「野性時代」2006年Vol・27より)

## 卒業

ちょうど二十年前の作品ですね。臆面もなく、加賀の「君が好きだ。結婚して欲しいと思っている」というセリフから書き始めました。

『放課後』が江戸川乱歩賞を受賞する前から、翌年の応募作として書いていた作品なんです。

講談社文庫
1989年5月

卒業を控えた大学4年の秋、一人の女子大生が死んだ。親友・相原沙都子は仲間とともに、残された彼女の日記帳から真相を探っていく。鍵のかかった下宿先での死は自殺か、他殺か。彼女が抱えていた、誰にも打ち明けられない秘密とは何だったのか。そして、第二の事件が起こる。刑事前夜、大学生加賀恭一郎、初登場作。

とはいえ、受賞した時点ではまだ半分くらい。それからは、乱歩賞受賞後第一作になるという意識をもちながら書いていました。

サラリーマン時代の最後の作品になります。会社を辞めてから、この原稿を土産に上京したんです。会社を辞めちゃって大丈夫かよ、と編集者にきっと心配されるだろうから、「ちゃんと俺は書けるぜ」というところを見せようと思っていましたね（笑）。

加賀のキャラクターを固めていったときのことは、よく憶えています。彼を、何かを引きずっている人間にしたかった。しかも、何か対応しなければならない問題があるということではなく、もはや解決できない何かを引きずらせたかったんです。母親が蒸発してしまい、父親と二人暮らしをしている設定にしました。でも蒸発した理由を父親は語らない、という状況です。

大学生だった彼は、将来どんな生き方をしていくか未知数です。まず将来のお手本にするか、しないかという選択肢として、最初に父親がいますよね。その父親に対して疑問を持たせたかった。そのほうが未知数な部分が多いだろうな、と。

警察官か教師になりたかった、と語らせました。だけど警察官は家族を不幸にする、とも。そして卒業の時点で、教師の道を選びました。結局、『赤い指』の時点でも、加賀は結婚もしていない、筋(すじ)は通っています。母親の蒸発の理由については、何か具体的に決めていたわけではなかったのですが、その後の『赤い指』の伏線になりましたね(笑)。

(「IN☆POCKET」2006年8月号より)

## 白馬山荘殺人事件

古典的な道具だてを使った本格ミステリです。当時は骨董品みたいな小説を書く人がいなかったから、ちょっとやってみようと思ったんです。マザーグースを取り入れたり、密室を使ったり……、クラシカルなものを意識して書きましたね。

でも売り手の側としては、それでは売れないと思ったんでしょう。もともとは架空の場所にある山荘が舞台だったんですけど、説得され〝白馬〟にある山荘にされてしまいました(笑)。当時はまだ〝新本格〟と呼ばれる人たちが出てくる前で、どっちかというと、トラベルミステリなんかが脚光を浴びていた時代でしたからね。

(「野性時代」2006年Vol・27より)



光文社文庫
1990年4月

1年前の冬、「マリア様はいつ帰るのか」という言葉を残して自殺してしまった兄・公一。その死に疑問を抱いた妹の女子大生・ナオコは、親友のマコトとともに兄が死んだ信州・白馬のペンションを訪ねた。常連の宿泊客は奇しくも1年前と同じ。各室に飾られたマザーグースの歌に秘められた謎、ペンションに隠された過去とは?

## 学生街の殺人

『放課後』、『卒業』に続く講談社での三冊目。

高校生、大学生ときて、次はどんな主人公にしようと考えていたときに、〝モラトリアム〟という言葉が出てきたんですよ。将来何をやっていいかわからないという単純な悩みを抱える若者を登場させて、多少なりともその若者が大人になるような話にしようと思いました。大人になる過程として、すごく年上の恋人を作ったりもしましたね。

ただストーリーやトリックよりも主人公や主人公を取り巻く世界を描くことのほうに、ちょっと力を入れ過ぎたなあと、振り返って思います。人工知能の話だとか、自分の持ちネタを軽く入れたりはしたんですが、あまり凝ったトリックにはしたくなかったんです。おそらく主人公の成長話を中心にしたかったんでしょうね。謎解きにはあまり説明を入れたくありませんでした。

講談社文庫
1990年7月

学生街のビリヤード場で働く津村光平の知人で、脱サラした松木が何者かに殺された。「俺はこの街が嫌いなんだ」と数日前に不思議なメッセージを光平に残して。第二の殺人はエレベータの中、密室状態で起こり、恐るべき事件は思いがけない方向へ展開していく。奇怪な連続殺人事件と密室トリックの陰に潜む人間心理の真実とは。

評価してくれる人も多かったんですが、ややサービス精神に欠けるんじゃないかという気が、今はします。ちょっと自己満足でしたね。いい気持ちになって書いたんですよ、この作品はきっと。

話の中にビリヤードが出てきます。本になった頃に『ハスラー2』が公開されてビリヤード・ブームが来たんですよ。それに乗っかって書いたように思われそうで、すごく気分が悪かったですね（笑）。

でもまあ、まだまだ下手くそな小説だなと思います。

（「野性時代」2006年Vol・27より）

## 11文字の殺人

下手くそさ加減の極致（きょくち）、ともいえるのがこの作品。最近なぜかよく売れていて、ちょっと戸惑いました。

これは会社にいたときに〝中堅社員教育〟というセミナーのようなものに参加して、みんなでいくつかのテーマについて議論させられたときのことがベースになっています。そのテーマの中に、事故か何かで転覆し、漂流した船の乗客たちの話があったんですよ。恋人を見失った女性が「恋人は沖にある小さな島に辿（たど）りついているかもしれないから、自分を島まで連れていってくれ」と水夫に頼むわけです。水夫は危険だから嫌だ、と言うんだけど彼女は引かない。そこで水夫は「しょうがない、連れていってやってもいいけど、そのかわり一晩相手をしろ」と条件を出す。悩んだ彼女は同じ船に乗っていた男性に相談するんだけど、「自分が信じた道をいくのが一番正解だ」と言われてしまう。結局、彼女は水夫に一晩身を委（ゆだ）ねて島まで連れていってもらうことにして、そこで恋人を見つけ、無事に一緒に帰ってくる。ところが助かった恋人の友達が、実は……とばらしてしまって、怒った彼が彼女を振ってしまう、という話だったんですよ。そこからこの話の中で共感できる人間、嫌いな人間の順位をつけて、それについてみんなで話し合ったわけです。

光文社文庫
1990年12月

**2011年テレビドラマ化（フジテレビ系）**

あたしの恋人が殺された。「気が小さいのさ」。それがあたしが覚えている彼の最後の言葉だ。彼は最近「狙われている」と怯えていた。そして彼の遺品の中から大切な資料が盗まれる。女流推理作家のあたしは編集者の冬子とともに真相を追い始める。しかし彼を接点に次々と殺人が起こる。11文字に秘められた真実とは何か。

そのときに僕は「一番好きなのは水夫である。女性と水夫以外は全員嫌いだ」と言ったんですよ。ところがみんなは「水夫が一番嫌いだ」と言うんです。「何故なんだ」と理由を聞かれました。中には僕にうけを狙ったのかと言うやつまでいて心外でしたね。「水夫は命がけのことをするために報酬を求めたにすぎない、彼女がそのときに与えられる報酬はそれしかないじゃないか。そして水夫は約束をちゃんと守って見事に命をかけて彼女を島まで連れていって、恋人を助けた。水夫の何がいけないんだ。おそらく水夫はこれまでもこうやって生きてきたわけで、彼には彼なりの人生があり、信念があり、彼女には彼女なりの人生があり、信念があって決断したんだ。それに引き換えほかの奴らは何だ！」と力説したんですが、全く受け入れられずに悔しい思いをしました。その悔しい思いをぶつけるために書いたのがこの『11文字の殺人』です(笑)。

（「野性時代」２００６年Vol.27より）

## 魔球

『放課後』の前に乱歩賞に応募した作品です。最終候補までいって落ちたんですが、その落ちたときの選評を読んで、読んでみたいと思った人が結構多かったようです。実際、講談社からも「これはいずれ本にしましょう」と言われていました。

実は本にする際に、多少手直しをしたんです。

一番大きく変えたのは時代設定。応募したときの舞台は当時の〝現代〟だったんですが、それを昭和三十年代に変えました。読み直したときに、これは『巨人の星』だなと思ったんですよ。でも『巨人の星』はどう考えても現代の話じゃない。登場する主人公たちの行為だとか、野球に対する思いを描くには、プロ野球選手になることがジャパニーズドリームだった時代にしなきゃいかんだろうと考えたんです。それで正解だったと思います。

今でも割に好きな作品ですが、売れ行きはあまり芳しくないですね。


（「野性時代」２００６年Vol・27より）

講談社文庫
1991年6月

9回裏二死満塁、春の選抜高校野球大会、開陽高校のエース須田武志は、最後に揺れて落ちる「魔球」を投げた。すべてはこの一球に込められていた。そして捕手の北岡明が大会後まもなく愛犬とともに刺殺体で発見される。野球部の部員たちは疑心暗鬼に駆られる。高校生活最後の暗転と永遠の友情を描く青春ミステリ。

# ウインクで乾杯

祥伝社文庫
1992年5月

**1989年テレビドラマ化（日本テレビ系）**

パーティコンパニオンの小田香子は恐怖のあまり言葉を失った。仕事先のホテルの客室で同僚の牧村絵里が毒入りビールを飲んで死んでいたのだ。現場は完全な密室だったため、警察は自殺と見立てる。ところが今度は絵里の親友由加利が自室で扼殺される。香子にも犯人の見えざる手が迫ってくる。これは連続殺人なのか？

最初にノベルスで出たときには『香子（きょうこ）の夢――コンパニオン殺人事件』というタイトルでしたが、文庫化の際に連載中のタイトル『ウインクで乾杯』に変わりました。祥伝社のほうから連載とは違うタイトルにしろと言われて、考えたタイトルだったんですけどね（笑）。

これは初めての連載小説です。月刊誌に五回くらい集中連載しました。初めて締め切りがあるなかで長編小説を書くことになって、しくじっちゃいけないなということばかり考えていましたね。

このときに初めて取材らしきものをしました。コンパニオン会社に行って、コンパニオンに直接話を聞いたんですよ。当事者から話を聞き過ぎると悪いことが書けないから苦しいなと感じた記憶があります。

当時、僕はオードリー・ヘプバーンの映画に凝(こ)っていたので、『ティファニーで朝食を』をかなり意識して書きました。

（「野性時代」2006年Vol・27より）

## 浪花少年探偵団

短編小説を連作するに当たって何かキャラクターを作るようにと講談社から言われたんですよ。いろいろ考えたんですが、何も思いつかない。二番目の姉が大阪で小学校の教師をしていたので、ネタに困ることはないだろうという発想から、職業を小学校の教師にして、しのぶ先生というキャラクターを考えました。

一応現代の設定ですが、僕の子供の頃の街並みとか、そこにいたおっさんとかを思い出しながら書きました。舞台になっている小学校の名前も、実は僕が出た小路(しょうじ)小学校を一文字変えた大路(おおじ)小学校ですからね。大阪弁を小説の中に出したのはこれが初めてだったし、書いていて楽しかった思い出があります。

意外に評判が良かったので、結局本一冊になるだけの連作ができました。後に続編も書くことになるんですけど、そのときはこんなに書くことになるとは思わなかったですね。

（「野性時代」２００６年Vol.27より）

講談社文庫
1991年11月

**2000年テレビドラマ化（NHK）**
**2012年テレビドラマ化（TBS系）**

小学校教師の竹内しのぶ。担当児童の父親が殺された。家庭内暴力に悩んでいた児童と母親に殺人の嫌疑がかかるが、鉄壁のアリバイが成立する。しかし疑念を覚えたしのぶは調査を開始。子供の作文から、事件解決の鍵がたこ焼きにあることに気づく。教え子たちを引き連れて探偵ごっこを繰り広げる痛快シリーズ、第1弾。

## 十字屋敷のピエロ

これには苦い思い出があります。本当はもっと前に書き上がっていましたが、綾辻行人（あやつじゆきと）くんをはじめとする〝新本格系〟がバカバカデビューした直後で、それに便乗して出したと思われるのが嫌で、出版の時期をずらしたんです。それでもやっぱり便乗したと思われて、大変に悔しかったです(笑)。

これでは人形の視点を使ったり、おもしろい屋敷を出したりという技を使っています。当時はそれをやりたかったんでしょうけど、今から考えると、ちょっと自分の持ち味ではないなあと思いますね。

自分では意識していなかったんですけど、本当はもっと別の部分に興味が向きかけていたんだろうと思います。

〝新本格〟の人たちがガンガン出てきて、ああ、自分のポジションはここではないなという

講談社文庫
1992年2月

ぼくはピエロの人形だ。人形だから動けない。しゃべることもできない。だから殺人者は安心してぼくの前で凶行を繰り返す。もしそのぼくが読者のあなたにだけ目撃したことを語れるなら。この事件にはどんでん返しもあるし、真犯人もいる。ぼくがなぜここにいるのか、それには犯人にとって大きな意味があった。

こともわかってきた頃でした。いろんな意味で分岐点になった作品といえるかもしれませんね。

（「野性時代」２００６年Vol・27より）

## 眠りの森

眠りの森
東野圭吾
講談社文庫

講談社文庫
1992年4月

1993年テレビドラマ化（テレビ朝日系）
2014年テレビドラマ化（TBS系）

美貌のバレリーナが男を殺したのは、本当に正当防衛だったのか? 完璧な踊りを求めて一途に稽古に励む高柳バレエ団のプリマたち。美女の世界に迷い込んだ男は、死体になって発見された。若き刑事・加賀恭一郎はダンサーの浅岡未緒に惹かれつつも事件の真相に肉迫していく。悲しい恋の結末は。加賀シリーズ第2作。

『鳥人計画』とほとんど同時期に出ていますが、書き始めたのはどちらも、「いよいよ書くネタがなくなってきたぞ」と思った頃ですね。そりゃあネタもなくなるだろうと自分でも思いましたよ。だって二十代半ばでデビューして、バックグラウンドなんてなんにもなかったわけですから。だから、いろんなものをどんどん勉強して、吸収して、それを消化して小説にしていくという作業をやらなければならないなと思い始めていたときでした。

じゃあ、一体何を？　となったときに、まず自分が今、一番興味のあることはなんだろうと考えたんです。そこで浮かんだのが『鳥人計画』に出てくるスキーのジャンプでした。とにかく大好きだったんですよ。この頃ちょうど閉幕したばかりのカルガリー・オリンピックでの日本のジャンプの成績は惨憺たるものでしたけどね。それで編集者に「スキーのジャンプの話を書いていいですか？」と訊いたら、「いいよ」と言うんで、取材を始めたんです。自分が好きな、興味のあることだから非常に楽しかったですね。

だけどこれだけではだめだろうと思ってもいたんですよ。自分が今まで全く関心を持てなかったものも一生懸命勉強してみなくてはだめだろうと。それで勉強を始めたのが、クラシックバレエだったんです。月に一度は必ずクラシックバレエを観に行くと決めて、それを一年間続けました。だから時間も手間も『鳥人計画』よりはるかにかかっています。最後の方には、知識的にはいっぱしのクラシックバレエファンぐらいにはなってましたからね。そうやって一年間勉強して書いたのが、この『眠りの森』です。

ここに出てくる加賀恭一郎は『卒業』に出てきたキャラクターですね。クラシックバレエという自分にとって非常に難しいものを使って書くに当たって、不安があったんですよ。だからどこかで安心したくて、自分がキャラクターをしっかり持てている人物を出しました。そもそも『卒業』を書いたときに、編集者から「加賀は、いいキャラクターですね。将来、刑事として出すといいでしょう」と言われたことも、ちょっとひっかかっていました。自分でも気に入って書いたキャラクターだったのですが、どう出すか、いつ出すか、出すか出さないか、ずっと迷いはあったんですよね。

刑事として登場させたときに、前の発言をした編集者から、「彼が刑事として出てくるとは夢にも思わなかった」って言われるとは、私も夢にも思っていませんでしたが(笑)。勉強したらなんとか書ける、その気になったら何でもやれないことはないなという自信につながった作品でもあります。結果的には『眠りの森』も『鳥人計画』も、まるで売れませんでしたけど(笑)。

(「野性時代」2006年Vol・27／「IN☆POCKET」2006年8月号より)

## 鳥人計画

取材も楽しかったし、科学の知識をガンガン入れられたので、書いていてすごく楽しかったですね。ただやり過ぎてしまって、小説として成り立っていない。こういうものを小説にするには何か別の方法を考えなきゃいけないんだろうなと思いましたね。

『眠りの森』と『鳥人計画』はどちらもハードカバーで出版しました。ミステリはノベルスで出すという時代が長く続いていたんですが、ハードカバーでミステリを読ませようという流れが少しずつ出てきた頃だったんですよ。この二冊もその流れに乗せて……と思ったのですが、その分競争も激しくて、本屋の平積み（ひらづ）から消えるのは早かったですね。一ヵ月後には、もうどちらもなかった。非常にきつい話でした(笑)。

『鳥人計画』は、二〇〇三年、角川文庫から新装版が出ています。

（「野性時代」２００６年Vol.27より）

新潮文庫／角川文庫
1994年7月／2003年8月

「鳥人」と呼ばれた日本ジャンプ界を担うエース・楡井が毒殺された。捜査が難航する中、警察に手紙が届く。それは楡井のコーチ・峰岸が犯人であると告げる密告状だった。警察に逮捕された峰岸は留置場の中で推理する。「計画は完璧だった。俺を密告したのは誰だ?」。次第に事件の裏に潜む恐ろしい計画が浮かび上がる。

# 殺人現場は雲の上

光文社文庫
1992年8月

新日本航空の花のスチュワーデス、通称・エー子とビー子。同期入社でルームメイトという、誰もが知る仲良しの二人。容姿と性格にはかなりの差がある凸凹コンビではあるけれど……。そんな二人が乗務中にお世話をした男の妻が、自動ロック式のホテルの室内で殺害された！　まさに雲をつかむような難事件の謎に二人が挑む。

小学校教師のしのぶ先生を書いた『浪花少年探偵団』の短編シリーズが好評だったので、実業之日本社から、働く女性を主人公にしたミステリを書いてくれという依頼がきたんです。下の姉が小学校の教師だったからしのぶ先生を書いたので、今度は上の姉の職業だったスチュワーデスにしよう、と(笑)。冗談じゃなくて、キャラクターを決めた理由は本当にそれだけなんですよ。姉のコネがあったので、現役のスチュワーデスを紹介してもらって、話を聞きに行きました。それを参考に書いた作品です。

（「野性時代」２００６年Ｖｏｌ・27より）

# ブルータスの心臓

光文社文庫
1993年8月

**2011年テレビドラマ化（フジテレビ系）**

産業機器メーカーで人工知能ロボットの開発を手がける末永拓也。将来を嘱望される彼は、オーナーの末娘・星子の婿養子候補になるが、恋人・康子の妊娠が発覚する。そんな矢先、星子の腹違いの兄から、同僚の橋本とともに康子を殺害する計画を打ち明けられる。大阪→名古屋→東京を結ぶ完全犯罪殺人リレーが始まる。


カッパ・ノベルスの創刊三十周年記念か何かで、急遽書いてくれと言われて、大急ぎで書いた作品です。

今度は会社にいた頃の経験を生かそうと考えて、ロボットの知識なんかを盛り込みました。

これは犯罪者側の視点で書くことの面白さを、最初に感じさせてくれた作品です。そういう点で、自分の中では割合に自信作です。犯罪者がどういう思いで罪を犯したのか、あとで種明かしで書くだけの予定でしたが、それを現在進行形で書きました。それにより、無意識のうちに、というか結果的に、よく言われる〝人間を描く〟という作業に近いものが生まれつつあった作品ですね。

文庫化の際にサブタイトルがついて『ブルータスの心臓――完全犯罪殺人リレー』となりました。

（「野性時代」２００６年Vol・27より）

## 探偵倶楽部

これは連作小説で、『ブルータスの心臓』と相前後して、雑誌に書いていた作品です。『ブルータスの心臓』は犯罪者側の視点から書きましたが、これでも探偵役はむしろ脇役で、事件に巻き込まれた人間や犯罪者の視点が中心になっています。おそらく、そういう視点で書くことにおもしろさを見出してきた頃なんでしょうね。

謎を解く側の人間を主人公にしなくてもいいんじゃないかというふうに、スタンスや書きたいものが変わっていったのが、『ブルータスの心臓』と『依頼人の娘』の流れだと思います。

そうはいっても、この作品は、本格ミステリ色が非常に強いんですけどね。

文庫化の際、タイトルを『依頼人の娘』から『探偵俱楽部』と変えまして、二〇〇五年、新装版が角川文庫から出ました。

（「野性時代」２００６年Vol・27より）

祥伝社文庫／角川文庫
1996年6月／2005年10月

**2020年テレビドラマ化（BSフジ）**

「お母さん、殺されたのよ」。学校から帰ってきた美幸は、家で母が殺害されたことを知らされる。警察は第一発見者である父を疑うが、彼には確かなアリバイがあった。しかし何か隠し事をしているかのような家族の言動に不審を抱いた美幸はVIP専用の調査機関・探偵俱楽部に調査を依頼する。彼らが明らかにする真実とは。

## 宿命

『ブルータスの心臓』をノベルスで出したときに、「あれはハードカバーで出してもよかったんじゃないか」といろんな人から言われました。確かに僕もそう思いました。だけどノベルスだから軽く書く、ハードカバーだから一生懸命書くっていうのはおかしいだろう、ノベルスでもハードカバー並みの人間ドラマを書いていいんじゃないか、とムキになって書いたのが『宿命』です。タイトルからして、ハードカバー向きという感じですよね。

この作品では人を、しかも人生を書こうと思っていました。それを効果的に書く方法はいくつかあるんですが、このときに思いついたのは〝ライバルである〟ということ。子供の頃にある地点で一緒のところにいた二人が、それからずっと離れて暮らして、そしてまた接触する。全く別の運命を辿る二人の男の奇妙な交差やもつれ合いを書こうというのが、一番初めの発想でした。

脳の話が出てきますが、これは『変身』の副産物のようなものです。『変身』のアイディアをこの頃すでに思いついていたんですよ。もちろん当時の僕は、脳のことは何も知らない。でも勉強すれば書けるということは『眠りの森』を書く際に実感していたので、脳のことをいろいろ勉強していたわけです。そのなかで、この『宿命』のアイディアが出てきていて、たまたま『宿命』の方を先に書くことになったということですね。

結局はこうなのかよ、というラストですが、そういうことが、ミステリというよりも、おもしろい小説のひとつの大事な条件なんだろうなと思った作品です。この頃にはもう明らかにトリックのようなことよりも、人間のおもしろさを書くことのほうに興味が向かってますね。

　書いてるときは展開が早くて激しいお昼のドラマを作ってるみたいでしたよ(笑)。実は昔の恋人でした、とか、運命的な出会い、とか。今だったら多分気恥ずかしくてできないような偶然を出してきたりしてね。この頃の迷いのなさっていうのが、今、ちょっとないんですよ。

〝やり過ぎかなあ〟とすぐに迷ってしまう。やっぱりおっさんになったせいもあるんでしょうね。

　これは好きな作品です。


（「野性時代」２００６年Vol・27より）

講談社文庫
1993年7月

**2004年テレビドラマ化（WOWOW）**

高校時代の初恋の女性と心ならずも別れなければならなかった男は、苦闘の青春を過ごした後、警察官となった。男の前に10年ぶりに現れたのは学生時代のライバルだった男。彼は奇しくも初恋の女の夫となっていた。刑事と容疑者、幼なじみの二人が宿命の対決を果たすとき、あまりにも皮肉で感動的な真実が明らかになる。

# 犯人のいない殺人の夜

光文社文庫
1994年1月

**1990年テレビドラマ化（フジテレビ系）**
**2012年テレビドラマ化（フジテレビ系）**

親友が死んだ。枯れ葉のように校舎の屋上からひらひら落ちて。刑事たちが自殺の可能性を考えていることは俺にもわかった。だけど……。高校を舞台にした好短編「小さな故意の物語」。犯人がいないのに殺人が起こる!?　様々な欲望が交錯した一夜の殺人事件を描いた表題作など、ミステリーの醍醐味が味わえる短編集。

連作ではなくて、いろんな短編を組み合わせて一冊になった初めての作品集です。「小さな故意の物語」は『放課後』でデビューした直後に書いた短編ですし、初期のものがほとんどです。

正直言ってこの頃は、まだ、短編の書き方がよくわかっていなかったんですよ。だから、それまであまり読んだことのなかったアンソロジーをたくさん読んで、書き方を勉強しました。ああ、こんな感じに話を持っていくのか、というのを参考にしながら書いた短編が多いですね。

子供を主人公にしたものが多いのは、自分が若かったせいもあるんですけど、まだ本当の大人の犯罪を書く自信がなかったのかもしれません。

未熟な作品ばかりですけど、自分のなかでは割合気に入ってますね。いろんなことを試しながら書いていた、思い出深い作品でもあります。

（「野性時代」2006年Vol・27より）

## 仮面山荘殺人事件

本格ミステリから離れつつあるときではあったんですが、古典的な閉ざされた空間での殺人事件というものに、依然として強い魅力を感じている気持ちがあったんだと思います。それがこれを書かせたんですよ。

問題は〝密室〟などという非現実的な設定は、どうやったら作れるだろうということでした。山荘を閉ざすにはどうすればよいかをいろいろ考えていた時期ですね。で、強制的に閉ざせばいいんだという発想から、監禁されるという設定が生まれてきました。

そこからはもう本格ミステリなんだか、サスペンスなんだかわかんなくなっちゃうんですが、トリックは自然に出てきましたね。

割合に苦労しないで書けた作品で、まあまあの自信作です。もうちょっと売れるかなと思ったんですが、びっくりするくらい売れませんでした。ノベルスで初版二万で重版なし、というガッカリの結果です。自分ではおもしろい作品だと思うんですけどね。

（「野性時代」２００６年Ｖｏｌ・27より）

講談社文庫
1995年3月

**2019年舞台化**

8人の男女が集まる山荘に、逃亡中の銀行強盗が侵入した。強盗たちにより外部との連絡を断たれた8人は脱出を試みるが、ことごとく失敗に終わる。恐怖と緊張が高まる中、ついに一人目が殺される。だが、状況から考えると犯人は強盗たちではあり得なかった。残された男女7人は、疑心暗鬼にかられ、次第にパニックになる。

# 変身

講談社文庫
1994年6月

**2005年映画公開**
**2014年テレビドラマ化（WOWOW）**

平凡な青年・成瀬純一をある日突然、不慮の事故が襲った。大きな損傷を受けた彼の頭に世界初の脳移植手術が行われる。事故以前までは画家を夢見て恋人を愛していた純一。ところが手術後、徐々に性格が変わっていくようになる。自己崩壊の恐怖に駆られた純一は、自分に移植された脳の持ち主の正体を追い始める。

実を言うと全作中、唯一〝ひらめき〟があったものです。ある日、バスに乗っていたときに、「もし右脳と左脳のどちらか半分だけが他人の脳になったら、いったいどうなるんだろう」と不意に思ったんですよ。そこからどんどんいろんなことを考えて、バスに乗っていた十五分ぐらいの間に、ほとんどのプロットが出来上がっていました。

あとはもう、書くだけだなあという感じで。もちろんそこから脳に関する詳しいことはたくさん勉強したんですけどね。あんなことは、後にも先にもこれだけです(笑)。

ただ小説にするにあたって、これはミステリなのかそれともSFなのかと迷いました。そしてこのミステリともSFともいえないような作品を果たして書かせてもらえるのかとも考えました。でも、割合すんなりといきましたね。講談社の〝創業八十周年記念特別書き下ろし〟という企画があって、何を書いてもいいと言われたんですよ。

まさに人間描写が勝負だったし、自分としては手応えもありました。かなり自信作で、これは絶対に売れるぞと思っていましたね。ところが講談社の担当者がまったく乗ってくれなくて、宣伝もされずじまい。だから全然売れませんでした。まあ売れていないのはその前からだからしょうがないんですけど……。

その〝八十周年〟の企画は書き下ろしを毎月配本する予定だったんですよ。にもかかわらず、僕のこの本を最後に企画そのものが立ち消えになってしまいました。確か僕の前が島田荘司さんの『暗闇坂の人喰いの木』で、僕としてはいい流れだと思ってもいたんですけどね。

結果的にこれが話題になって売れたのは、二〇〇五年でしたね。映画化されたからだと思います。あるいは二〇〇四年末に『宿命』がドラマ化された流れがあるのかもしれません。

（「野性時代」2006年Vol・27より）

# 回廊亭殺人事件

光文社文庫
1994年11月

**2011年テレビドラマ化（フジテレビ系）**

一代で財を成した一ケ原高顕が死んだ。残された莫大な財産の相続にあたり、彼の遺言状が一族の前で公開されることになった。公開場所は旅館「回廊亭」。一族の他に、菊代という老婆が招待されていた。だが、菊代の真の目的は半年前にそこで起きた心中事件の真相を探ることだった。その夜、第一の殺人が起こる!?

『仮面山荘殺人事件』が売れなかったので、もう一回同じようなパターンで書いてみようと思って書いたのがこの作品です。今作では主人公の女性がちょっと化けています。つまり起こってくる事件には主人公自身の悪巧みが入っているんですね。『ブルータスの心臓』あたりからやっている、犯罪者側の視点で書くということもしています。

この作品を書いているときに、自分には女性の主人公を書くのは無理かもしれないと、かすかに思い始めました。行動を書いている分にはいいんですけど、心理を書くのは相当難しいんですよ。人間をしっかり描こうと思っているだけに、なおさらそう感じたんだと思います。ただまだ確信はしてなかった。確信するのは、もっとあとの作品ですね。

この作品は文庫化の際に『回廊亭殺人事件』（原題：『回廊亭の殺人』）というタイトルに変更しました。


（「野性時代」２００６年Vol・27より）

## 天使の耳

僕はかつて自動車関連会社で働いていたこともあって、交通事故に非常に関心があるんですよ。加えて、知り合いに交通警察の警察官もいるので、交通事故に関する話を聞く機会も多いんです。

そんな中で、交通事故は人が死ぬ大変な事件なわけだから、それを題材にしたミステリが書けるはずだと思っていたんですよね。どうしたら書けるのか、どう書くのがいいのかを、ずっと考えてました。

このなかには、僕の交通マナーへのこだわりがいろんな形で反映されています。例えば路上駐車にはすごく抵抗があるし、歩行者の信号無視も気になる。窓からごみを捨てるなんて言語道断だと思っているんですよ。そういう想いを全て小説に消化して入れられたということで、自分の中では自信作です。

収録されている短編六編のうち二編が日本推理作家協会賞の短編賞の候補になり、一冊にまとまってからも、また候補になり、ということがありました。でも結局、全部落ちたという(笑)。黄金の本ですね、これは。

これも文庫化するときに改題して『天使の耳』(原題:『交通警察の夜』)というタイトルになっています。

(「野性時代」2006年Vol.27より)

天使の耳
東野圭吾

講談社文庫
1995年7月

**1992年テレビドラマ化(フジテレビ系)**

深夜の交差点で衝突事故が発生。信号を無視したのはどちらの車だったのか!? 死んだドライバーの妹が同乗していたが、少女は目が不自由だった。しかし、彼女は交通警察官も経験したことがないような驚くべき方法で兄の正当性を証明した。すべての人の日常に起こりうる交通事故がもたらす運命の急転を描く連作ミステリ。

# ある閉ざされた雪の山荘で

講談社文庫
1996年1月

早春の乗鞍高原のペンションに集まったのは、舞台のオーディションに合格した男女7名。これから稽古が始まる。演じるのは豪雪に襲われ、孤立した山荘での殺人劇だ。だが、一人また一人と現実に仲間が消えていくにつれ、彼等の間に疑惑が生まれてくる。はたしてこれは本当に芝居なのか? 驚愕の結末が待っている!

『白馬山荘殺人事件』と『仮面山荘殺人事件』とこの作品は、自分の中では山荘ものの三部作です。これがもう最後の砦(とりで)でしたね。閉ざされた山荘を作る手はもうないなと思っていましたが、一個だけあることに気が付いたんですよ。よし、閉ざされていることがひとつのルールであることにしよう、と(笑)。そのルールが不自然じゃないシチュエーションは何かと考えて、書いていきました。劇団を出すことは、わりと自然な思いつきでしたね。『眠りの森』でクラシックバレエを見始めたことがきっかけで、観劇をよくするようになっていました。劇団四季のミュージカルからストレートプレイまで、わりと幅広く。〝芝居〟というものに馴染みが深くなっていた時期でもあったんです。

だから〝閉ざされた山荘で殺人事件が起きることになっているよ〟という演出家からの指示は、自分としては非常にグッドアイディアだと思いましたね。

この作品のトリックは、これを書くずっと前から、一回だけだったら使えるなと思っていたものです。前例があるかどうかはわからないけれど、やったれ！　と思ってやりました。宮部みゆきさんには、そのトリックを見破られてしまいましたが。

（「野性時代」２００６年Ｖｏｌ・27より）

## 美しき凶器

「タランチュラ」というタイトルで連載した作品です。いろんなタイプの小説を書こうと思っていた頃で、これはサスペンスにしようと思ったんですね。

当時、僕が好きな陸上の選手に、七種競技の女王と呼ばれたジャッキー・ジョイナー・カ

光文社文庫
1997年3月

安生拓馬、丹羽潤也、日浦有介、佐倉翔子。かつて世界的に活躍したスポーツ選手だった彼等には葬り去らなければならない過去があった。４人は自分たちの過去を知る仙堂之則を殺害し、いっさいのデータを消去。すべてはうまく行くはずだった。ところが、毒グモのように忍び寄る影が次々と彼等を襲う。迫り来るその恐怖の正体は?

ーシーという女性選手がいました。全身がばねのような身体をしていて、ものすごく迫力があるんですよ。その選手がターミネーターみたいに人を殺したらさぞかし怖いだろうなと、その思いつきだけで書きました。

正直、この作品がいいのか悪いのか、自分ではよくわかりません。陸上競技を見るのも好きだから、陸上に関することや選手のことを書くのはなかなか楽しかったんですけどね。非常に駄作であると、ファンの間では言われたりもしますが、僕はそんなに嫌いじゃないです。ただタイトルはダサかった(笑)。

でもまあしょうがないですね。いろいろ考えているうちに、こうなっちゃったんです。

（「野性時代」２００６年Ｖｏｌ・27より）

# 同級生

講談社文庫
1996年8月

修文館高校3年の宮前由希子が交通事故死した。彼女は同級生・西原荘一の子を身ごもっていた。それを知った荘一は自分が父親だと周囲に告白し、状況に疑問が残る事故の真相を探り始める。事故当時、女性教師が現場にいたことがわかるが、その直後、彼女は教室で絞殺されてしまう。恋人の死は事故か、他殺か。

『放課後』以来の学園ミステリです。

久し振りに学園ミステリを書くぞ、と思って書き始めようとしたんですが、いざ書こうとするとまったく書けないんです。もちろん歳もくっちゃってますから、高校生を書くこと、学園ものを書くことが苦しいのは自分でもわかる。でも漠然としたストーリーがあるのに気持ちが全然乗らないし、何をどう書けばいいのかがさっぱりわからない。非常に困りましたね。

ちょうどその頃、ハワイに旅行をしたんですよ。海辺でいろんな人の小説を読んでいるときに、――確か筒井康隆さんや村上春樹さんの本を読んでいたと思うんですが――不意に思うことがありました。それは、「うまい人っていうのは、こう書いたらうまく見えるとか、いい文章になるとかって考えているんじゃなくて、思ったまま、浮かんだままを書いているだけなんだな」ということです。

だからこそ迫力があるし、説得力もある。ところが自分はあることを表現するためにはどんな表現があるんだろうということばかり考えていた。そこで浮かんだものを持ってきて並べてただけに過ぎなかったんだなって気が付いたんです。自分の思い描いたものをそのまま書けばいいんだとわかったことは、すごく大きかったですね。この主人公はおそらく苦悩するから、その苦悩をそのまま書けばいいんだと、そのとき気づいたんですよ。ハワイから帰ってきたら、急に一気に書けました。

これを書いて以降、小説を書くのがグッと楽になった。ターニングポイントの作品ですね。『同級生』は久々に売れましたね。最終的に二万部を超えたはずです。

（「野性時代」２００６年Vol・27より）

## 分身

集英社文庫
1996年9月

**2012年テレビドラマ化（WOWOW）**

函館市生まれの氏家鞠子は、札幌の大学に通う18歳。自分に瓜二つの女性が最近テレビに出演していたという話を聞く。一方、小林双葉は、東京の大学に通う20歳。アマチュアバンドのボーカルだが、なぜか母親にテレビ出演を禁止されてしまう。鞠子と双葉、この二人を結ぶものとは何か？　現代医学の危険な領域を描く。

たしか、『同級生』と同時期くらいに書いて、連載していたものです。まずタイトルを先に決めました。『変身』の売れ行きが芳（かんば）しくなかったので、〝変身〟がだめなら〝分身〟だ！　と(笑)。じゃあ〝分身〟っていったい何なんだろうというところから、細かくいろいろ考えていったんです。

書き方は『宿命』に近いですね。ただし、今度はまったく別々に暮らしてきた二人が出会うまでの話を書こうと思いました。また『変身』と同じように、医学の話を入れています。

人間の想いに重きを置いて書いてもいますから、出来上がったときには、いろんなものが融合されて結実した作品になったという手応えがありましたね。

ただ書きながら、女性を主人公にするのは、これを最後にしようと決めました。外見が同じで内面だけが違う二人を書き分けなきゃいけなかったわけですから、それはもう途中で逃げ出したくなるくらい大変でした(笑)。自分ではよく書けたと思っていますが、女性の心理だけでひとつの長編小説を書くのは、男性である自分には荷が重すぎると実感したんですよね。

もうここで出し尽くしたという気持ちでした。

かなりの自信作だし、非常に好きな作品だったんですけど、これも売れなかったですね。『同級生』の勢いを借りて初版一万五千部くらい刷ってもらったと思うんですけど、まるで売れず。笑いましたね。ほんと、売れない話ばっかりなんですけど(笑)。

そりゃあ落ちこみましたよ。ガッカリでした。まあ、ずっと芳しくないわけだから、今回も芳しくないのかって思うだけですけどね。でも、正直なところ、この頃は既にあった「このミステリーがすごい!」でもまったく票が入らないし日本推理作家協会賞の候補にもならない。どうしたことだっ! と思いましたもんね、ほんとに。

(「野性時代」2006年Vol.27より)

# しのぶセンセにサヨナラ

東野圭吾
しのぶセンセにサヨナラ
新装版


講談社文庫
1996年12月

**2012年テレビドラマ化（TBS系）**

休職中の教師、竹内しのぶ。秘書としてスカウトされた会社で社員の死亡事故が発生。自殺にしては不自然だが、他殺であれば密室殺人。かつての教え子たちと再び探偵ごっこを繰りひろげるしのぶは、社員たちの不審な行動に目をつける。この会社には重大な秘密が隠されている——。浪花少年探偵団シリーズ第2弾。

「小説現代」から「またしのぶ先生で短編を」とリクエストされて書いたんですが、書くのは結構しんどかったです。最初の一、二本書いたときに、書きたいものが変わってしまったんだと気がついたんですよ。この呑気(のんき)な世界はもう書けないなって。段々自分が呑気じゃなくなってきてたんですよね。これはもう仕方がないことなんです。

人間は変化するし、人間が変わると書くものも変わる。書けなくなるものもあるんだなと気づかされた一冊ですね。読んだ人はおもしろいと言ってくださるんですけど、大事なことは自分が書きたいかどうか、ですよね。

文庫にするときにタイトルを『しのぶセンセにサヨナラ――浪花少年探偵団・独立篇』（原題：『浪花少年探偵団〈2〉』、二〇一一年刊行の新装版で『しのぶセンセにサヨナラ』に再改題）に改題しました。

（「野性時代」2006年Vol・27より）

## 怪しい人びと

ちょっとしたことで短編小説が一本できるということがわかってきた頃の作品集です。どの作品も本当にちょっとしたことから生まれています。

「甘いはずなのに」はちょっと忘れてしまいましたが、「寝ていた女」はジャック・レモンの映画『アパートの鍵貸します』を観ているときに思いついたし、高校野球を見ていて、〝あっ、この選手、学校に帰ったらいじめられるだろうな〟と思ったことが「もう一度コールしてくれ」につながった。会社に勤めていた頃に課長が言った、「死んだら働けんだろう」っていう、頭がおかしいとしか思えないような台詞（せりふ）から(笑)、「死んだら働けない」は思いついたし、「灯台（とうだい）にて」は僕の学生時代の実体験がもとになっています。「結婚報告」も竹内しのぶさんという会社員時代の同僚が、封筒の宛名書きと中身を間違えて、「これは最近、会社で一緒だった東野圭吾さんという人が、私の名前を使って書いた小説です」っていう手紙つきで、うちに僕の本を送ってきたことが発端になってるし、「コスタリカの雨は冷たい」は友達の体験談がもとネタです。

この頃はことあるごとに、これはどうしたら短編小説になるだろうとよく考えてました。短編小説を作ることがおもしろくなってきた頃の作品ばかりなので、自分としては結構自信作です。

（「野性時代」２００６年Vol・27より）

光文社文庫
1998年6月

**2012年テレビドラマ化（フジテレビ系）**

俺は同僚の片岡のデートのために一晩自分の部屋を貸してあげた。その後、そのことを片岡から聞きつけた二人の同僚、本田と中山にも部屋を貸すことになってしまう。3ヵ月後のある日、いつものように車から部屋に戻ってみると見知らぬ女が寝ていて——。あなたのそばにいる優しい人がいつの間にか怪しい人に。傑作短編集。

# むかし僕が死んだ家

講談社文庫
1997年5月

7年前に別れた恋人・倉橋沙也加からかかってきた一本の電話。彼女は一緒に長野県にある「幻の家」を訪ねてほしいという。「あなたにしか頼めない」と言う彼女は「幼い頃の記憶が全然ないの」と私に告白する。そして彼女の左手首にある傷を見て、その家を訪ねることを決意する。しかしそこで二人を待ち受けていた真実とは。

これは隠れた自信作です。小説のなかにも書いてありますが、クレタ島のクノッソス宮殿の遺跡に、王と王妃の部屋としか考えられないけれども、排水が不完全で、材質の割に階段が磨(す)り減(へ)っていない不思議な部屋があるということを知って、この話を思いつきました。

つまり僕は、古い家だとかどこかの空間だとか、今は滅(ほろ)びて何もないけれど形跡だけは残っている所で、かつてそこで何が起きたのかを推理する話が大好きなんですよ。それを極端な形で、突き詰めて書いた作品です。

妙な怖さを出せたと自負しています。ただ家があるだけなんですけどね。その家が残している記憶っていうのが、結構不気味なんですよ。

実は僕の大阪の実家には今、誰も住んでいません。まさに空き家状態。もうすぐ処分することになっていますが、ちゃんと姉が掃除をしてくれているので、いろんな物が昔のまま残っているんですよ。見ようによっては、不気味な空間になっているなあと思いますね。

タイトルもひねってましてね。ここに僕のいろいろな思いを内包させています。それこそ自分だけがわかっている意味、というのも入れてます。そこを特に訴えているわけじゃないんですけど、そういうのもありかなと思ったんですよね。ほかになかなか例のないミステリだと思います。お薦めです。

（「野性時代」２００６年Vol・27より）

## 虹を操る少年

もともとは子供向けの話を書こうと思って温めていたアイディアです。それを急遽(きゅうきょ)、大人用に練(ね)り直して書きました。

連載当時、確かバンドブームかなにかで、若者が音楽に魅(み)せられて熱狂する姿がテレビや雑誌でよく報道されていたんですよ。同じような格好をして街を歩いたり、ライブにいって失神したり。音楽を聴くことで一種の催眠状態に陥(おちい)ってしまうようなことって、他のことでもできるんじゃないかとふと思ったことがこの少年を思いついたきっかけです。

本当はもっとうまく書けたんじゃないかとも思います。大人向けに書いているとはいえ少年たちが主人公なわけだから、もっと夢見るような感覚を書かなければいけなかったんですよ。でも僕がもうオヤジになっていて、残念ながらその感覚がなくなってしまっていた。

今から考えると、おっさんが書いたファンタジー小説だったなあと思います。もうちょっと自分が若い頃に書くべき小説だったのかもしれません。

本を出すときは怖かったです。自分でも「何書いたんだ、こいつ」と思ってましたから。

講談社文庫
1997年7月

「光にメロディがあるの?」「あるさ。みんなそのことに気づいていないだけさ」。光を演奏することでメッセージを発信する天才高校生・光瑠。彼の「光楽」に、感応し集う若者たち。しかしその力の大きさを知った大人たちの魔の手が彼らに忍び寄る。新次元コミュニケーションをめぐる青春長編ミステリ。

ところが意外に好評だったので、何がよくて何が悪いんだか、ちょっとわからなくなりましたね(笑)。

(「野性時代」2006年Vol・27より)

# パラレルワールド・ラブストーリー

これも割と自信作です。

最初にアイディアを思いついたのは二十代前半。結婚前、まだ会社に勤めているときだったと思います。結婚すると決めた相手がいたわけだけど、他に好きな女の子もいたんですよね。『夜明けの街で』の渡部(わたべ)くんじゃないけど(笑)、身体がふたつあったらいいのになあと、夢見てた。不倫とか浮気ではなくて、そのふたつの身体でそれぞれの女性と、まったく別々の人生を歩めたらいいのになあと思ってました。

それを小説で成立させられないかとそのときにふと思ったんです。どうにもならないまま、そのことはずっとほったらかし。それがその後、コンピュータの進化でバーチャルリアリティというものが、リアリティをもって受け入れられる時代になったときに、ああ、これであの世界が作り出せるなと思ったんです。ただ、『トータル・リコール』だとか『マイノリティ・リポート』に出てくるような科学技術の最先端をいくバーチャルリアリティものだと、時代が進むと陳腐になるんじゃないかという気もして、少々科学が進歩したとしてもここまではいかないだろうというものを考えました。ですから、発想はかなり変えています。

でもこの作品では結局、恋人を裏切るだとか、友人を裏切るだとか、嫉妬だとか、人間の心のもつれを書くのが、一番楽しかったですね。この作品を非常に気に入っている理由は、その部分が割合にうまく書けているからではないかと思います。

麻由子(まゆこ)という女性が出てきますけど、この女性がまた〝いかん〟わけです(笑)。はっきりしない。でも、この〝いかんさ〟加減がいいと、僕は思っています。彼女がもっとはっきり

講談社文庫
1998年3月

**2019年映画公開**

親友の恋人は、かつて自分が一目惚れした女性だった。嫉妬に苦しむ敦賀崇史。ところがある日の朝、目を覚ますと、彼女は自分の恋人として隣にいた。混乱する崇史。どちらが現実で、彼女は誰の恋人なのか？　存在する二つの「世界」と二つの消えない「記憶」。ずっと交わることのない世界の中で、恋と友情は翻弄されていく。

してくれれば、男たちは振り回されなくていいんですけどね。

（「野性時代」２００６年Vol・27より）

# あの頃ぼくらはアホでした

飲み屋で編集者に中学の頃の話をしたら、おもしろいから書いてくれと言われたんですよ。じゃあ三回だけ書きましょうということになりまして。そうしたら三回が五回になり、五回が七回になり……。結局二十回以上書いたのかな。ずいぶん書きましたね。こんなに書くとは思ってもいなかった。大学を卒業して社会人になったぐらいまでのことを書いているんですが、会社の知り合いは、会社員時代の変なことを書くんじゃないかと思ってひやひやしたと言ってましたね。

これは初めてのエッセイです。エッセイというよりは、若干自伝っぽいですね。これを書いたことによって、『白夜行』の世界観ができてきたことは大きな収穫でした。意外ですか？これを書いているときに、昔のことをたくさん思い出したんですよ。街のこととか、人々の暮らしとか、その時代のこととか。『白夜行』の舞台も同じ街ですし、同じ世界観。そこから明るいバカみたいなことばっかり抽出するとこういう話になって、暗いものばかりで作ると『白夜行』になっちゃうんですよ。

エッセイを書くからといって構えることも、特に何かを意識することもなかったですね。基本的に小説もエッセイも同じだと僕は思うんですよ。そこに越えなきゃいけない何かがあるとしたら、取材したことをネタに小説を書くのと同じように、自分や自分の周りのことを書けるのかっていうことだろうと思いますね。鉄則は自分のことを笑うということ。関西人なので、意外にそれは得意かもしれないです。

（「野性時代」2006年Vol・27より）

集英社文庫
1998年5月

ワルの巣窟、悪名とどろくオソロシイ学校で学級委員をやっていた〝命がけ〟の中学時代。日本で最初に学園紛争が起こり、制服が廃止されたという「有名校」での熱血高校時代。花の体育会系&似非理系だった大学時代。あの頃みんながアホでした！　怪獣少年だった小学生時代から、就職するまでを赤裸々につづる。

# 怪笑小説

集英社文庫
1998年8月

**2012年舞台化**

年金暮らしの老女が芸能人の〝おっかけ〟にハマり、乏しい財産を使い果たしていく「おっかけバアさん」、〝タヌキには超能力がある、UFOの正体は文福茶釜である〟という説に命を賭ける男の「超たぬき理論」、周りの人間たちが人間以外の動物に見えてしまう中学生の悲劇「動物家族」。多彩な傑作短編集、笑シリーズ第1作。

二十枚とか十五枚の短編の依頼がやけに多かったときに、『あの頃ぼくらはアホでした』を書いていた勢いもあったからだと思うんですが〝お笑い小説〟を書いちゃったんですよ。まずここに収録された「無人島大相撲中継」を書いて、その後に『名探偵の掟』に入っている「脇役の憂鬱（ゆううつ）」を書いて。それがいずれも好評で、お笑い小説を書きましょうよという編集者からの依頼も増えたわけです。それでいろんなところでお笑い小説を書いていたら、あっという間に一冊にまとまった、ということですね。

『名探偵の掟』、『毒笑小説』もこの流れです。

（「野性時代」２００６年Vol.27より）

## 天空の蜂

講談社文庫
1998年11月

**2015年映画公開**

奪取された超大型特殊ヘリコプターには爆薬が満載されていた。ヘリが無人操縦でホバリングしているのは、稼働中の原子力発電所の真上。原子炉を標的に日本国民すべてを人質にしたテロリストの脅迫に対し、政府が下した非情の決断とは。そしてヘリの燃料が燃え尽きるとき……。驚愕のクライシス、圧倒的な緊迫感！

これは語ると長くなっちゃうんですが……。

しつこく言ってますけれど、とにかく本が売れなくて(笑)。本当にもう腐りきっていたんです。後からデビューした後輩作家がガンガン売れるわ、賞は獲るわ、という状態で。いったいいつになったら俺にその順番が回ってくるのかな、もう回ってこないんじゃないかなと思っていた頃でした。それでも、「あっ、東野、こんな小説書いたか」と驚かせるものを出してやろうということで、これを書いたんです。

ストーリーを思いついてから本として出来上がるまで五年くらいかかりましたね。その間に原子力発電所のことだとかヘリコプターのことだとかをいっぱい取材して、勉強しました。お手本にしたのは『レッド・オクトーバーを追え！』です。まさか東野がこんなものを書くとは思わないだろうという気持ちで、自信を持って送り出した作品なんですが……、まるで無反応でしたねえ。

この作品はね、本当に自信作なんですよ。なのに無反応だった。そのときに確信したのは、いいものを書いたからといって売れるわけじゃないな、というのがひとつ。もうひとつはね、これは明らかにわざと無視されたな、ということ。何が理由かはわからないけど、これに関してはわざと黙殺されたなっていう気がしました。それは妬み(ねた)だとか勘違いだとか言われるかもしれないけれど、自分としては、おそらくそうだったんだろうなと思ったんですよね。

でもこれで吹っ切れたんです。今のままではだめであるということがよくわかった。いいものを書き続けているだけでは売れるところにまではなかなか達しない。だからアピールしていかなきゃならないし、なんとしてでも読者に刺激を与え続けなければならない、「ここに俺はいるぞ」、「ここにおもしろい、変な小説があるぞ」という信号を発し続けねばならないな、と思ったんですよね。

それで次の年に、まっ先に『名探偵の掟』が出るわけですけど、とにかくアッと言わせたい、ということでさらに『どちらかが彼女を殺した』を書いたわけです。


（「野性時代」２００６年Vol・27より）

## 名探偵の掟

「密室宣言」が雑誌に掲載されたときに、本格ミステリを書いている人はこれを読んでどう思うのかなと思ったんですよ。そしたらあるパーティ会場で会った有栖川有栖（ありすがわありす）さんが「あれ、すごくおもしろいですね」と言ってくれたので、ガンガン書くようになったんです。そしたら今度は北村薫（かおる）さんが「おもしろい」と声をかけてくれた。それでますます気をよくして、ミステリをネタにしてじゃんじゃん書き始めました。「いっそのこと、やっちゃえ」ということでね。パロディだとかなんだとか、いろんな人がいろんな解説をしてくださってますけど、自分としてはあまりそういう意図はなくて。ただ本格ミステリを書いている人が喜んでくれるから書いた、ただそれだけです。

確かに自虐ネタではあるかもしれませんけど、ある意味、自分の中での整理もつきました。

トリックにはどんなものがあっただろう、そしてその本質はどんなものだろうと考えるわけですが、きっと読者はこんなことを思うんじゃないの？　という自己突っ込みもありますからね。

そうすることによって、あ、俺はもうこういうタイプのトリックには心が冷めてきてるんだなあと自覚もできました。いろんなことを自覚しながら書いてました。だから、ここで扱ったネタみたいなものは、それ以降中心に据えて書こうっていう気にあまりなれなかったですね。

（「野性時代」２００６年Vol・27より）

講談社文庫
1999年7月

**2009年テレビドラマ化（テレビ朝日系）**

完全密室、時刻表トリック、バラバラ死体に童謡殺人。フーダニットからハウダニットまで、ミステリにお決まりの12の難事件に挑む、名探偵・天下一大五郎。彼が現場でいつも鉢合わせするのは警部・大河原番三。彼等の前ですべてのトリックを鮮やかに解き明かした名探偵が辿り着いた、恐るべき「ミステリ界の謎」とは?

# どちらかが彼女を殺した

講談社文庫
1999年5月

最愛の妹が自殺の偽装を施され殺害された。愛知県警豊橋署に勤務する兄・和泉康正は独自の現場検証の結果、容疑者を二人に絞り込む。一人は妹の親友。もう一人はかつての恋人。妹の復讐に燃え、真犯人に肉迫する兄の前に立ちはだかるのは練馬署の刑事・加賀恭一郎。殺したのはどちら?　加賀シリーズ第3作。

今となっては、犯人が誰かを書いてないということはもう大っぴらになっちゃってますけど、この本を出した当時はそれが最後のどんでん返しだと自分としては思っていましたし、読んだ人がそれで驚くように書きました。これならどんな奴らも無視するわけにはいかんだろう、という仕掛けにして発表したんですよ。

その前に『名探偵の掟』が話題になってたせいもあって、予想どおり話題になりましたね。もう一つ幸運だったのは、インターネットが非常に普及していて、インターネット上で見ず知らずの人たちがミステリについて語り合う場があったことですね。そこで大いに語られたことが非常にプラスに作用しました。やっと自分の長〜い厄年が終わったような感じがした作品でしたね。

この作品は脱稿するのにものすごく苦労しました。当然ですけれども、書いてないからといって、〝犯人がわからない〟ではどうしようもない。編集者にまず読ませてみて、誰が犯人だと思うかを聞いたんですが、外れてたときにはガッカリしましたねえ。

それで手直しをして——当然のことながら同じ人に二度読ませるわけにはいかないですから——他の人に読んでもらい、また犯人がわかったかどうかを聞いて……。「こういうことですかね」とちょうどいい具合に見当がつくところまで微調整を繰り返しました。そういう点で手間がかかりましたね。非常に思い出深い作品です。

そういう意味で完全なる推理小説ではあるんですけれど、探偵役が実は犯罪を隠蔽している犯人役でもあったり、もう一人、別の探偵役が出てきたりという、自分の好きな書き方ができ、それが非常にうまくいったんです。人間もうまく書けた作品だと思ってます。

加賀は練馬署の刑事として登場します。ここで扱う事件は、被害者の兄の警察官が自殺とみえるように細工をするので、殺人事件としては捜査できない。自殺だろうけど疑問が残るから調査に動く、というようにしなければならない。警察官に相談したのですが、やはり警視庁捜査一課に所属していては、この事件を捜査することはありえない、と。それで所轄の刑事にしました。

『眠りの森』からひきずっていたファンの間における左遷問題もあったので、事件の設定もちょうどよかったこともあり、自分の中で練馬署に飛ばされていたことにしたわけです(笑)。

この作品が出た九六年は非常に充実していた年でしたね。

(「野性時代」２００６年Vol.27／「IN☆POCKET」２００６年8月号より)

## 毒笑小説

〝笑えるもの〟を目指して書いていると、「人は何を笑うのか」ということを毎回すごく考えるんですよ。そのことについてどんどん考えていくと、結局は心の動きを考えざるを得なくなってきますし、人間の滑稽さとか醜さというものに注目せざるを得なくなる。そこに注目しながら書いたのがここに収録されている作品です。

お笑いを書いたことで、非常に嫌な人間の見方をするようになったかもしれません(笑)。言い方を変えれば、人間の見方が研ぎ澄まされたかなあという気もします。

この解説で京極夏彦くんとも話していますが、感動するとか泣くとかっていうスイッチと、笑いのスイッチは、本当に近いところにあるんですよ。結局人間を観察して、本質的なものに迫ろうとする行為の近道がお笑いなんだろうな、と思いますね。そこには必ず毒が出てきて、その毒の部分を強調すると、たやすくミステリにもなる、ということです。

（「野性時代」2006年Vol・27より）

集英社文庫
1999年2月

**1999年、2010年テレビドラマ化（フジテレビ系）**

塾にお稽古に家庭教師にと、VIPなみに忙しい孫。ゆっくり会えないものかと嘆く祖父の訴えを聞き、仲間の爺さんたちが妙案を思いつく。前代未聞の誘拐事件を扱う「誘拐天国」をはじめ、毒のある可笑しさに満ちた傑作が1ダース！　ブラックなお笑いを極めた、会心の短篇集。京極夏彦との特別対談つき。笑シリーズ第2作。

## 悪意

連載開始のタイミングは『どちらかが彼女を殺した』より先だったと思います。だから加賀は警視庁捜査一課の所属ですね。この作品は、全編を通して登場人物の記述したものとい

講談社文庫
2001年1月

**2001年テレビドラマ化（NHK）**

人気作家・日高邦彦が仕事場で殺された。第一発見者は、妻の理恵と被害者の幼なじみである野々口修。犯行現場に赴いた練馬署の刑事・加賀恭一郎はその現場にどこか釈然としないものを感じる。そして、逮捕された犯人が決して語らない動機とは。人はなぜ人を殺し、そして憎むのか。鮮やかな推理！　加賀シリーズ第4作。

う構成にしてあるため、書いてあることも嘘か本当かわからない。

だけど、その中に本当のことを言う人間が一人必要でした。それを刑事にするわけですが、非常に難しい役割になります。そこでまた、自分の中でしっかりとキャラクターができている加賀の登場です（笑）。

そもそも『卒業』を書いているとき、加賀が登場するシリーズのようになるなんて夢にも思っていませんでした。そんなわけで、『卒業』で、父親の職業である警察官を避けて教師を選んだ加賀を『眠りの森』でいきなり刑事にして出してしまっていたわけです。それじゃ、教師はどうなったんだ？　って（笑）。誰も気にしてないかもしれないけれど、自分はずっと気にしていたんです。

どうして教師を辞めたのかというエピソードがどうしてもほしかったわけですね。それで、いじめというちょうどいい題材を『悪意』で使うつもりだったので、加賀の人生における最大の挫折(ざせつ)という苦い思い出として、うまくエピソードに入れることができました。

(「IN☆POCKET」2006年8月号より)

## 名探偵の呪縛

特別に文庫に書き下ろしをして欲しいと言われたときに、評判がよかった『名探偵の掟』の世界を長編でやったらどうなるだろうと考えたのが始まりでした。

結局『名探偵の掟』は、本格ミステリというのはどういうものだったのか、という作品だったんですよ。ですから、ここでは作家にとって本格ミステリって何なのかということを……。まあ〝作家にとって〟というのはくくりが大き過ぎるから、自分にとって、ということですよね。

自分が本格ミステリというものに対してどんな思いを抱いているのかを小説にしてみようということで、割合に率直に書いたんだと思います。

講談社文庫
1996年10月

図書館を訪れた「私」は、いつの間にか別世界に迷い込み、探偵・天下一大五郎になっていた。次々起こる怪事件。だが何かがおかしい。じつはそこは「本格推理」という概念の存在しない街だった。この街を作った者は何者なのだろうか？　そして街にかけられた呪いとは何なのか。天下一シリーズ、第2弾！

これを読んで、「東野はもう本格ミステリから離れたがっている」と結論づけた人も多いようでしたが、別に離れたかったわけでも何でもなくて、この頃ぐらいから、〝本格〟向きなトリックがあまり思いつかなくなっていたんです。

〝本格〟は決して嫌いではないんですけど、そういう頭じゃなくなってきているな、とりあえず今は本格は書けないんじゃないかな、という諦めがあったんだと思います。

（「野性時代」２００６年Ｖｏｌ・27より）

## 探偵ガリレオ

じゃあ、いったい今の自分にはどんなミステリが書けるのか、どんなものを書きたいのか、と吟味(ぎんみ)して挑んだのがこの『探偵ガリレオ』です。これも本格じゃないか、と言われたら確かにそうなんですけどね。

かつては最先端科学を扱ったり専門知識を必要とするようなトリックは無粋(ぶすい)だと言われていたんです。でもそういうものがある以上、読者がその存在を知らないことを前提でトリックに使えばいいんじゃないか、という発想で書きました。自分が好きな科学を使ったものを、一度書きたかったんですよ。

最初はあまり深く考えてませんでしたね。科学を扱うから湯川という物理学者を出して、まあ刑事も出そうか、くらいで。一冊出したらそれでいいや、程度の気持ちでしたから。こ

文春文庫
2002年2月

**2007年テレビドラマ化（フジテレビ系）**

突然、燃え上がった若者の頭、心臓だけ腐った男の死体、池に浮かんだデスマスク、幽体離脱した少年。警視庁捜査一課の草薙俊平が、説明のつかない難事件にぶつかったとき、訪ねる友人がいる。それが帝都大学理工学部物理学科助教授・湯川学。常識を越えた謎に天才科学者が挑む、ガリレオシリーズ第1作。

の湯川が後に『容疑者Xの献身』につながることになるとは、そのときは思いもしなかったですね。

ただ結果的にこれは好評で、『予知夢』にもつながりました。

（「野性時代」2006年Vol・27より）

## 秘密

これはお笑いの短編小説がもとになっています。奥さんと娘の意識が入れ替わって、おやじが右往左往する、エッチしたいけど、娘だからするわけにいかず悶々とする、という……。おもしろい話だと思って短編に書いたんですが、その後にどうしても長編にしたくなりました。ただそれが〝ミステリ〟と呼ばれるものになるかどうか、予想がつかなかった。で、いろんな会社に「これを長編にしようと思うんだけど」と言ってその短編小説を見せたんですよ。「ウーン、まあいいんですけど、もう一本、うちではミステリをやっていただきたいなあ」という感じで、どこも乗り気じゃありませんでした。困ったなと思ってたときに、文藝春秋の編集の方に話を持っていったら「ぜひうちでやってください」ってふたつ返事で引き受けてもらえたんですね。それでやらせてもらった、というのが誕生のいきさつです。

百枚ぐらいずつ原稿を渡していたんですが、担当者が途中から「今まではずっと笑いながら読んでいたんですけど、だんだん笑えなくなってきました」という感想をくれて、あっ、これはひょっとしたらいけるんじゃないかなと思いましたね。

ラストシーンを書き上げたときに、自分としては何か熱いものが残ったんですよ。でも、〝書き上げた〟という充実感と錯覚してるだけかもしれないとも思ってました。そう自信があったわけじゃないんです。明らかにこれは自分が今まで書いてきたミステリとは違うものでしたからね。果たしてどう受け取られるのかという不安のなか、本にしてもらいました。

文春文庫
2001年5月

**第52回日本推理作家協会賞（長編部門）受賞**
**1999年映画公開**
**2007年映画公開（フランス）**
**2010年連続テレビドラマ化（テレビ朝日系）**

妻・直子と小学5年生の娘・藻奈美を乗せたバスが崖から転落。俺と娘を残し、妻は死んでしまう。その葬儀の夜、意識を取り戻した娘の身体に宿っていたのは、死んだはずの妻だった。その日から杉田家の切なく奇妙な秘密の生活が始まった。俺の前にいるのは、妻か娘か。

ただ、勝算もなくはなかったんです。『名探偵の呪縛』を出してからこの本を出すまで、僕は長編を一年以上出していなかったんですよ。当然、書評家たちは東野圭吾をしばらく取り上げていない。今回は久々の長編だし、内容が内容だから、やっぱり取り上げざるを得ないと書評家たちは考えるんじゃないかと。実際、かなりあちこちで取り上げられました。結果的にこれでかなり多くの読者に受け入れてもらえたので、自他ともに認める、ターニングポイントとなった作品ですね。方向転換をして人間の想いを書く、ということをずっと続けてきたのが、ここでひとつの形になった。正直よかったなあと思いましたね。

（「野性時代」２００６年Vol・27より）

## 私が彼を殺した

とはいえ人情ものを書く作家になった、と思われるのも嫌なので、一方で「メフィスト」という媒体にこちらを連載したわけです。『どちらかが～』が好評だったこともあって、よし、もう一回あの手のファンに遊び道具を与えましょう、もう一回みんなで議論していただきましょう、と。これもまた、ものすごく頭をひねりました。もちろん本格ミステリなわけですが、人間ドラマを中心にできたこともあって、自分としては満足できる話になりました。

それにしても、この頃の加賀シリーズはドロドロした作品ばかりですね。これこそ小説の醍醐味みたいに思えるようになった時期なんですね。それを書く以上、冷静に見る目がなければ、その加減を把握できないんですよ。自分が激情にかられて描いちゃうと、本当にドロドロしているのか、登場人物が勝手に興奮しているだけなのかわからなくなる。だから絶対的な安定したものさしの役目として加賀恭一郎が必要だったわけですね。

前期の二作品と比べると加賀も低体温なキャラクターになっていますね。もちろん、私が年齢を重ねたということもあります。

(「野性時代」2006年Vol・27/「IN☆POCKET」2006年8月号より)

講談社文庫
2002年3月

婚約中の男の自宅に現れた一人の女性。その男に裏切られたことを知った彼女は、服毒自殺をはかった。男は彼女と自分との関わりを隠そうとする。醜い愛憎の果てに殺人は起こった。容疑者は3人。事件の鍵は女が残した毒入りカプセルの数とその行方。加賀恭一郎が探り当てた真相にどこまで迫れるか。加賀シリーズ第5作。

## 白夜行

本当に核(かく)になるアイディアは『宿命』とか『変身』とか『分身』を書いている頃からありました。『宿命』も『分身』も子供の頃に何らかの接点があって、のちに二人が出会う。書かれてない部分では二人は出会ってないわけです。でもこれは、二人の男女の、子供の頃から大人までをずっと描いていくんだけれど、小説の中で二人が交(まじ)わる部分は一切書かれていない。ただ読者には二人がどこかで交差していることはなんとなくわかって、その〝わかること〟が恐るべき事実になっている、というような小説ができないかな、という発想だったんです。読者が読み込めば読み込むほど想像を働かせられる部分が増えていって、それが増えていくほど怖くなっていくという作りになっています。

二人の子供の頃からの話を書く以上、自分がよく知っている世界を書かなければならない。自分がよく知っている世界はなんだろうと思ったら、実は『あの頃ぼくらはアホでした』の世界だったということですね。ただその裏社会である、と。そういうことでこの『白夜行』の舞台なり世界なりが生まれたんです。

これは、子供の頃にこういうことがありましたと書いた後に、ポンッと大人になった〝現在〟を描いているわけではないということに、自分としては意味があります。彼らはあるひとつの出来事によって、すべてが狂ったというよりは、少しずつそういう方向に行くんだということなんですよ。それが〝白夜〟の道なんだ、というふうに自分では思いますね。

これに関して〝トラウマ〟のような言葉は僕は一切使っていません。だから、そういうふうに決め付けられるのは、本当は極めて心外なんですよ。これはこれで、一つの信念にもとづいた生き方だ、という書き方をしてるつもりです。

書き上げるまでに二年かかりました。まだ実績がないので、連載をやらせてもらえない時期だったんです。でもこの話を書きたい、なんとか書くにはどうしたらいいか、と考えて、一章ずつ短編っぽく書いていって、本にするときに長編としてまとめました。

（「野性時代」２００６年Vol・27より）

集英社文庫
2002年5月

「1999年週刊文春ミステリーベスト10」第1位
2005年舞台化
2006年テレビドラマ化（TBS系）
2009年映画公開（韓国版）
2011年映画公開

1973年、大阪の廃墟で質屋が殺された。容疑者は浮かぶが、結局事件は迷宮入り。被害者の息子・桐原亮司と「容疑者」の娘・西本雪穂。暗い眼をした少年と並外れて美しい少女はそれから全く別々の道を歩んで行く。二人の周囲に漂う幾つもの恐るべき犯罪。

# 嘘をもうひとつだけ

講談社文庫
2003年2月

**2001年テレビドラマ化(テレビ東京)**

バレエ団の事務員が自宅マンションのバルコニーから転落、死亡した。事件は自殺で処理する方向に向かっている。だが、同じマンションに住む元プリマ・バレリーナのもとに一人の刑事がやってきた。彼の名は加賀恭一郎。彼女には殺人の動機はなく、疑わしい点は何もないはずだが——。刑事の本懐とは。加賀シリーズ第6作。

『赤い指』が収録されていたかもしれない短編集です。加賀を刑事コロンボのように言われることもありますが、根本的に違うんですよね。容疑者側の人間がいて、次に加賀が登場して問い詰めていくわけなのですが、コロンボだと相手はいつも犯人なわけです。この短編集では、追い詰める相手が犯人の場合もありますが、おおむね犯人ではありません。犯人であっても、犯人であることを隠しているわけではないケースもあります。

人間というのは事件なら事件に関していろんなものを隠していて、それによって苦しんでいたりします。そうした点を明かしていく作品にしたかったんです。『赤い指』もそうですね。

加賀の内面はあまり書くことはないので、とくにすごいキャラクターとして定着させようなどとは考えていません。ただ、私の基本的な考え方は投影させているつもりです。加賀恭一郎が練馬署なのはこの短編集と『赤い指』までで、いまは人形町を歩く日本橋署の刑事となっています。現代版の捕物帖（とりものちょう）ふうにしたくて人形町を舞台に選びました。かつてはスーツでかためていた加賀も、人形町ではソフトジャケットを羽織（はお）って捜査をしています。私もデビューして二十年経ちました。ともに歩んできた加賀恭一郎も少しずつ年齢を重ねてきているわけです。


（「IN☆POCKET」2006年8月号より）

## 予知夢

『探偵ガリレオ』の短編には物理学だとか最先端科学がガンガン出ていたんですが、最後の「離脱る（ぬける）」だけ、若干オカルトっぽいネタだったんですよ。

あれを書いたときに、もし、また湯川を登場させるとしたら、次はオカルト事件を解くという話にすると受け入れられやすいかなと思ったことがヒントになりました。
ただ『探偵ガリレオ』にしても、この作品にしても、湯川はまだ短編の謎解き装置にしか過ぎない部分がありますね。

（「野性時代」２００６年Vol.27より）

予知夢
東野圭吾

文春文庫
2003年8月

**2007年テレビドラマ化（フジテレビ系）**

深夜、16歳の少女の部屋に男が侵入し、それに気がついた母親が猟銃を発砲した。とりおさえられた男は、17年前に少女と結ばれる夢を見たと主張。その証拠は、男が小学校4年生のときに書いた作文だという。はたして偶然か、妄想か。常識ではあり得ない事件を、天才物理学者・湯川学が解明していく、ガリレオシリーズ第2作。

## 片想い

『秘密』では娘の身体に母親の心が宿っているという、外見と内面が違う女性を相手にしたおっちゃんの苦悩を書いたわけです。ただそれはファンタジックな設定ですよね。そうではなくて、もっと現実的に外見と内面が一致しないということの代表として、性同一性障害というものを扱ってみようと思ったんです。

そしてまず、内面に非常に複雑なものを抱えているその人たちと接するのは誰か、と考えました。それは社会に出てから接する仕事のつながりや利害が絡む人ではなく、純粋に友達であろう、と。ということは、友情を描かなくてはいけない。それも男の友情、女の友情、男女の友情、さらにもっと別な形での友情。さらにそれぞれの恋愛の形も……。そしてそういったいろんなものを全部ひっくるめて、この性同一性障害のこと、〝男〟であること、また〝女〟であることはどういうことなのか、またその違いはなんなのか、ということを考え

文春文庫
2004年8月

**2017年テレビドラマ化（WOWOW）**

10年ぶりに再会した美月は、男の姿をしていた。彼女から殺人を告白された哲朗は、美月の親友である妻とともに彼女を匿うことを決意する。10年という歳月は、かつての仲間たちを、自分を、それほどまでに変えてしまったのだろうか。過ぎ去った青春の日々を裏切るまいとする男女を描いた長編ミステリー。

ねばならない、と思いました。

書く以上は自分自身のスタンスを明らかにして、信念を持って書き始めなくてはいけないと思ったんですよ。そういう点では準備に非常に時間がかかったし、覚悟も必要でした。

週刊誌連載だったこともあって、書いている期間は結構長かった。その間もずっと、性同一性障害、そして〝男〟と〝女〟に対する自分の考えを振り返り、確認しながら書いてましたね。

途中、〝男と女はメビウスの輪の上にいる〟という発想が生まれて来たんですよ。なぜ自分はそう思うのかを書きながら確認し続けていたし、書き終えたときにその発想に確信が持てた。自分としても少し成長したかなと思えた、思い出深い作品ですね。

性同一性障害といわれる人たちが読んだときに、共感してもらえたり、あるいは励ますことができるようなものになればいいなと、書きながら強く思っていました。励ましたいっていうのは傲慢なのかもしれないんですけど、こういうものを扱う限りは本当にその人たちの身になる必要があると僕は思っているので。

（「野性時代」2006年Vol・27より）

# 超・殺人事件——推理作家の苦悩

これについては語ろうと思えば山ほど語れるんですが……。

瀬名秀明さんのように、きちんとしたバックグラウンドのある人が『パラサイト・イヴ』のようなものを書いて、それが話題になって売れた影響もあるのかもしれませんが、科学知識をふんだんに使ったのか、専門書を丸写しにしてるのかわからないような作品がやけに増えてきていました。

それを書評家が、すごくよく調べているともてはやしていたんです。そういう状況を見ていて、「これは本物とニセモノがあるだろう」という気がしたわけです。そこで「理系の話がそんなにお好きならばこれはいかがですか？」と書きました。

ここに出てくる理論は、誰も何一つわからないだろうというやつをネタに書きました。ま

新潮文庫／角川文庫
2004年5月／2020年1月

**2003年テレビドラマ化（フジテレビ系）**

新刊小説の書評に悩む書評家のもとに届けられた、奇妙な機械「ショヒョックス」。どんな小説に対してもたちどころに書評を作成するというこの機械が、推理小説界を震撼させていく。舞台裏をブラックに描いた危ない小説8連発。意表を衝くトリック、冴えるギャグ、怖すぎる結末。激辛クールな短編集。

あはっきり言って、おちょくったろう、ということだったんですよ(笑)。

実を言うと、僕も書くのにどえらい苦労しました。あらゆる理系の分野の最先端の技術や理論を調べて、それを使って書くわけですから。もう本当に大変でした。

ただおもしろかったのは、新潮社の校閲が意地を見せてチェックにチェックを重ねたそうなんですよ。さじを投げたら負けだと思ったんでしょう。それでも幾つかに関しては「これは何のことかサッパリわかりません」と言ってきたんです。それはそうだろう、と思いましたよ。

僕はどれも、ある程度わかって書いていたんですけど、「超理系殺人事件」で数学者が最後に語る究極の理論だけはさっぱりわからなかった。「一次元では特異点の周辺を拡大して普通の点と同じに扱えるようにする解消のとり方は一意的で、二次元では極小解消が存在するが、三次元以上になると別の攻め方が必要である……」というところです。これは猿橋(さるはし)賞という賞を受賞したちゃんとした数学の理論なんですけど、ぜんぜんわからない(笑)。一意的、解消、二次元、極小、解消、三次元、別の攻め方。どれも知ってる言葉なんですけど、こうやって並ぶともう……。これに関しては新潮社の校閲からも、「お手上げです」と(笑)。「本当にこういうのがあるんですか」と言うので「論文丸写しだから、あるはずです」と言ったんです。そしたら「じゃあ、それでいいです」って。勝ちましたねって? いや、引き分けでしょう(笑)。

（「野性時代」２００６年Ｖｏｌ・27より）

# サンタのおばさん

サンタのおばさん
東野圭吾・作　杉田比呂美・画

文藝春秋
2001年11月

今年もイブが近づいて、恒例のサンタクロースの集会が開かれる。その年から新たに加わることになったサンタは何と女性。女性サンタを認めるかどうかで集会は大騒ぎになる……。『片想い』に登場する劇団「金童」が演じた舞台が絵本になった。著者が初めて書いたおかしく切ないクリスマスストーリー。

『片想い』のなかで、「金童」という劇団が演じたことがある芝居に『サンタのおばさん』っていうのがあるということになっているんです。もちろん架空のお話なんですが、それを実在の物語にしようじゃないかということで書くことになったのがこの作品です。

これは楽しい作業でした。『片想い』を書いているときと同じように、男と女、その違いっていったいなんなんだよ、ということを自分の中で確認しながら書いてはいたんですが、結果として、「あ、お父さんも辛いよな」というテーマが出てきたんですよ。そのことがすごくおもしろかった。

（「野性時代」２００６年Vol・27より）

## レイクサイド

隔週刊の雑誌に連載したものを全面的に書き直しました。だから、ほとんど書き下ろしに近いですね。基本的なアイディアはそのまんまですけど。

この作品の中で使われている、あるアイディアを思いついたのは『どちらかが彼女を殺した』とほぼ同時期です。推理もするし、謎解きもある本格ミステリではあるんですけれども……というね。それが何かは言えないんですが、そのアイディアは自分としては新しいと思うし、非常に気に入っています。

書き直すに当たって、実験的なことも一つ取り入れました。『白夜行』では主人公の内面を一切描写しなかったことが話題になったんですが、実はここではすべての登場人物の内面を一切描かなかったんです。つまりこの本の中には〝思った〟とか〝感じた〟はもちろん〝驚いた〟も出てこないんですよ。誰かの目に見える範囲内でしか書かないというやり方に徹したんです。会心の書き方ができたし、いい仕上がりになりました。

ただそういう書き方をしたおかげで、連載時と比べてずいぶん原稿の分量が減ってしまって、ものすごく薄っぺらい本になっちゃったんですけどね(笑)。でも、その書き方をしたことがやっぱり大正解だったなと思っています。

(「野性時代」2006年Vol・27より)

文春文庫
2006年2月

**2005年映画公開**

妻は言った「あたしが殺したのよ」。——そのとき湖畔の別荘には、夫の愛人の死体が横たわっていた。4組の親子が参加する中学受験の勉強合宿で起きた事件。親たちは子供を守るために、自らの手で犯行を隠蔽しようとする。しかし、事件の周囲には不自然な影が。真相はどこに?　そして事件は思わぬ方向に動き始める。

# 時生

## トキオ

講談社文庫
2005年8月

**2004年テレビドラマ化（NHK）**

不治の病を患う息子に最期が訪れつつあるとき、宮本拓実は妻に20年以上前に出会った少年との想い出を突然語り始める。当時、バカでどうしようもない若者だった拓実は、バッティングセンターで「トキオ」と名乗る少年と出会う。どこか現実感のないその少年とともに、謎を残して消えた拓実の恋人・千鶴の行方を探し始める。

この作品にはいろんな想いがあります。

僕には子供はいませんが、親は子供に対していろいろと不安を感じるんじゃないかと思うんですよ。つまり〝子育て〟ということに関してベストを尽くしたかどうかと訊かれたとき、自信のない人がほとんどだろうと。その典型といえる状況を書きました。果たして自分たちの子供として生まれてきて幸せだったかどうかを子供に訊けない状況を作って、親にそれを知るチャンスを与えてやったらどうだろうという発想が、まず一つあったんです。

もう一つは自分なりのタイムスリップものを書こうということでした。僕はよくあるタイムスリップものってあまり好きじゃないんですよ。まあ『バック・トゥ・ザ・フューチャー』などの映画では好きなのもあるんですが。一番感覚的に受け入れられないのが、過去に戻って何かをしたら現在が変わっていたというところ。じゃあその前に感じていたもの、タイムスリップする前に存在していたことはどうなっちゃったんだと思う。だからそうではなくて、実は過去が変えられてるんだということにしたんです。変わった結果、今現在があるというふうに。それでちょっと回想風な書き方をしてみました。

そしてもうひとつ……、実はここではバカを書きたかったんですよ(笑)。宮本拓実という男性が主人公ですけど、彼は本当にバカなんです。これを文庫で出すときに〝この主人公は俺〟とポップにも書いたんですが、若いときの自分のバカさ加減をかなり強調して書きました。自惚れだとか、勘違い、いろんなことを親や他人のせいにして責任逃れをするところとか。そういう部分を強調した人物を書きたかったんですね。それが多少なりともまっとうになる成長譚という構造にしようと思ったんです。それもあって、序盤の宮本拓実のバカっぷりはすごいですよ(笑)。連載中は男性が担当でスルーだったのですが、単行本担当の女性編集者は怒ってましたね。「なんで拓実はあんなにバカなんですかっ!」とものすごくむかつかれた。だからこれは正解だろうなと思いましたね。

NHKのテレビドラマにもなって、TOKIOの国分太一くんが宮本拓実を演じてくれました。内容的にはかなり原作とは違った部分があったんですが、ドラマを見た国分くんのファンが、「なんでこんなにバカなの。すごい腹が立った」と言ってたのを聞いて、いや〜、良かったなと思いましたね(笑)。

例えば『容疑者χの献身』の石神哲哉(いしがみてつや)だとか『白夜行』の桐原亮司(きりはらりょうじ)や西本雪穂(にしもとゆきほ)だとか、好きなキャラクターはたくさんいますが、実は一番好きなキャラクターはこの宮本拓実です。陰と陽でいうと彼には陽性の部分がある。だから一番好きなんです。

二〇〇五年に文庫になったんですが、その際にタイトルを漢字にして『時生』(原題:『トキオ』)となりました。


(「野性時代」２００６年Ｖｏｌ・27より)

## ゲームの名は誘拐

宮本拓実とはまた別の意味で女性がむかつく男として考えたのが、この主人公です(笑)。「Ｇａｉｎｅｒ」という、かなりいけてる若手ビジネスマンが読むような雑誌に連載されたこともあって、彼らが憧れるような主人公を出そうと思いました。

それで〝広告代理店に勤める嫌味(いやみ)でキザな男〟っていう設定にしたんです。読んだ女性が腹が立つような人物を書いてやろうと思っていたので、いきなり女性に反感を買ってしまうような導入になっています(笑)。

これも連載中、主人公に対する女性からの評判は極めて悪かったんですけど、こいつが今度はどんな嫌味なことを言うんだろうと思うとなぜか読んでしまうと言われたことがありました(笑)。そういう連載だったみたいです。

映画は『g@me.』というタイトルで、藤木直人(ふじきなおひと)くんが主人公を演じてくれたんですが、そのときには、かなりいい男で、しかも好青年になってましたね。原作の方がもっと嫌な男なので、ぜひそれを読んでもらいたいですね。


(「野性時代」2006年Vol・27より)

光文社文庫
2005年6月

**2003年映画公開**

敏腕広告プランナー・佐久間はクライアントの重役・葛城に、手がけていたプロジェクトを潰される。葛城邸に出向いた彼が出会ったのは、家出中の葛城の一人娘。「ゲームの達人」を自称する葛城に二人はプライドをかけた勝負を挑む。それは娘を人質にした狂言誘拐。携帯電話やネットを駆使して身代金3億円の奪取を狙う。

# 手紙

文春文庫
2006年10月

**2006年映画公開**
**2008年舞台化**
**2018年テレビドラマ化（テレビ東京）**

強盗殺人の罪で服役中の兄、剛志。弟・直貴のもとには、獄中から月に一度、手紙が届く……。しかし、進学、恋愛、就職と、直貴が幸せをつかもうとするたびに、「強盗殺人犯の弟」という運命が彼の前に立ちはだかる。人の絆とは何か。いつの日か罪は償えるのだろうか。犯罪加害者の家族を真正面から描く、不朽の名作。

誰かが罪を犯したときに、なんの責任もない加害者の家族はいったいどういう人生を送ることになるんだろうということに以前から興味があったんです。罪を犯した本人は塀の中に入ってしまうけれど、その家族は社会のなかで暮らしていかなければならないわけですからね。

ミステリにしようかなとも思いましたが、いろいろ考えてるうちに、まずそのことだけを書いてみようと決めました。つまらないものになっちゃうかもしれないけど、それでもいいやと思って。

親のいない二人っきりの兄弟の兄さんが殺人を犯してしまうわけですが、まず刑務所から弟宛に届く手紙はどんなものだろうと、思ったんですよ。それで法務省に取材に行ったら「いや、当たり障りのない呑気な内容です」と言うんです。手紙は全部検閲されますから、うっかりしたことを書くと心証が悪くなってしまうらしい。例えば、早くこんなところを出たいとか、刑務所での生活に対する不平や不満を書くと、全然反省していないと思われる。早く女を抱きたいと書くと、まだ危険性があるとみなされる。結局、手紙にはいかに自分が悔いているかを書くしかないんです。

ただ悔いていることを書こうにも、そのうち書くことがなくなってしまいますよね。でも塀の外とはつながっていたいし、手紙はそのための唯一の手段だから何か書こうとする。そうなると、今日は何をやったとか、何を食ったとかという呑気なことばかりになってしまうんだそうです。説明を聞いてすごく腑に落ちました。それで刑務所から呑気な手紙が来る、その手紙によって弟が苦しめられる、という話にすることにしたんです。

ただこれは『片想い』と違って、加害者とその家族はどう接したらいいのかという結論を、自分のなかで出せていたわけではないんです。ただ、何もないのかっていうとそうではなくて。現時点で自分が出すとしたら、どんな結論かということを、弟が勤める会社の社長のアドバイスにこめています。極めて冷淡というか、現実的なアドバイスですが、でも僕はそこで道徳の教科書に書いてあるようなことを書いてもしょうがないと思ったんですよ。あれが今のところの精一杯でした。

ラストに関しては、もうああするしかなかったというか……。あそこまでしか思いつかなかったんですよ。彼らが今後どうなっていくかっていうことに関しては、もう想像できなかった。ここまでが自分が書けることだったということですね。

実はこれを読んだ死刑囚から手紙をもらったんですよ。「あなたはなぜ私たちの気持ちがこんなによくわかるんだ、あなたにも殺人者の素養があるとしか思えない」って。ちょっとショックでしたね。

（「野性時代」２００６年Vol・27より）

# おれは非情勤

これはおなじみ学研の「科学」と「学習」の「科学」に連載したものです。本当は乗り気じゃなかったんですよ。子供たち向けに何を書いていいかわからないというのが、正直なところでしたからね。でもまあこれもひとつの勉強だということで取り組んでみました。でもものすごく難しかった。

最初はやっぱり、子供たちにどんなものを読ませたらいいんだろうとすごく悩んだんですよ。そうしたら出版社の人が「あんまりそういうことを考えないでくれ」と言ってくれて。「何を書いてもいいですか？」と確認したら「いいです」というので「よ〜し」と思いましてね(笑)。それでいきなり〝先生が殺される、しかも動機は不倫〟というのを書いたんです。案の定、ちょっと文句は来たらしいのですが。でもそんなことはものともせず、その調子で書き続けていきました。そうしたら二年間ぐらいの連載の間に、だんだん子供たちからの支持が増えていきました(笑)。

〝非情勤〟といいながら、実はこの先生、あんまり非情じゃないんですよ。むしろ若干熱血だったりします。でもこの先生が教えているのは、世の中は悪いやつばかりじゃないから頑

集英社文庫
2003年5月

おれはミステリ作家をめざす小学校の非常勤講師。下町の学校に赴任して2日目、体育館で女性教諭の死体が発見された。傍らにはダイイングメッセージ。その一方、受け持ちのクラスにはいじめの気配が漂う。盗難、自殺、脅迫、毒殺未遂まで、行く先々の学校で起きる怪事件。クールな非常勤講師が見事な推理を展開する。

張れ、というようなことじゃないんですよ。事件を通じて、世の中にはこのように汚い奴もいるぞ、だから負けないように心してかかれよ、と教えている。その辺が受け入れられた理由かもしれないと思っていますね。つまり、子供たちには、どうせ大人が読ませるものは当たり障りのない良い子の話なんだろうって諦めがあったと思うんです。でもこれは違うぞと思ってもらえたんじゃないでしょうか。

（「野性時代」２００６年Vol・27より）

## 殺人の門

この作品のアイディアは、『白夜行』のアイディアを煮詰めているときに並行して、別案として思いついたものです。これも子供の頃から大人までをずっと書いています。ただ、『白夜行』は主人公の内面を一切書かないのに対して、これは主人公の内面だけを書くようにしました。だから全然視点に客観性がないんですよ。彼を取り巻く環境、起こってくる出来事は主人公の目を通してしか見えない。そこには主人公の思い込みもあるかもしれないのですが、そのなかで彼が何を思うかが、この小説の肝（きも）になっています。

彼が思うことというのは、それは『悪意』にも通じるんですけど、単純に〝殺人に対する興味〟です。これって理屈じゃないだろうなと思うんですよ。子供が人を殺すってどういうことなんだろうって純粋に興味を持つということは。今の時代だったら、割合に受け入れられやすい疑問ではあると思います。

その殺人に対して興味を持った主人公の少年が、何かにつけて、人は人を殺すものなんだと思いながら大人になっていくわけですが、彼自身は非常に臆病なのにもかかわらず、人を殺す人間に対してある種の憧れのようなものを抱いていく……。それは絶対にある感覚だと思ったし、だからこそ、そういう少年を書こうと思ったんですが、現実にそういう少年がたくさんいるとは思わなかったですね。最近の世の中の出来事を見ていると、本当に残念だし、

角川文庫
2006年6月

「倉持修を殺そう」と思い始めたのはいつからだろう。悪魔の如きあの男のせいで、私の人生はいつも狂わされてきた。数多くの人間が不幸になった。あいつだけは生かしておいてはならない。でも、私にはどうしても殺すことができない。殺人者になるために、私に欠けているものは何なのだろうか？　人を殺すという行為とは何なのか。

複雑な気持ちだし、悲しいですよね。

この中に倉持（くらもち）という、主人公の友人なのかなんなのかよくわからない人物を出しています。彼を通して主人公はいろんなトラブルに巻き込まれてしまう。つまり彼は世の中とはこういうものであるということを、主人公に教えていく人物なわけですね。そして殺されてもいい人間だっているんじゃないかとポイントポイントで主人公に確信させる存在でもある。狭い世界のなかで人を殺すという気持ちを育（はぐく）んでいくというところは『白夜行』に比べて閉鎖的です。

主人公に対して、〝早く殺せばいいのに〟と読者が思ってくれたら、この本は成功なんですよ。ただ主人公は、こいつだったら殺したってかまわないだろうと自分を殺人に踏み切らせる気持ちを育みたいと思いながら、同時にそれを見送る理由、踏み切らないですむ理由も、無意識のうちに探してることも確かなんですよね。でも人間ってそういうもんじゃないかなと思います。

単行本にするために読み直したときに、自分としてはかなり荒削りな部分がたくさんあるなと思いました。でもこれはこのままの方がいいだろうと考えて、荒削りなところをあえて残したまま本にしました。

（「野性時代」２００６年Ｖｏｌ・27より）

# 幻夜

集英社文庫
2007年3月

**2010年テレビドラマ化（WOWOW）**

阪神淡路大震災の混乱の中で衝動的に殺人を犯してしまった男。そしてそれを目撃した女。二人は手を組み、東京へ出る。女を愛しているがゆえに彼女の指示のまま、次第に悪事に手を染めていく男。やがて成功を極めた女の、思いがけない真の姿が浮かび上がってくる。彼女はいったい何者なのか!?
『白夜行』の興奮が蘇る。

この作品についてはあまり語り過ぎない方がいいと思うんですが……。少なくとも『白夜行』の世界をもう一度蘇(よみがえ)らせたいと思ったことは事実です。ただし今度は『白夜行』のように主人公たちの内面を一切描かないのではなく、一方は描こう、そして二人のやり取りも描いてみようと思いました。ただしそれが真実かどうかはわからないけど、という構造になっています。そういうことを少し見せることで、また別の恐ろしさも生み出せるだろうなと考えたわけです。

これを書くに当たってまず九〇年代を振り返りました。バブル崩壊、阪神淡路大震災、そして嫌になるほどの不景気……。華やかなことが何もない。これでいったい何を書いていこうと最初は頭を痛めていたんですよ。でも結果的に不景気で町工場がどんどん潰れていくというのが、この小説の基盤になりました。よかったなと思うし、ちょっと不思議な気持ちでもありますね。

『白夜行』も『幻夜』も、まあ『殺人の門』もそうですが、実は『あしたのジョー』の世界観なんですよ。まあ僕の小説のほとんどは『巨人の星』と『あしたのジョー』だ、といってもいいんですけどね(笑)。『宿命』も星飛雄馬(ほしひゆうま)と花形満(はながたみつる)の話ですから。で、これを書き始めたときから、主人公の雅也(まさや)には『あしたのジョー』のようにボロボロになる男というイメージを持っていたんですよ。一人の男がボロボロになっていきながらも一人の女に惚れ続ける。そういう話を書けたらさぞかし快感であろうと思って書きましたね。

単行本にするときに、ラストシーンは若干変えました。最後に起こった事件の説明を警察発表という形で入れていたんですが、僕自身、この説明はないほうがいいんじゃないかと迷っていたんですよ。その前のヒロインの不気味な台詞で終わるほうがおもしろいんじゃないかって。担当の女性編集者に相談したら、あっさり「それはないほうがいいでしょう」と言われて、こういうラストになりました。

(「野性時代」2006年Vol.27より)

# ちゃれんじ？

角川文庫
2007年6月

ひょんなことがきっかけでスノーボードを始めた。あっという間に虜になってしまった。原稿を切り上げて雪山に通う日々。徐々に上達していくのが楽しくてしようがない。自称「おっさんボーダー」として奮闘、転倒、歓喜など、その珍道中を自虐的に綴った爆笑エッセイ集。その他の初モノにも次々ちゃれんじ！

はっきり言ってノーコメントにしたいですね(笑)。

まあスノーボードにはまってることは結構あっちこっちで紹介されていました。当初は、それで何かを書く気はあんまりなかったんです。でも、スノーボードに行く理由付けとしてエッセイでも書いておくかっていうことで始めました。そうしたら意外に書くことがたくさんあったんです。でも、本一冊にするにはとうてい足りないので、結局いろんなことに挑戦することにしたんですが……。

カーリングに挑戦して大怪我をしたのは大失敗でしたね(笑)。でもまあ、これでいろんな人に出会えて世界が広がったので、このエッセイが、というよりは、やっぱりスノーボードを始めてよかったなと思ってます、ということにしておきましょう。最後の短編? それにも触れなくていいです。

(「野性時代」2006年Vol・27より)

# さまよう刃

本当は警察官のジレンマを描きたかったんですよ。警察官は逮捕するだけで、その犯人がどう裁かれるかは彼らの関与しないところにある。特に少年犯罪の場合、その判決や裁かれ方に彼らとしては不本意なところがあるんじゃないかと思ったのが最初のきっかけでした。警察官はその犯人が憎いとか憎くないとかではなく、仕事だから、任務だから追うわけですよね。自分勝手に罪を犯した悪いやつを追うのなら、彼らも心おきなく任務に励むことができるだろうけど、気持ちと任務にズレがあったらどんな想いになるんだろうと想像しました。それを描くには、少年たちに惨殺された被害者の父親の想いから書いていかなきゃいけないだろうと思ったんです。加害者の家族と被害者の家族が出てくるということで、わりと『手紙』とつなげて考える人が多いんですが、それほど単純じゃないですね。

ものすごい飛ぶと思われるでしょうけど、書き方は『天空の蜂』にかなり近いです。ある事件が起こって、それを世の中の人が知ったときに、それぞれの立場でどう思うのかということを描いてみようとしたわけですから。当然警察官は描くわけですが、それ以外にも加害者少年の親、加害者少年の仲間の親、それを取り上げるマスコミの人間、同じように被害に遭った少女の父親、そして逃亡しつつ復讐を果たそうとしている人にたまたま接してしまった人……。いろいろな人のいろんな想いを描くことで、こんな事件が実際に起きたらどうなるかというシミュレーションをしたわけです。シミュレーションという点でも『天空の蜂』

角川文庫
2008年5月

**2009年映画公開**
**2014年映画公開（韓国版）**

長峰の一人娘・絵摩の死体が荒川から発見された。花火大会の帰り、未成年の少年グループによって蹂躙された末の遺棄だった。謎の密告電話によって犯人グループを知った長峰は、娘の復讐に乗り出した。犯人の一人を殺害し、さらに逃走する父親を、警察とマスコミが追い始める。正義とは何か。誰が犯人を裁くのか。

と重なると思いますね。

自分としてはテレビ局のシーンが結構気に入ってます。言いたいことを言いに来たはずの被害者の父親が何も言わせてもらえないまま番組が終わってしまうところとか、被害者側と加害者側として番組で白熱した議論を交わしていた両サイドの人間が、その後、笑顔で飲みに行くところとか。

もうひとつ気に入っているのは、レイプされた女の子がそのときのことを「普通に悲しかった」と言ったり、そんなことをした少年になぜついていくのか、と訊かれて「優しくされたから」と答えるところ。「あれは読んでてドキッとした」と何人からも言われました。僕自身も会心の文章です。そういう点でもこれは非常に気に入っている作品です。

ただ〝文学性があるかどうか〟と言うと、自分ではわからない。〝文学〟という既存の枠から、わざと外したところもありますから。ラストの盛り上げ方はあざと過ぎると言われましたけど、それは承知で、エンターテインメントとして映像的にやっちゃいました。

それはもう自分がそういう処理の仕方が好きだからとしか言いようがない。文学じゃないと言われても、それはしょうがないですね(笑)。

（「野性時代」２００６年Vol・27より）

## 黒笑小説

集英社文庫
2008年4月

作家の寒川は文学賞の選考結果を編集者と待っていた。「賞のために小説を書いているわけじゃない」と格好つけながら、内心は賞がほしくてたまらない。一方、編集者は「受賞を信じている」と熱弁しながら、心の中で無理だなとつぶやく。そしてとうとう成否を告げる電話が鳴る。黒い笑いに満ちた短編集。笑シリーズ第3作。

『怪笑〜』、『毒笑〜』に続くお笑いのシリーズですが、一冊になるのにすごく時間がかかりました。「奇跡の一枚」を書いたときに、僕はもっと毒のあるお笑いにするつもりだったんですよ。それがほのぼのとしたいい話になってしまったんです。そのときに「あっ、俺は今、毒を書けないな」って思いました。それで次の作品まで、しばらく間が空いたんですよ。

〝お笑い〟は難しいです。アイディアがなかなか出ない時期が一年も二年もあって、かなり苦しみながら書きましたね。

この作品の特徴は文壇ネタが四編入っていることでしょうね。まあ、そろそろベテランと言われてもおかしくない歳だし、こんなことを書いてもそう怒られないだろう、と(笑)。もうひとつ、これを怖い先生方に読まれて、その結果自分の墓穴を掘ることになっても、それもひっくるめてギャグということにしようと(笑)。そういう覚悟で書きました。

文壇ネタは奥田英朗さんなど、業界の人たちからの反響は抜群にいいですね。自分では「巨乳妄想症候群」とか「モテモテ・スプレー」とか、好きなんですけどね(笑)。

『名探偵の掟』のときに、ミステリ作家として自分を振り返って書いたのと同じ感覚がありました。文壇の四編を書くことによって、文壇にいる自分はいったいどういうものなんだろうって、自分で自分のことを見て笑う視点を持って書けたのでよかったですね。

ほんとに「もうひとつの助走」なんていうのは……。昔は賞に対して「いや～、あんまり気にしてない」とか無理して言わなきゃいけないことってありましたからね。絶対バレバレなのは、わかってるんですよ(笑)。「賞？　まあくれりゃあ、もらうけどね」みたいなことを言う人もいっぱいいるし、僕も言います。でも「本当はそうじゃないだろう」って、みんなわかってるわけじゃないですか。でも定番のようにそう言って、編集者も「そうですよね。先生だったら、今さら取らなくてもいいですよね」って定番の答えを返す。それって、やっぱり黒い笑いとしか言いようがないですよ(笑)。

それを書くことで、自分の中でも吹っ切れるし、俺がやってることはやっぱり無理してる、だけど、この無理してることを笑えれば、また違うものになるじゃないですか。

「選考会」も新人作家に対する面もあるんだけど、自分に対する警戒感っていうことですね。新しい小説を読んで「なんだ、おもしろくねぇな」と思ったときに、それは本当におもしろくないのか、もしかしたら俺っていう人間がちょっと時代遅れになってるんじゃないのかという危機感を持たなきゃいけないぞという想いもありますし。

まあいずれは過去の人になっちゃうっていう覚悟と、なりたくないという想い(笑)。そういうものが充分笑いのネタになりうるんで、書いちゃいましたね。

(「野性時代」2006年Vol・27より)

# 容疑者χの献身

『探偵ガリレオ』と『予知夢』では謎解き装置に過ぎなかった湯川ですが、一応、探偵役のキャラクターとして出す以上は、どんな人間かそろそろ肉付けしようということで、彼を主人公に一回、長編を書いてみようということになったんですよね。

どんな人間かを描くには対極の人間を出さなきゃいけない。そこで強敵を出そうと思ったんです。そこで物理学者の湯川に理論で対抗できるのは天才数学者だろう、と。でも、天才数学者は論理的に考えるから、犯罪なんていう割の合わないことをするわけがない。でも誰かのためなら罪を犯すかもしれない。だったらそれは計画犯罪じゃなくて、誰かの犯罪の隠蔽工作だろうと思ったわけです。じゃあなぜそういうことをするんだろうと考えたときに、それは彼が恋をしたからだとしか考えられなかったんですね。彼がするのはどんな恋なんだろうと考えに考えた末に、より現実的な設定の中に彼の純愛をこしらえました。これなら読者も石神を応援するだろうと考えたんです。

そこから天才数学者の石神が作る謎はどんな謎なんだろう、ということが始まっていったんですね。最初にトリックありきじゃなかったんです。でも、どんなものを考えたって、湯川なら一発で見抜きそうな気がしたんですよ。湯川がなかなか見抜けないような謎って、どんなものだろうと考えていったときに、小説にも出てきますけど、〝極めてシンプルだけど一気に難問が超難問に変わるっていうような謎〟が何かできないかなと考えたんです。なんとかこのアイディアをくださいと、三ヵ月ぐらい悩んでいたら、ある日、突然神様がプレゼントとしてアイディアをくれたんです。

本当に神様からのプレゼントだったなあというのは、書き進めていきながら改めて思いましたね。本当にこの人物、この設定、この純愛、そして湯川という敵がいるからこそ成立する謎で、解かれる謎で、そして迎えるべきクライマックスなんですよね。書いてて、いや〜、こんなうまくいくとは思わなかったと感じましたね(笑)。自分でもちょっとビックリしました。結果的に、なのですが、なんでこんなにうまく、これしかなかったっていうところに落ち着いたんだろうって。僕はそれは直感だとしか思えないんですよ。

僕は書いてるときに伏線をはったり計算をしたりしないんですよ。何となくこんなことをやっておいたほうがいいような気がするなあという感じで書いている。それが最終的に生きてくるんです。書き下ろしよりも連載のほうが、そういうことは多いです。きっとその作品に関わる時間が長いと、自分の中で無意識のうちに芽生（めば）えてくる何かがあるんですよ。それが実を結ぶには、物理的な時間が必要なんじゃないかなと思っています。

（「野性時代」２００６年Ｖｏｌ・27より）

文春文庫
2008年8月

**第134回直木賞受賞**
**第6回本格ミステリー大賞受賞**
**「本格ミステリ・ベスト10 2006」第1位**
**「このミステリーがすごい! 2006」第1位**
**「2005週刊文春ミステリーベスト10」第1位**
**2008年映画公開**
**2012年エドガー賞長編賞候補**
**2012年韓国、2017年中国映画公開**

天才数学者でありながら不遇な日々を送っていた高校教師の石神は、一人娘と暮らす隣人の靖子に秘かな想いを寄せていた。彼女たちが前夫を殺害したことを知った彼は、二人を救うため完全犯罪を企てる。だが皮肉にも、かつての親友である物理学者の湯川学がその謎に挑むことになる。

# さいえんす?

角川文庫
2005年12月

「こいつ、俺に気があるんじゃないか?」。女性が隣に座っただけで、男というものはなぜこんな誤解をしてしまうのか? そんな男女の恋愛問題から、ダイエットブームへの提言、科学技術とミステリの関係、野球人気を復活させるための画期的な改革案、図書館利用者へのお願いまで。理系作家が独自の視点で綴る、痛快エッセイ。

「ダイヤモンドLOOP」と「本の旅人」に連載した科学ネタのエッセイ。自分がどんなことを〝科学〟と捉えているかを書いています。〝科学〟というと敬遠する人も多いけど、それほど嫌うものでもないなと、少しでも感じてくれればな、という気持ちもありました。見方を変えれば何もかも科学である、ということで、恋愛とかダイエットとか教育とか、身近なところからネタは拾っています。「北京五輪を予想してみよう」はあまり科学じゃないですけどね(笑)。

気に入っているのは「少子化対策」。高齢出産にはリスクも多いけれど、二十代の女性に頑張ってもらうという発想が抜けない政治家や役人たちは〝頭が悪い〟としか言いようがない。

でもまあ、エッセイを書くのはやめてよかったと思いますね。

（「本の旅人」2007年7月号より）

## 夢はトリノをかけめぐる

光文社文庫
2009年2月

直木賞受賞パーティの翌日、作家は成田にいた。隣には何故か人間に化けた愛猫・夢吉が……。彼らが向かったのはイタリア・トリノ。その時まさに冬季オリンピックが開かれているその地だ。指さし会話で国際交流しつつ、驚きと感動に満ちた観戦旅行が始まる！
冬季スポーツとオリンピックを愛する著者が描く、新しい観戦記！

ウインタースポーツ好きなので、一度、冬季五輪というものをこの目で見たかった。強行日程だったが、かなり多くの種目を観戦した。しかし単なる観戦記ではつまらない。どうすればいいだろうと考え、ファンタジー小説にすることにした。
どういう意味かわからない人は読んでみてください。

（『たぶん最後の御挨拶』「自作解説」より）

## 赤い指

「小説現代」で九九年に短編として発表し、短編集『嘘をもうひとつだけ』の最終話として収録するはずでした。ですが、書き終えた時点で、短編の中身ではなかったとすぐに思ったのです。担当編集者に話すと同意見だったので長編に改稿することになったのですが、延びに延びて六年以上かかってしまいました。その間に『手紙』や『さまよう刃』を刊行し、犯罪にかかわる家族について深く考える機会が多かったこともあり、『赤い指』の比重をどこに置くのかという決断をするまでに時間がかかったとも言えます。が、構想六年というわけではなく、断念や逃避の期間も長かった(笑)。実際の執筆期間は二ヵ月ですので、停滞六年執筆二ヵ月といったところです。

本作の最大の特徴は、私の作品史上、一番頭の悪い登場人物ということでしょうか。一般的な家庭の普通の父親を描いたら、非常に場当たり的なことしかしない。前作『容疑者χの献身』の天才同士の対決とは対極にあります。加賀でなくてもすぐに謎が解けてしまう(笑)。その分、構成には気を配らなければなりませんでした。何よりこれは家族の話。加害者家族もいれば、被害者家族もいる。だったら重大な謎を解く加賀という人間はどんな家族を持っているのかを描く必要がありました。そのために彼を長く見ていた人物が必要だったんです。そこで出てきたのが加賀の従弟・松宮脩平でした。この語り役を思いつくのに時間がかかったんです。

実は、本作を書き上げる前に、『新参者』に収録される短編を「小説現代」で三本発表し

講談社文庫
2009年8月

**2011年テレビドラマ化(TBS系)**

少女の遺体が住宅街で発見された。捜査上に浮かんだのは、平凡な家族。一体どんな悪夢が彼等を狂わせてしまったのか。「この家には、隠されている真実がある。それはこの家の中で、彼等自身の手によって明かされなければならない」。刑事・加賀恭一郎の謎めいた言葉の意味は? 家族のあり方を問う加賀シリーズ第7作。

ていました。日本橋に異動した加賀がなぜだか一皮剝けていたのですが、その理由は私も知らなかったんです。『赤い指』での苦労を経て、やっと約束の場所に辿り着けたんだと思います。

(「IN☆POCKET」2006年8月号より)

## 使命と魂のリミット

二〇〇四年に母親が亡くなりました。胆嚢の具合が悪いので診て貰おうとしたら、先に巨大な大動脈瘤が見つかり、その治療をどうしようかと検討していたら、今度は胆管が癌に冒されていることが判明するという、じつに不運な状況でした。両方を同時に切除することは不可能で、仮にどちらかを切除した場合、次の手術まではかなりの時間を置かねばならず、結局は残ったほうの病巣によって命を縮めることになるだろうといわれました。だからどちらも切除せず、残された時間を楽しく送らせてやったほうがいいのではないか——それが病院側の判断でした。

私たち家族は、迷わずにそのアドバイスに従いました。真の病名を本人には教えず、明るく振る舞うのは大変ではありましたが、有意義な時間でもありました。本書のアイデアは、その時の経験をもとに発想したものです。医療現場の裏側を描くミステリは多いですが、たまには医療への期待を書いた小説があってもいいじゃないかと思った次第です。

（「東野圭吾公式ガイド」〈無料版〉より）

使命と魂のリミット
東野圭吾

角川文庫
2010年2月

**2011年テレビドラマ化（NHK）**

「医療ミスを公表しなければ病院を破壊する」。突然の脅迫状に揺れる帝都大学病院。「隠された医療ミスなどない」と言う心臓血管外科の西園教授。しかし、研修医・氷室夕紀にはその言葉を鵜呑みにすることができない。それは彼女の父は、彼の手術で死んでいたから。あの日、手術室で何があったのか?　今日、何が起こるのか?

## たぶん最後の御挨拶

タイトルに示されているように、私が出すエッセイ集は、おそらくこれが最後です。最近ではエッセイの依頼は、特殊な事情がないかぎりは断っているので、出そうと思っても出せ

文藝春秋
2007年1月

史上2番目の若さで乱歩賞を受賞、上京し、作家として順調な滑り出しだったはずなのに。何度も文学賞の候補に挙がりながら落選し続けること十数回、ようやく『秘密』でブレイクしたときには10年、6回目の候補で直木賞を受賞したときには20年。それでも小説に対する確固たる信念は変わらない！

ないでしょう。

エッセイは書かないと決めたら、何だかすっきりしました。身体が軽くなったような気さえします。じつをいうと最近、自分がエッセイを書くということに、ずっと違和感を覚えていたのです。

正直なところ、私はエッセイが得意ではありません。江戸川乱歩賞は小説、しかもフィクション小説の賞であり、受賞したこととエッセイを書く能力とは無関係なのです。エッセイを依頼されるたびに私は頭を捻(ひね)り、脂汗(あぶらあせ)を流すことになります。

そもそも私は自分の考えをストレートに言葉にすることが下手なのです。大抵の場合は、そうしたものは頭の中ではっきりとした形をとらず、もやもやと漂っています。それを人に伝える方法として、私は小説を選んだのです。小説を読んでもらい、その「もやもや」を読者の皆さんに感じてもらおうというわけです。

何か訴えたいことがあるなら小説で、というのが私の考えです。なぜなら、それが私にとって一番得意なことだからです。

本来ならば、本書も出すべきではないのかもしれません。本人が苦手と自覚しているエッセイを集め、それなりの値段をつけて売るということに、若干の躊躇いはあります。しかし、「これで最後だから」という、いわば甘えから、出させていただくことにしました。

エッセイはこれで最後ですが、小説のほうでは今まで以上にがんばっていきたいと思います。どうかよろしくお願いいたします。

（『たぶん最後の御挨拶』「あとがき」より）

## 夜明けの街で

中に出てくるネタには、自分の体験がたくさん含まれています。街やお店もほとんど実際に行ったことのある場所です。例えば秋葉に誘われて渡部がサーフィンに行こうとする話も、

角川文庫
2010年7月

**2011年映画公開**

不倫する奴なんて馬鹿だと思っていた。だけど僕はその台詞を自分に対して発しなければならなくなる。建設会社に勤める渡部は、派遣社員の仲西秋葉と不倫の恋に落ちてしまう。だが秋葉は15年前に彼女の父親の愛人が殺された事件の容疑者とされていたのだ。彼女は真犯人なのか。そして事件は時効を迎えようとしていた。

連載が始まる少し前に角川の某編集者にサーフィンを教わりに鵠沼海岸に出かけたことを思い出して入れたものだし、中華街の雑貨屋で秋葉がレインスティックを手にするシーンや二人がクリスマスを過ごすレストランだって……。

やっぱりどんな店でどんなことをやったらいい雰囲気なのかとか、知ってなきゃ書けないんですよ。葬式を理由に秋葉と一晩過ごした渡部くんが、新谷くんに言われて翌日、パチンコ屋でタバコの臭いをつけて帰るところは知り合いのネタですけどね。正直、元カノに読まれたらいやだな(笑)。

(「本の旅人」2007年7月号より)

# ダイイング・アイ

光文社文庫
2011年1月

**2019年テレビドラマ化（WOWOW）**

ある日、雨村慎介は何者かに襲われ、頭に重傷を負う。犯人の人形職人は慎介が交通事故で死なせた女性の夫だった。怪我の影響で記憶を失った慎介が事故について調べ始めると周囲の人間たちは不穏な動きを見せ始める。誰が嘘をつき、誰を陥れようとしているのか。そして慎介の前に妖しい魅力に満ちた女が現れる。

この作品は、一九九八年から九九年まで連載をして、それから本にするまでに九年かかっています。この九八年という年は、九六年に五冊本を出して、九七年には「しばらく本を出さない、少し考えよう」と思ったとき。つまり再スタートのタイミングで、いろいろなことに挑戦していたときでした。『白夜行』も同時進行していましたしね。

書き上がったときに、変なの書いちゃったなという印象があって、それを心の中にずっと持っていた。この厄介（やっかい）な作品を出すには相当いろいろと直したくなるだろうなと思って、あえて見ないようにしていたんですよ。

それをそろそろやろうかと思ったのは、この九年間いろいろなタイプの本を出してきて、読者にも「東野って、いろいろな本を出すんだな」とわかってもらえたような気がしたからです。あの頃は、ミステリファンという特殊な人たちだけを意識していたせいもありましたね。でもこの九年間で「ミステリは基本的に好きじゃないけど、読みました」なんていう読者の声も増えてきたわけです。だから自分が読んで面白いと思ったらそれでいいんじゃないかと、思えるようになったんです。

出版するに当たって、読み直してみると、大まかなストーリーや設定は覚えていたんですけど、細かいところは全然覚えていなかったので、他人の本を読むように新鮮でした。九年前の俺ってこんなことを考えていたのかな、というのがけっこう面白かった。「ああ、これ、いまの俺だったら考えつかない話だな。書かないというよりも思いつかない」というのがいちばん思ったこと。手前味噌なんだけど、エネルギーを感じたんです。

(「本が好き!」 2008年1月号より)

# 流星の絆

講談社文庫
2011年4月

**第43回新風賞受賞**
**2008年テレビドラマ化（TBS系）**

何者かに両親を惨殺された三兄妹は、流れ星に仇討ちを誓う。14年後、互いのことだけを信じて、世間を敵視しながら生きる彼らのまえに、犯人を突き止める、最初で最後の機会が訪れる。3人で完璧に仕掛けたはずの復讐計画。その最大の誤算は妹の恋心だった。涙が溢れる衝撃の真相。著者会心の新たな代表作。

この『流星の絆』で書こうと思ったこと、それは兄弟や家族の「絆」です。両親を殺された三兄妹がいろいろ悪いことをするんですが、最終的に兄二人が、妹を幸せにするために自分たちを犠牲にしてまでも頑張ろうとする。そんな流れを考えました。

頼りになる親がいなくなったとすれば、子どもたちだけでお互いに助け合って生きていかなければならなくなります。子どもだけだから、非常に頼りないけれど、逆に、より結束しなくては生きていけないんです。結果、その姿が彼ら兄妹の「絆」を強調することになるだろう、そう考えました。

三人にはそれぞれ下敷きにしようと思ったキャラクターがいます。長男の功一(こういち)には『白夜行』の桐原亮司、あるいは『魔球』の須田武志(すだたけし)。次男の泰輔(たいすけ)は『時生』の宮本拓実。末っ子の静奈(しずな)には『秘密』の杉田直子。そのイメージから三人を考え始めました。

小説全体についても、『宿命』からのテーマや流れを踏襲(とうしゅう)しているところがあります。雑草育ちの三兄妹と御曹司(おんぞうし)の対決、そして仇役(かたきやく)にも「宿命」がのしかかってくるあたりは、共通したテーマといえるでしょう。

また、「家族をいかに守るか」というテーマは『赤い指』と共通しているところがあります。三兄妹は、のちに結婚詐欺という犯罪に手を染めますが、兄弟、家族、愛するもののために犠牲になり、葛藤を胸に抱えながら生きていきます。歪(ゆが)んだものを背負わせながらも、彼らをどうやって幸せにさせるかが最大のポイントになりました。

ただ、この小説を書き進めるのには、それほど苦労をしていません。いつも以上に勝手に三兄妹のキャラクターが動き出してくれました。

（「IN☆POCKET」2008年4月号より）

# 聖女の救済

文春文庫
2012年4月

**2013年テレビドラマ化（フジテレビ系）**

男が自宅で毒殺された。女性刑事・内海薫は離婚を切り出されていた妻を疑うが、その妻には鉄壁のアリバイがあった。草薙刑事は美貌の妻に魅かれ、毒物混入方法は不明のまま捜査は難航する。湯川が推理した真相は「虚数解」。理論的には考えられても、現実的にはありえない。「これは完全犯罪だ」。ガリレオシリーズ第4作。

シリーズの前作『容疑者χの献身』を書いているうちから構想だけはありました。

石神という天才数学者のおっさんを書いていて、こればかりじゃ地味でしゃあない、ということで華がほしくなりました。それで犯人は女性にしようと最初から決めていたんです（笑）。前作を書き終えたときに、揺り戻しというか、今度は全然違う雰囲気で書きたいと考えたんでしょうね。

論理対論理で対決した石神とは違うタイプで、湯川にとっては前回以上の強敵を出す必要ともありました。その発想をきっかけに、湯川や石神とは別世界にいるセレブで、湯川がもっとも解けなさそうな謎、論理的ではないトリックを考える人物像ということで真柴綾音という容疑者のキャラクターが固まりました。湯川がまず、「こんなのはまったく論理的じゃない、合理的じゃない」というセリフをはくようなトリックを考えたかったのです。

トリックとキャラクターの関係というのは、「え、この人こんなことするのかな」ではなくて、「この人だったらこういうことをしそうだ」というものである必要があります。今作も実は、通常だったらありえないトリックなんです。普通のやつならこんなことしねえよ、というトリックだから……。だとしたら、こんなことをしそうな人物を描かなきゃならない。ただ、もともと女性を書くのは得意じゃないので、なるべく綾音の内面描写はしないようにしたのですが、まったく書かない、というのはやはり難しかったですね。とはいえ、彼女がパッチワークをしているところなど、湯川でも解くのが難しいトリックと小説の世界観との融合についてはうまくできたと思っています。

（「オール讀物」２００８年11月号より）

# ガリレオの苦悩

文春文庫
2011年10月

**2008年テレビドラマ化（フジテレビ系）**

〝悪魔の手〟と名のる人物から、警視庁に送りつけられた怪文書。そこには、連続殺人の犯行予告と、帝都大学准教授・湯川学を名指しで挑発する文面が記されていた。湯川を標的とする犯人の狙いは？　常識を超えた殺人方法とは？　邪悪な犯罪者と天才物理学者の対決を圧倒的スケールで描く。ガリレオシリーズ第5作。

これは無茶苦茶、苦労しました。

『聖女の救済』と同時に出すということを決めていたので、一方の本だけがずいぶん薄くてもいけないし、なにより先行する『探偵ガリレオ』と『予知夢』が五本ずつ収録してある短編集なので、今回は四本しか入っていないとドラマが話題になった今がチャンスだから急いで出したのか、と思われてしまうのが悔しかった。ですから書き下ろしとして「指標す」を収録することにしたのですが、これには本当に苦労しました。何とかダウジングを使ったものにしようと考えたのですが、一年間ロクなアイディアも出ずに悩み続けて、過敏性大腸炎にまでなってしまいましたね。

でも、辛くても努力は必要です。絶対にしなきゃならない。だけれども百パーセント努力したとしても、八十点、六十点しかもらえないということもある。それでも、信じて百パーセントの努力を続けるしかない。

あの忙しい東野圭吾が、単行本に書き下ろしを入れていると知ったら編集者たちも驚くだろうし、読者にも、書き下ろしが一本収録されているというサプライズになりますからね。体調を崩しても、編集者は「お腹こわしてるんですか？　飲みすぎたんでしょう」なんて、笑っていましたが……。

そんな苦労もありましたが、短期間によくこんなものを書けたなあと思うし、ものすごく手ごたえもあって、満足している短編集です。各々の短編ごとに面白い仕掛けができましたし、湯川という人物像のピースが一つずつ埋まっていく短編集になったと思います。最もうまく表現できた湯川の特徴は、いつも喜んで謎解きをやっているわけじゃない、ということですね。

（「オール讀物」2008年11月号より）

# パラドックス13

講談社文庫
2014年5月

運命の13秒。その時、人々はどこへ消えたのか。13時13分、突如、想像を絶する過酷な世界が出現した。陥没する道路。炎を上げる車両。崩れ落ちるビルディング。破壊されていく東京に残されたのは、わずか13人。なぜ彼らだけがここにいるのか。彼らを襲った論理数学的に予測不可能な〝P-13現象〟とは何なのか。

ある日、知り合いの編集者から、「突然、東京から殆(ほとん)どの人が消えてしまい、わずかな人だけが残って生き延びる話を書けませんか」と訊かれました。どうやらある映像関係者が、そういう映画を撮りたいと思いついたようなのです。

なぜ消えたんですか、と尋ねてみたところ、呆(あき)れた答えが返ってきました。

「それはわかりません。とにかく急に消えるんです。決まっているのは、それだけです」

冗談じゃない、と答えました。でたらめな状況だけ作っておいて、そのからくりを人に考えてもらおうなんて虫が良すぎます。無理ですね、と冷たく言ってその場は別れました。しかし、この奇妙な問題は、私の頭の片隅に引っ掛かっていたようです。ある日ふとしたことから、問題の答えらしきものを思いついたのです。先の編集者に連絡し、やれるかもしれないと答えました。

結局、この映画の話は御破算（ごはさん）になったのですが、ストーリーは私の手元に残りました。それを小説として完成させたのが本書です。東京の街が壊れていく様を想像するのは、案外楽しい作業でした。

（「東野圭吾公式ガイド」〈無料版〉より）

# 新参者

まず告白しておきますと、この作品を長編にすることなど、最初は全く考えませんでした。頭にあったのは、日本橋の人形町を舞台に小説を書いてみたい、ということだけでした。なぜこの町なのかと訊かれると、とにかく好きだから、としか答えられません。この町を歩いているだけでわくわくしてくるし、元気が出てきます。不思議なエネルギーを感じられるのです。それを何とか小説の形で読者の皆さんに伝えたいと思ったわけです。

何かを伝えるにはレポーターが必要です。そこでその役に加賀恭一郎を抜擢することにしました。練馬という場所で、主にひとつの家庭に潜む謎を解いてきた彼が、町という広いものを相手にしたらどうなるか、作者としても興味があったのです。

このようにして舞台と主役は決まりました。しかし肝心のストーリーは何もありません。とりあえず歩いてみよう、というわけで担当者と二人で人形町を散策することにしました。六月の、とても暑い日でした。物語の設定が六月になっているのは、そのせいです。あまりにも暑いので、我々はしょっちゅう喫茶店に入って休憩しました。

アイデアなど、何も浮かびません。今日はもう諦めて帰ろうと思った頃、外を歩いているサラリーマンらしき人々を眺めていて、ある現象に気づきました。担当者に話したところ、「そ

講談社文庫
2013年8月

「2009週刊文春ミステリーベスト10」第1位
「このミステリーがすごい! 2010」第1位
2010年テレビドラマ化(TBS系)
2019年CWAインターナショナル・ダガー賞最終候補

江戸の匂いの残る日本橋・人形町。この町の一角で、発見されたのは、一人暮らしの40代女性の絞殺死体。「どうして、あんなにいい人が」。周囲がこう口を揃える彼女の身に一体何が起きたのか。日本橋署に着任したばかりの刑事・加賀恭一郎は事件の謎を解き明かすため、未知の土地を歩き回る。加賀シリーズ第8作。

れ、面白いですね」と言ってくれました。

そのアイデアを使って書いたのが「煎餅屋の娘」です。人形町シリーズの記念すべき第一作目となりました。ただこの時点では、作者の私にさえも全体像は何ひとつ見えていません。小伝馬町で殺されたのは、どんな女性なんだろう。なぜ殺されたんだろう。加賀はどうやって解決していくのだろう。冗談のような話ですが、私はまるで他人事のように眺めていました。

先が何も見えないまま、この町と人々を描きたいという思いだけで、物語を書き進めていきました。ただし、毎回書く前には必ずすべきことがありました。とにかく担当者たちと町中を歩きまわるのです。今回こそはもうネタがない、と思った時でも、同じところを何度も往復しているうちに、必ず新発見がありました。

そのようにして小さな物語を書き連ねていくうちに、次第に私の中で物語が作られていきました。ある一部分だけがくっきりと浮かんでくるのではなく、霧が晴れるように全体の風景が現れてきたという感じです。その段階にくると、何もわからないままに書き始めたはずの「煎餅屋の娘」にも重要な意味があったと気づいて作者自身が驚く、というようなことさえありました。

今回の事件の被害者は、ある一人の女性です。なぜ彼女は殺されたのか、犯人は誰か、ということだけでなく、なぜ彼女はこの町にやってきたのか、誰を愛したのか、何を夢見たのか、そしてどんな毎日を送っていたのかということが、加賀の前に立ちはだかる謎となります。その謎を作り上げていくことこそが今回の自分の使命なのだ、と途中で気づきました。『新参者』に登場する加賀は、これまでの彼とはずいぶんと印象が違うはずです。練馬署で担当した最後の事件、『赤い指』によって何かが変わったのだ、と解釈していただけたらと思います。

（「小説現代」２００９年10月号より）

## カッコウの卵は誰のもの

この作品は、某スポーツ専門誌に連載した『フェイク』という小説がもとになっています。媒体がそういうものでしたから、やはりスポーツに関連した作品にしようということになったわけです。

何のスポーツを扱うかというより、まずは何をテーマにするかを考えました。そこで頭に浮かんだのが、「才能」ということです。

私たちは日常生活において、この言葉をよく使います。しかしその意味を深く考えることはあまりないように思います。何かを優秀にこなせる人がいたら、「才能があるなあ」と認識し、あまり上手くない人には、「才能がない」と判定します。ところがその判断基準は甚（はなは）

だ曖昧です。たとえばプロ野球の選手になるような人は、子供の頃から、「野球の才能がある」と本人も周りも評価していたはずです。ところが実際にプロ入りしても、一度も一軍に上がれずに引退する人も少なくはありません。その場合、周りだけでなく本人さえも、「結局は才能がなかった」という結論に落ち着いてしまうことが多々あります。

才能とは一体何なのでしょうか。時に人はそれによって人生を翻弄されます。そこで、今回はそれをテーマにした小説を書いてみよう、と考えました。

大抵の場合、才能は人を助けます。人生を豊かにしてくれるし、金儲けに繋がることも少なくありません。しかしその才能によって、本人や周囲が苦しむこともないわけではありません。その典型例が、才能と遺伝の問題です。スーパースターを親に持つ選手が、周囲の期待のあまりの大きさに苦悩するという事例なら、いくつか思いつくのではないでしょうか。

この物語には、かつては一流のアルペンスキーヤーだった人物が出てきます。彼には娘がいます。彼女もまたアルペンスキーヤーであり、父に匹敵する実績を築きつつあります。彼等父娘を見れば、誰もが才能の遺伝を感じることでしょう。

ところがこの場合、二人の才能に繋がりはありません。遺伝したわけではないのです。なぜなら二人は実の親子ではないからです。ある事情から、彼は他人の娘を自分の子供として育てることになったのです。そしてそのことは、彼以外には誰も知らないことでした。

そこに一人の科学者が現れます。スポーツの才能を遺伝子レベルで解明することに情熱を燃やしている男です。彼は父娘の能力に目をつけ、二人を研究対象にしようと考えます。

父親としては、科学者の提案を受け入れるわけにはいきません。そんなことをすれば、実の親子でないことがばれてしまうからです。しかし科学者は諦めません。何とかして説得しようとします。遺伝したわけでもないのに、たまたま娘にも父と同様の才能があったばかりに、封印していた過去が明かされそうになるわけです。

拒む一方で父親は、他人の子を自分の子と偽って育ててきたことについて罪悪感も抱いています。その子の才能を伸ばすことに生き甲斐を感じつつ、自分自身のエゴではないかと悩みます。

本作にはもう一人、才能のある少年が登場します。彼は前述の科学者によって見いだされた、まさに優秀なスポーツマンの遺伝子をもった人物です。ただし彼自身は、スポーツには殆ど関心がありません。好きなのは音楽です。ギターをやりたいと思っています。しかし貧乏な暮らしを支えるため、やりたくもないスポーツに取り組むことになります。他人は彼を羨みますが、本人は、こんな才能はちっともありがたくない、と思っています。ではその才能を彼に与えることになった父親は、その状況をどのように捉えるでしょうか。

才能ということをテーマに書き始めた小説でしたが、いつの間にか子に対する親の思いを描くようになっていました。もし自分の子供にとびきりの才能があるとわかった時、あなたならどうしますか。本人に任せる、というのは模範解答でしょう。しかしその子が将来、何億円も稼げるプロ選手になれるかもしれないとしたら、少し考えが変わるのではないですか。

子供の才能とは、多くの場合、親の幻想だといわれます。もしかしたらそのほうが幸せなのかもしれないな、と本作を書き上げた今、考えています。

（「小説宝石」２０１０年1月号より）

東野圭吾
Higashino Keigo
カッコウの卵は誰のもの
光文社文庫


光文社文庫
2013年2月

**2016年テレビドラマ化（WOWOW）**

元スキー日本代表・緋田には、スキーヤーの娘・風美がいる。母親の智代は、風美が2歳になる前に死んでいた。緋田は、智代の遺品から流産していた事実を知る。そんな中、緋田父子の遺伝子についてスポーツ医学的研究の要請がくる。そして風美の競技出場を妨害する脅迫状が届いた。父親が抱える娘の秘密とは。

## プラチナデータ

この作品のアイデアを思いついたのは、今から五年以上も前です。某映像関係者らとの間で、「小説と映画のコラボレーション」をやろう、という話になったのがきっかけでした。映画化を前提にしているわけですから、当然映像的なストーリーが必要になってきます。私はいくつかのストーリーを提案し、その中から映像関係者らに気に入ったものを選んでもらうことにしました。そうして選ばれたのが、DNA解析によって捜査を行う特殊機関の物語、すなわち『プラチナデータ』でした。

　しかしこの「小説と映画のコラボレーション」企画は、結局実を結びませんでした。理由はいくつかあるのですが、最大の原因は、私が行き詰まってしまったということです。映像化を意識するあまり、何をどう書いていいかわからなくなってしまったのです。

　じつはこれは自分でも意外なことでした。というのは、私は小説を書く時、常にその場面を映像的に思い浮かべているからです。いつも通りに書けばいいと軽く考えていました。しかしそれは大間違いでした。「映像を思い浮かべながら書く」ことと、「映像化を意識して書く」ことは、全く違っていたのです。

　企画が消滅してしばらくした後、私は改めてこの作品を書いてみようと思いました。無論、今回は映像化のことなど考える必要がありません。頭を真っ新（まっさら）の状態に戻し、自分が何を書きたかったのかを見つめ直すことにしました。すると、以前はやや不明瞭だったテーマが、徐々にはっきりとした形を示し始めたのです。

　それは、「目に見えないものにこそ価値がある」ということでした。皮肉なものです。映像化を意識し、目に見えるものばかりに拘(こだわ)っていたために、この重要なテーマを見失っていたわけです。

前述しましたように、本作にはＤＮＡ解析によって捜査を行う特殊機関が登場します。ＤＮＡから身体的特徴を割りだすだけでなく、膨大な数のデータベースから該当人物を特定することも可能です。このシステムを一層充実させるべく、国民たちはＤＮＡ情報を登録するように呼びかけられています。ここまででおわかりになったと思いますが、本作の舞台は、現代よりもほんの少しだけ未来の日本です。

主人公の神楽龍平(かぐらりゅうへい)は、そうしたＤＮＡによる捜査機関のメンバーであり、誰よりもシステムを理解している人物です。彼はＤＮＡによって身体的特徴が決定されるだけでなく、人間の心もそれで決まるという考えを持っています。心とは、脳というコンピュータに組み込まれたプログラムに過ぎないというわけです。

一方で神楽は、その信念と矛盾する要素を自分自身の中に持っています。それは彼が二重人格者であるということです。もう一つの人格であるリュウは、彼とは正反対の性格であり、考え方の持ち主です。リュウは出現した時には絵を描きますが、その絵の意味が神楽にはわかりません。するとある人物はこういいます。

「彼は見えないものを描いているの」

またこんなふうにもいいます。

「あなただって、たしかに見ているものなの。でも同時に見えていない」

一つの肉体を共有しながら、リュウには見えるけれど神楽には見えないものがある。それは一体何なのか。なぜそういうことが起きるのか。それが本作のテーマであり、仕掛けられた最大の謎だともいえるでしょう。

この小説の執筆には三年半を要しました。掲載誌が隔月刊だったことは、じつは関係ありません。私自身が神楽と同様、悩み、苦しんでいたため、なかなか答えを出せずにいたのです。今こうして、「見えない何か」を形にできて、ほっとしています。読者の皆さんに楽しんでいただけたなら幸いです。

（「パピルス」2010年7月号より）

プラチナデータ
PLATINA DATA
東野圭吾
幻冬舎文庫


幻冬舎文庫
2012年7月

**2013年映画公開**

犯罪防止を目的としたDNA法案が国会で可決された。検挙率が飛躍的に上がるなか、科学捜査を嘲笑うかのような連続殺人事件が発生した。警察の捜査は難航を極め、警察庁特殊解析研究所の神楽龍平が操るDNA捜査システムの検索結果も「NOT FOUND」。犯人はこの世に存在しないのか？　全ての謎はDNAに。

# 白銀ジャック

実業之日本社文庫
2010年10月

**2014年テレビドラマ化（テレビ朝日系）**

「我々はいつどこからでも爆破できる」。年の瀬のスキー場に脅迫状が届いた。警察に通報できない状況を嘲笑うかのように繰り返される山中での身代金奪取。雪上を乗っ取った犯人の動機は金目当てか、それとも復讐か。その鍵は1年前の事故がきっかけで閉鎖されたゲレンデにあった。犯人との命を賭けたレースが始まる。

中学生の時から十年間ほど趣味でスキーをやっていました。といっても、年にせいぜい十日程度だったと思います。当然大して上手くもなく、いんちきパラレルターンで満足していたくちです。それでも友人たちと騒ぐのが楽しくて、何時間も夜行バスに乗って、いろいろなゲレンデへ滑りに行きました。志賀高原や妙高などが多かったです。

ところが二十代の半ばにスキーで大怪我をしてしまい、それ以来雪山からは足が遠のくようになりました。皮肉なもので、それから数年後に、映画『私をスキーに連れてって』の影響で、世間にはとてつもないスキーブームが訪れます。当時私はすでに上京していて、関越(かんえつ)自動車道の大泉インターチェンジ付近に住んでいましたが、金曜日の夜にはスキー場を目指す若者たちの車が数珠(じゅず)繋ぎになっているのをよく目撃したものです。バブル景気が訪れようとしていた頃でもあり、映画公開のタイミングがよかったのでしょう。私もよく知り合いの編集者からスキーに誘われました。「長時間、車に乗ってるのがいやだ」といったら、「新幹線で行けば楽ですよ」と軽くいわれてしまいました。新幹線でスキー場へ？　当時、そんな発想は全くありませんでした。

　千葉の船橋に『ザウス』ができた時には驚きました。スキーブームは本物なのだなと思いました。それでも私自身がスキーをすることはありませんでした。苗場(なえば)スキー場に行ったという人からリフト待ちの話を聞き、「御苦労なことだ」と内心笑っていたものです。

　そんな私が久しぶりにスキー場に行くことになったのは、二〇〇二年のことです。しかしスキーではなく、スノーボードを体験するためでした。雑誌「スノーボーダー」の当時の編集長と飲み屋で会った際、「是非一度挑戦してください」といわれたのがきっかけです。その時私は、「新品の板をくれるならやってもいいです」と答えました。冗談半分でした。どうせ、社交辞令で誘っているのだろうと思ったからです。

　ところが数日後に、本当に新品の板が送られてきました。そうなると後には引けません。すでに四十四歳になっており、周りからはやめたほうがいいといわれましたが、二月の末日、ガーラ湯沢に出かけていきました。そうです。生まれて初めて、新幹線に乗ってスキー場に行ったのです。驚きましたね。駅に着いたら、そこがもうスキーハウス。着替えはできるし、レンタルもできる。ゴンドラ乗り場は、すぐそこです。

そして初のスノーボード体験。これまでの人生で、こんなに転んだことがあっただろうか、と思うほど転びました。寒さ対策をしていったのですが、逆に汗びっしょりです。それでもインストラクターの方から丁寧に教えてもらい、半日ほどで、どうにかこうにか滑れるようになりました。

滑っては転び、転んでは滑る。四十四歳のおっさんが完全に子供に戻っていました。雪の上で大の字になり、世の中にはこんなに楽しいことがあったのだな、もっと早く始めていればよかった、としみじみ思いました。

その年には、初めて『ザウス』にも行きました。こんな巨大なものをよく造ったものだと改めてびっくりしたものです。極めて無念なことに、その年で閉鎖されたのですが、ぎりぎりまで通いました。

それから八年が経ちます。おっさんは五十歳をとうに過ぎていますが、それでもまだ滑っています。どこかのスキー場がオープンしたと聞けば、即座に駆けつけて初滑りを楽しみ、雪がすっかり消える時期まで滑っています。滑走日数は、一シーズンで三十日から四十日というところでしょうか。最近では、滑り納めは五月末に月山（がっさん）で、というのが恒例になりました。

さて私は小説家ですから、スノーボードばかりしていては食べていけません。プロ・スノーボーダーになれればいいのですが、その道はかなり険しそうです。やはり小説を書くしかないのです。しかしせっかくこんなにしているのですから、スノーボードを扱った小説を書かない手はありません。では、どんなものを書くか。

真っ先に私の頭に浮かんだのは、前述の映画『私をスキーに連れてって』でした。スキーやスノーボードをする方ならおわかりだと思いますが、近年、スキー場の利用客は減る一方です。不景気のせいもあるのでしょうが、スキーやスノーボードの人気そのものが落ちているように感じます。リフト待ちが少なくていいや、などと喜んでいる場合ではありません。スキー場の経営が成り立たなくなったら、スキーヤーやスノーボーダーだって困るはずです。何としてでもスキー場に人を呼ばねばなりません。今こそ、『私をスキーに連れてって』のようなものが必要なのです。

同じようなことを考える人がいたのか、数年前にスキー映画が作られました。私はわくわくして見に行ったのですが、帰る時にはひどく失望していました。その映画の主人公であるスキーヤーは、スキー場でのルールやマナーを全く守らない人物で、しかもそれが魅力的であるかのように描かれていたからです。こんな人間が大きな顔をしているとなれば、誰もスキー場に行こうとは思わないでしょう。後から知ったことですが、監督はスキーのことを全然知らなかったそうです。さもありなん、と思いました。

もはや人任せにはできません。今回、私は自分で映画を作ってみることにしました。いえもちろん実際に作るわけではありません。自分ならどんな映画を作るかを空想し、それをそのまま文字にするわけです。

しかし、『私をスキーに連れてって』のようなラブストーリーは自分には無理だと判断しました。やはり、スリルとサスペンスを売りにした映画がいいでしょう。舞台は、もちろんスキー場。映画といっても空想ですから、予算のことを心配する必要はないのですが、物語はここだけで展開します。ほかの場所は、一切出てきません。

さて、このスキー場で何が起きるのか。

ヒントは『白銀ジャック』というタイトルにあります。この「ジャック」とは、ハイジャックから抜いたものです。「バスジャック」とか「シージャック」といった和製英語や「電波ジャック」という言葉などと同じです。「乗っ取り」とか、「奪取」といった意味で使っています（ただし、英語の「jack」には、これらの意味はなく、「乗っ取り」は飛行機以外の乗り物でも「hijack」だそうですから御注意を）。

つまり今回の物語は、何者かによって白銀が乗っ取られるという内容なのです。白銀って何だ、と思われるかもしれませんね。それはずばり、スキー場のことです。スキー場では多くの人々がスキーやスノーボードに乗っています。しかし当然のことながら、それらだけでは一ミリたりとも動きません。スキー場にあるからこそ、時速何十キロもの速度で動くのです。いわばスキー場全体が、一つの巨大な乗り物だといえます。

そんなものを犯人はどうやって乗っ取ったのか。この際ですから、明かしてしまいましょう。犯人から最初に送られてくる脅迫状には、次のように書いてあります。

「諸君たちを有頂天にさせている積雪量たっぷりのゲレンデだが、その下にはタイマー付きの爆発物が仕掛けられている。まだ降雪のなかった時期に、我々が密かにセットしたのだ。我々は遠隔操作によって、いつどこからでもタイマーを作動させることができる。」

これでおわかりいただけたと思います。ゲレンデのどこかに爆発物が埋まっているのです。それを発見するのがいかに困難かは、スキー場に行ったことのある方ならわかると思います。スキー場の経営者たちには二つの選択肢しかありません。スキー場を閉鎖して雪がすっかり消える春まで待つか、犯人の要求を受け入れて爆発物のありかを教えてもらうか、です。丸々一シーズンの営業を棒に振るとなれば、その損害額は半端ではありません。さあ、本作品に登場する架空のスキー場の経営者たちは、どんな道を選んだでしょうか。

映画『私をスキーに連れてって』では、スキー好きの若き会社員たちが主人公でしたが、この小説では索道部マネージャーやパトロール隊のリーダーといった、いわば裏方的な人物を主に描くことになりました。もちろんほかにも、野心溢れる女性スノーボーダーや、心に傷を負っている父子スキーヤーら、様々な人物が登場します。何しろこれは映画なのです。アクションあり、謎解きあり、恋愛要素もありの娯楽映画です。文学性などという面倒臭いものは蹴飛ばして、面白くすることだけを考えました。

しかも今回は超格安で楽しんでいただくため、いきなり文庫で発表することにしました。電子書籍が話題の昨今ですが、私の新作『白銀ジャック』を読むのに電子ツールは不要です。

この小説を読めば、皆さんの頭の中にあるスクリーンには広大なゲレンデが現れ、縦横無尽に滑走するスキーヤーやスノーボーダーたちの姿が映し出されるはずです。登場人物にはお気に入りの役者さんを当てはめて、思う存分楽しんでください。ただし作者の筆力不足のため、スキーやスノーボードのテクニックについては、うまく描けておりません。そこは一つ、皆さんの想像力で補っていただけると助かります。

読了後はスキー場に行きたくなること間違いなし。乞う御期待。

（「ジェイ・ノベル」２０１０年11月号より）

## あの頃の誰か

この拙文は「言い訳」です。

今回ここに収められた作品は、過去に何らかの形で発表されながら、これまでどの短編集にも収録されなかったものばかりです。なぜそうなったのかについては、それぞれ別の理由があります。しかしいずれもあまり威張れる理由ではありません。つまり早い話が、どれもこれも「わけあり物件」なのです。そんなものを商品にするかぎりは、その「わけ」というのを説明しておく必要があるでしょう。

［シャレードがいっぱい］

バブル景気真っ只中の頃に書いたものです。作品にはその気配がぷんぷん漂っています。掲載誌を出版していた会社がつぶれたため、宙ぶらりんになってしまい、そのままどこにも収録されず、二十年が経ちました。今読んでみると、もはや時代小説です。これはこれで、もしかしたら面白いかもしれないと思い、今回収録することにしました。本のタイトルを『あの頃の誰か』としたのは、この作品がきっかけになっています。

（中略）

［二十年目の約束］

ある意味、この作品が最大の「わけあり物件」でしょう。書き上げた時から自分でも気に入らなくて、読み返すことのなかった作品です。短編集に収録しなかったのも、駄作だから、という理由からでした。しかし担当編集者が、「そんなに悪い出来とは思えない」としつこくいうので、今回渋々読み返してみました。すると、たしかにそう悪くはありません。なぜあんなに気に入らなかったのかと考え、どうやら設計図通りに話を運べなかったからだろうと思い至りました。当時の私は、ミステリとはそうやって書くものだと思い込んでいたのです。ところでそれとは別に、どうにもタイトルがいただけません。出来が不満だったので、適当に付けたのでしょう。ひねりも何もありません。読者の皆さんには失礼だと思いつつ、自戒を込めて、そのままのタイトルにしました。

（『あの頃の誰か』「あとがき」より抜粋）

光文社文庫
2011年1月

**2012年テレビドラマ化（フジテレビ系）**

メッシー、アッシー、ミツグ君。箱のような携帯電話、タクシーはつかまらないし、クリスマスイブはホテルの争奪戦。騒がしくも華やかな好景気に踊っていた「あの頃」。時が経ち、歳を取った今こそ振り返る。多彩な技巧を駆使して描く、あなただったかもしれない誰かの物語。『秘密』の原型となった「さよなら『お父さん』」他全8篇。

## 麒麟の翼

加賀シリーズの前作『新参者』を発表した後、次に書くものについて編集者たちと話し合うことにしました。自分としては、家族のあり方を問うた『赤い指』と人情を描くことに挑んだ『新参者』の両方の要素を取り入れられればいいな、と贅沢なことを考えていましたが、具体的なアイデアは何ひとつありません。とりあえず日本橋に行ってみようということになりました。東京に住んで長いのですが、日本橋をじっくりと眺めたことは一度もなかったからです。

上には悪評高い高速道路が通っていますが、石造の日本橋は、歴史の重みを感じさせる立派な橋でした。特に装飾の見事さは、ため息が出るほどです。それらを見ているうちに、ふと思いついたことがありました。この素晴らしい橋の上で人が死んでいたら、しかもそれが殺人事件だったらどうだろう、というものでした。

編集者たちに話したところ、すぐに食いついてきました。

「それ、面白いじゃないですか。どうしてそんなところで殺されたんですか？」

興味津々の顔で尋ねますが、私には答えられません。なぜそんな場所で殺されたのか？それをこれから考えなきゃいけないわけです。

一体なぜだろう。彼あるいは彼女に何があったんだろう。私は何度も日本橋に足を運びました。そのたびに見上げたのが、橋の中央に設置されている麒麟(きりん)の像です。繁栄を象徴する架空の動物ですが、この像にはさらにオリジナリティがあります。本来の麒麟にはないはずの翼が付けられているのです。ここから全国に羽ばたいていく、という意味を込めて付けられたそうです。

その由来を知り、二つの言葉が浮かびました。一つは「希望」、そしてもう一つは「祈り」です。今回の物語では、その二つの言葉に思いを馳(は)せる人々を描こうと思いました。

とはいえ冒頭で人が殺されるわけですから、まずは絶望からのスタートです。被害者の家族たちは、一家の大黒柱を失い、途方に暮れてしまいます。警察からあれこれ尋ねられますが、捜査に役立つようなことは少しも思いつきません。当然です。家族たちの心は疎遠になりつつあり、被害者の日常については誰もよく知らなかったからです。おまけに警察の捜査が進むにつれ、被害者の生前の不正行為が徐々に明らかになっていきます。殺されても仕方がない——そんな心ない言葉が遺族たちを一層苦しめます。

彼等以外にも、事件のせいで絶望の淵に落とされた人がいます。容疑者とみられる男性の恋人です。男性は現場から逃走し、事故に遭って意識不明の重体となっています。殆(ほとん)どの人間が彼を疑いますが、彼女だけは恋人を信じ続けます。じつは彼等は数年前、地方から上京してきたのでした。日本橋の麒麟を見上げ、夢に胸を膨らませたのです。

事件によって多くの人が希望を失っていく中、あの人物——加賀恭一郎が謎に挑みます。今回の最大の謎は、なぜ被害者は麒麟の像の下で死んだのか、ということです。それを解き明かすため、例によって加賀は日本橋の街を歩き回ります。本町も浜町も小舟町(こぶねちょう)も、そしてもちろん人形町も。今回は『赤い指』に登場した、従弟の松宮脩平も一緒です。

今回、加賀はいつも以上に苦労します。その原因は、彼自身にあります。加賀恭一郎だって完璧な人間ではありません。多くの過ちを犯しているし、誤解していることだってあります。それが正される時、謎も解かれます。

多くの人々が絶望を経験する物語です。そこからどのようにして希望を取り戻していくのか、どうか皆様御自身の目でお確かめいただけたらと思います。

帯には、「加賀シリーズ最高傑作」と謳（うた）っていることだろうと思います。その看板に偽りなし、と作者からも一言添えておきます。『赤い指』と『新参者』を融合させられたのではないか、と手応えを感じています。

（「東野圭吾公式ガイド」〈無料版〉より）

講談社文庫
2014年2月

**2012年映画公開**

寒い夜、日本橋の欄干にもたれかかる男に声を掛けた巡査が見たのは、彼の胸に刺さったナイフだった。重要参考人と思しき男は、トラックに轢かれ意識不明の重体に。被害者はなぜ重傷を負いながらも麒麟像の下まで歩いたのか。死んでいく者が伝えようとした祈りと希望とは何か。加賀恭一郎が挑む。加賀シリーズ第9作。

# 真夏の方程式

文春文庫
2013年5月

**2013年映画公開**

両親の都合で夏休みを親戚の経営する旅館「緑岩荘」で過ごすことになった少年・恭平。そこは美しい海を誇る玻璃ヶ浦にあった。ある日宿泊客の塚原の変死体が見つかる。事故か、殺人か。彼はなぜこの町にきたのか。事件に巻き込まれた少年は、海底鉱物資源の説明会に招かれた湯川学と出会う。ガリレオシリーズ第6作。

ガリレオシリーズの長編第三弾です。「週刊文春」で連載したものを、このほど単行本で刊行することになりました。

執筆にあたり、前二作の『容疑者χの献身』や『聖女の救済』とは全く雰囲気の違うものにしようと考えました。まずは空気です。少し陽性にしたいと思いました。

そこでまず思いついたキーワードは、「少年と科学者」でした。ある女性編集者から、「子供から、なぜ勉強しなければいけないのかと訊かれて困った時、きっと湯川先生ならうまく答えられるんだろうなと思いました」といわれたことがきっかけになっています。

私の場合、「少年と科学者」といわれてすぐに思いつくのは、映画『バック・トゥ・ザ・フューチャー』です。主人公のマーティは少年と呼ぶには少し大人びていますが、仲の良い変人科学者ドクとのとぼけたやりとりは、ただ楽しいだけでなく、時には人間の本質をついたものでした。大人に対して不信感を抱いている少年と、論理的でないからという理由で子供を嫌っている湯川が出会えば一体どんな化学反応が起きるか、作者としても興味がありました。

舞台としては、海辺の町を選びました。なぜなら今回は、「科学技術と環境保護」というのもテーマの一つにしているからです。もちろん湯川は科学者側の人間です。そして彼と対決する環境保護側の人間として、一人の女性ナチュラリストを登場させました。

原子力発電に代表されるように、科学技術は時に環境に甚大な被害を及ぼします。それについて科学者である湯川はどのように考え、どういう姿勢をとっているのか、今回はそこのところを明確にしたいと思いました。科学技術を扱うガリレオシリーズを続けていく以上、それを避けるわけにはいきません。探偵である前に、科学者である湯川を描こうと思ったわけです。

湯川とナチュラリストの彼女は、ある特殊な科学技術を巡って、何度も意見を戦わせます。湯川の主張は明快です。「すべてを知った上で自分たちの進むべき道を選べばいい」というものです。そして正しい道を選ぶために人は科学を学ばねばならない、というのが彼の主張です。

その主張は、少年に対しても行われます。最初は理科嫌いだった少年ですが、湯川がやってみせる様々な実験を目にするうちに科学に興味を持つようになっていきます。

さて、そんな彼等が、ある事件に巻き込まれます。かつて警視庁の刑事だった男性が変死体となって見つかるという事件です。はじめは単純な事故と思われましたが、捜査が進むうちに他殺の疑いが出てきます。なぜ男は、この海辺の町にやってきたのか――それが事件の謎を解く最大の鍵となります。

ガリレオシリーズのこれまでの長編では、湯川が最初から事件に関わることはありませんでした。まずは草薙や内海薫たちが捜査を担当し、やがて彼等が湯川のところへ相談に行く、というのが共通した流れでした。ところが今回は、草薙たちよりも先に湯川が事件に遭遇します。しかも場所は東京から遠く離れており、当然のことながら警視庁の管轄内ではありません。

そんな状況で、湯川にどうやって探偵役を務めさせるか。また草薙や内海薫たちには、どのように捜査に参加させるか。

一見難しいハードルが二つもあるように思いますが、じつはそうでもありませんでした。事件の構造上、真相解明には時間と空間を広い範囲で捉える必要があり、そのためには湯川と草薙たちは離れた場所にいたほうが都合がよかったのです。

以上のように、今回の作品はいろいろな点で過去の作品とは雰囲気が違っています。その違いを楽しんでいただけたらと思います。

（「東野圭吾公式ガイド」〈無料版〉より）

# マスカレード・ホテル

集英社文庫
2014年7月

**2019年映画公開**
**2020年舞台化**

都内で起きた不可解な連続殺人事件。現場に残されたある手がかりから、次の犯行現場が「ホテル・コルテシア東京」と割り出された。ターゲットも不明のまま、警察は潜入捜査を開始。やり手の刑事・新田浩介はホテルマンに扮し一流のフロントスタッフ・山岸尚美とコンビを組むことに。彼等のもとへ次々と怪しげな客たちがやってくる。

シティ・ホテルのことを意識し始めたのは、バブル景気の頃でした。ご記憶の方も多いと思いますが、あの頃は何もかもが馬鹿げていました。好きな女性の気を引くために、男たちは稼いだお金を湯水の如く使っていたのです。そんな男共のテンションが最大に高まるのがクリスマス・イブで、舞台となるのは都内の高級ホテルでした。ホテルの数、部屋の数には限りがあるので、当然のことながら奪い合いになります。何ヵ月も前から予約するのは当たり前で、男たちの中には、まだ誘う相手が決まってもいないのに部屋だけは押さえてある、という者も結構いました。

えっ？　おまえもそんな一人だろうって？　いえいえ、残念ながら当時の私は駆け出しの売れない作家で、バブル景気の恩恵なんて全く受けていませんでした。世間のはしゃいだ空気を、指をくわえて眺めていたくちです。

それから二十年以上が経ちました。当時は無縁だったホテルですが、今では私にとって非常に大切な空間となっています。まず社交の場としてです。現在、日本推理作家協会の理事長をしていることから、文壇関連のパーティにはなるべく出席するようにしているのですが、それらの会場には大抵ホテルの宴会場が使われます。そしてそういうパーティが、ほぼ毎月のようにあるのです。

編集者との打ち合わせに、ホテルのラウンジを使うことも多いです。その後、ホテル内のレストランで食事をし、バーで軽く飲む、なんてこともたまにあります。また、雑誌の取材を受ける時には、ホテルの部屋を取ってもらうようにしています。ほかの人の目があると、気が散ってインタビューどころではないからです。

　このようにホテルには、単なる宿泊施設以外の、様々な機能が備わっています。私は以前から、ホテルは「大人の空間」だと思っています。いつの頃からか、この国の多くの空間が、若者や子供たちに占拠されるようになりました。大人が大人らしくいられる場所というのが、本当に少なくなったと感じています。そんな中でホテルは最後の砦なのです。

　そういった思いから、いつかホテルを舞台にした小説を書いてみたいと考えていました。単に舞台に使うだけではなく、ホテルそのものが主役となるような小説です。

　記事や報告書を書く時のセオリーに、５Ｗ１Ｈというものがあります。「いつ、どこで、誰が、何を、なぜ、どのようにしたのか」を明らかにせよということです。ミステリの場合、これらのうちのいくつかが謎で、それを解き明かしていくところが面白いわけですが、今回の作品では、「どこで」だけは初めから決まっているのです。

　しかしホテルを舞台にした物語が、これまでになかったわけではありません。それどころか、映画などでは数々の名作が誕生しています。その代表格は、何といっても『グランド・ホテル』でしょう。同一の場所に集まった複数の人物たちのそれぞれのドラマを、同時進行で描くという手法は斬新で、その後グランドホテル形式と呼ばれるようになりました。小説でいえば群像劇です。この形式を使った作品は多く、三谷幸喜さんの映画『ＴＨＥ 有頂天ホテル』などもそうです。

今回、ホテルを舞台にした小説を書くにあたり、真っ先に考えたことは、このグランドホテル形式を採用するかどうかでした。読者の目から真相を隠すという目的を考えると、この形式は魅力的です。様々な人物の目を通してホテルを描けるというのも、大きなメリットだと思えました。

しかし熟考した末、この形式は採らないことにしました。グランドホテル形式は、小説家にとっても楽で便利な手法です。ホテルを舞台にした小説を書こうと考えた時、すぐに頼りたくなる魔法の道具だともいえます。だからこそ、それを使わないことで、誰も思いつかなかったストーリーを生み出せるのではないかと考えたわけです。

ではどういう手法を使うか。グランドホテル形式——群像劇では、パラレルに複数のドラマが描かれます。それをパラレルではなく、シリーズにしてみようと考えました。

そこで視点を二人の人物に絞りました。刑事とホテルマンです。彼等の目を通して、次々に訪れる客たちを描くことで、ホテルという世界を伝えようと考えたわけです。当然、彼等はお互いのことも観察することになります。刑事から見たホテルマンはどうか、ホテルマンには刑事はどのような人間に映るか——ごく自然に物語のテーマは、「プロフェッショナリズムとは何か」というものになっていきました。

さて形式やテーマは決まりました。あとはストーリーです。これについては、最初からアイデアがありました。次のようなものです。

あるホテルで、誰かが誰かを殺そうとしている、です。

犯人はもちろんのこと、狙われている人間が誰なのかもわからない。しかし殺人が起きようとしていることだけは確か——。

そんな状況になった時、刑事はどうすればいいのか。そしてホテルマンたちはどう対応するのか。

非常に難しいシミュレーションでした。想像力の限りを尽くしたという実感があります。それだけに手応えも十分です。今後同じことをやろうとしても、これ以上にうまくやれる自信はありません。

読者の皆様には、素敵なホテルの世界を楽しんでいただけたらと願います。

（「東野圭吾公式ガイド」〈無料版〉より）

## 歪笑小説

これまで集英社では、タイトルに『〜笑小説』とつく本を三つ書いてきました。いずれも笑いをテーマにした短編集です。基本的に、すべて独立した作品なのですが、少しだけ例外があります。三つ目の『黒笑小説』に収録されている四作品で、登場人物や世界観に共通したものがあります。じつはこれらの作品は出版界や文壇の世界を描いた、というよりおちょくったもので、同じ作家や編集者が出てくるのです。

はっきりいって内輪ネタです。あまり褒められたことではありません。そのため当時の担当編集者からは、「文壇ネタは、もうやめてください」といわれてしまいました。私も尤もだと思ったので、従うことにしました。

ところが『黒笑小説』が刊行されるや、状況は一変します。書評などで取り上げられる場合でも、決まってこの「文壇ネタ」が褒められているのです。作家仲間の奥田英朗も『小説すばる』誌上で喜んだ感想を書いています。

そうなるとすぐに手のひらを返すのが、この業界の人間です。先の編集者は私の顔を見るなり、「文壇ネタ、解禁っ」と嬉しそうにいったのでした。

だったら今度はいっそのこと全編文壇ネタにしてしまったらどうだ、という話になりました。しかも、どうせなら業界内で話題になるよう、『小説すばる』で毎月新作を発表したらどうか、とも。はっきりいってこれは、簡単なことではありません。長編小説を連載するのと違い、短編小説の場合は当然のことながら毎回新たにネタを考える必要があります。もちろんお笑い小説といえど、オチがなくては話になりません。

それでもとりあえずやってみよう、ということでスタートしました。二〇一一年一月のことです。

ネタは身近にあります。この業界は変人たちの集まりです。いくらでも書けると思いました。第一回のタイトルは『伝説の男』。原稿を取るためなら手段を選ばない傍若無人の編集者が主人公です。

発表すると、業界内での反響は半端ではありませんでした。何しろ、この作品で描かれたエピソードは、文壇関係者の多くがよく知っているものだったからです。『小説すばる』が発売された直後に芥川賞・直木賞のパーティがあったのですが、会場の話題は『伝説の男』一色だったといっても過言ではありません。何しろ直木賞受賞の道尾秀介さんを祝う二次会で、マイクを持った大沢在昌さんが、「道尾君にも、『伝説の男』のようなものを書いてもらいたい」と挨拶したほどなのです。

この反応に気を良くし、その後も文壇ネタを書き続けることにしました。とはいえ、やはり平坦な道のりではありませんでした。材料などいくらでもある、と思ったのは錯覚でした。変な編集者がたくさんいようと、「編集者は変人」というテーマで一本書いてしまったら、もう次は書けないからです。たとえ内輪ネタでもテーマは必要です。そしてテーマは重複してはいけません。

手助けとなったのは、やはり自分自身の経験でした。駆け出し作家だった頃からの様々な思い出を振り返り、まずは我が身を笑うことを基本としました。

本作には主に二人の若手作家が出てきます。熱海圭介という自信過剰の勘違い男と、只野

集英社文庫
2012年1月

新人編集者が目の当たりにした、伝説の編集者。自作のドラマ化話に舞い上がり、美人担当者に恋心を抱く、全く売れない若手作家。出版社のゴルフコンペに初参加して大物作家に翻弄されるヒット作症候群の新鋭……作家の身辺は事件がいっぱい。小説業界の内幕を描く連続ドラマ。文庫オリジナルの笑シリーズ第4作。

六郎（ろくろう）というミステリ作家にしては至って平凡な青年の二人です。彼等の失敗談のいくつかは、作者自身の経験に基づいたものです。小説のテレビドラマ化の話が来た時、私は熱海と同様に舞い上がりました。原作者なんだから当然役者や演出にも注文をつけられると思い込んでおりました。これでベストセラー作家になれるんじゃないかと夢想したのも事実です。また只野のように文壇ゴルフも経験しました。大先輩に話しかけられ、ろくに答えられなかったのは、二十年前の私です。

せっかく業界人が注目しているのだからと、少し毒を含ませたものも書きました。小説誌ってどうよ。赤字が当然って、それはちょっとおかしいんでないの。あるいは、次々と創設される文学賞のこと。一体誰のための賞なのか。本当に業界の役に立っているのか。これらの作品を発表した後は、パーティ等で顔を合わせた時、関係者たちは少し照れくさそうにしていました。

しかし何かを糾弾(きゅうだん)したり、誰かを責めたりする気は全くありません。矛盾や歪(ゆが)みがあってこその人間社会です。それを面白がろうというのが、本書の狙いです。文壇や出版業界というのは、こんなに変でおかしくて、そして楽しい世界なんだよと紹介したかったのです。

本書で、すべて出し尽くしたと思います。正直いって、もうネタ切れです。業界の皆様、御安心ください。もう書きません。

(「青春と読書」2012年1月号)

## ナミヤ雑貨店の奇蹟

タイムスリップを使った物語が好きです。小説でいえばハインラインの名作『夏への扉』、映画では何といっても『バック・トゥ・ザ・フューチャー』です。これらの作品を嫌いだという人は、あまりいないのではないでしょうか。時空を超えて主人公が活躍する物語は、いつの時代でも人々の心を捉えるようです。そういえば筒井康隆さんの『時をかける少女』などは、何度も映像化されています。

私自身もタイムスリップを扱ったものを書いています。その一つが『時生』という作品です。この物語の特徴は、タイムスリップするのは主人公ではなく将来生まれてくる彼の息子で、そのことが読者にはわかっているが主人公は知らない、という点です。幾多あるタイムスリップものを見たり読んだりしているうちに、周辺の人物を主人公にしたら面白いだろうなと思ったのです。

そしてまた新たにタイムスリップを使った作品を書きたくなりました。ただし、今回は誰もタイムスリップしません。時空を移動するのは人ではなく手紙です。もし、過去の人間と手紙のやりとりができるとしたら、自分はどんなことを書くだろう——そんなふうに考えたのがきっかけでした。

現在までの間に世の中で何が起きたのかはわかっているわけですから、教えてやれることはたくさんあります。相手が、ほんの少し先のことで悩んでいるのだとしたら尚のことです。向こうにとっては「未来」であっても、こちらにとっては「過去」なのですから。

こうした空想を繰り返しているうちに、「悩みの相談に乗る」というアイデアが生まれてきました。過去に生きる人々から悩みを記した手紙を受け取り、今の人間だからこそ書ける回答を返す、というわけです。

問題はシステムでした。ふつう手紙はポストに投函されます。仮にポストの内部が過去と現在で繋がっているとして、手紙はどういう経路で届けられるのか。また、それに対して返事を書いた場合、どうやって相手に届けるのか。これらの点の解決法が見つからず、ずいぶんと頭を捻りました。

やがて思いついたのが、ポストではなく一軒の家を使うというアイデアです。その家に入ってドアを閉めると、過去のある時代にタイムスリップするのです。ただし、外には出られません。出ようと思ってドアを開けた瞬間、現在に戻るからです。

ではどうやって過去の人間と接するか。そこで役立つのが手紙です。

一軒の家と書きましたが、ふつうの家ではなく小売業を営んでいる商店を思い浮かべてください。閉店時にはシャッターが下りていて、悩みの相談事を書いた手紙は、この小窓に入れられることにしました。家の中にいる現在人（過去の人間にとっては未来人ですが）は、手紙を受け取れます。では逆に回答を書いた手紙はどうするか。これも難しい問題でしたが、時空を超える小さな空間をもう一つ作ることにより解決しました。それは牛乳箱です。その中が過去と繋がっていることにしたのです。そこに手紙を入れておけば、相談主が回収してくれるというわけです。

こうしてシステムは出来上がりましたが、なぜそんなことが起きたのかということを考える必要が出てきました。そもそも、なぜその小売店は悩み相談室みたいなことをしているのか。

最初は遊びだった――ふと、そんな一文が頭に浮かびました。店主の爺さんと近所の子供

角川文庫
2014年11月

**第7回中央公論文芸賞受賞**
**2013年舞台化**
**2017年映画公開**
**2017年映画公開（中国版）**

あらゆる悩み相談に乗る不思議な雑貨店。そこに集う、人生最大の岐路に立った人たち。過去と現在を超えて、温かな手紙交換がはじまる……張り巡らされた伏線が奇跡のように繋がり合う、心ふるわす物語。第7回中央公論文芸賞受賞作。

たちとの他愛のないやりとりから始まった、というのはどうだろう。

店名を『ナミヤ』としたのは、こうした考えの結果です。子供たちがふざけて、ナヤミ、ナヤミと囃し立て、「お取り寄せもできます　御相談ください」と書いてあるのを見て、「だったら悩みの相談にも乗ってくれるのか」と爺さんをからかいます。それに対して爺さんが、「いいとも、どんな相談にも乗ってやる」と受けて立ったのがすべての始まりというわけです。

このようにして舞台を作りあげていくうちに、物語の世界観が徐々に固まってきました。第一話は、そんな不思議な家に入り込んでしまった人物たちの物語です。過去からの手紙を受け取り、悩みの相談に乗るという大切な役回りです。本当ならば、分別があり、知識や経験のある人間でなくてはなりません。しかし敢えて未熟で欠点だらけの若者たちにしました。

他人の悩みになど関心がなく、誰かのために何かを真剣に考えたことなど一度もなかった彼等が、過去からの手紙を受け取った時にどう行動するか、私自身が知りたくなったのです。人数を三名にしたのは、「三人寄れば文殊の知恵」からです。

第二話では相談する側の人間を描いてみることにしました。ただしこの人物は、自分の書いた手紙が未来の人間に届いているとは思っていません。そのことを知っているのは読者だけです。

第三話では、『ナミヤ雑貨店』の本来の姿を描きました。店主の爺さんが健在で、他人の悩み相談に乗っていた頃の話です。奇妙な雑貨店はどのようにして出来たのか、なぜ不思議な現象が起きているのか、いろいろなことが少しずつわかっていきます。

第四話は、一人の男性の話です。子供の頃に『ナミヤ雑貨店』に相談事を書いた手紙を出し、爺さんからの回答を受け取っています。その後、彼がどのような選択をし、その結果どうなったのかを描いています。

第五話でも、ある相談者の人生が描かれます。それと共に、いよいよ『ナミヤ雑貨店』の秘密が明かされていきます。不思議な家に忍び込んでしまった若者たちの運命や如何に、というところです。

非常に難しい試みでしたが、書き始めると物語がすらすらと浮かんできました。執筆中のことを振り返ってみると、人生の岐路に立った時に人はどうすべきか、ということを常に考え続けていたように思います。様々な意味で、良い経験になりました。
こんな小説、読んだことない——読んだ方にそう呟いていただければ本望です。
（「本の旅人」2012年4月号より）

## 虚像の道化師

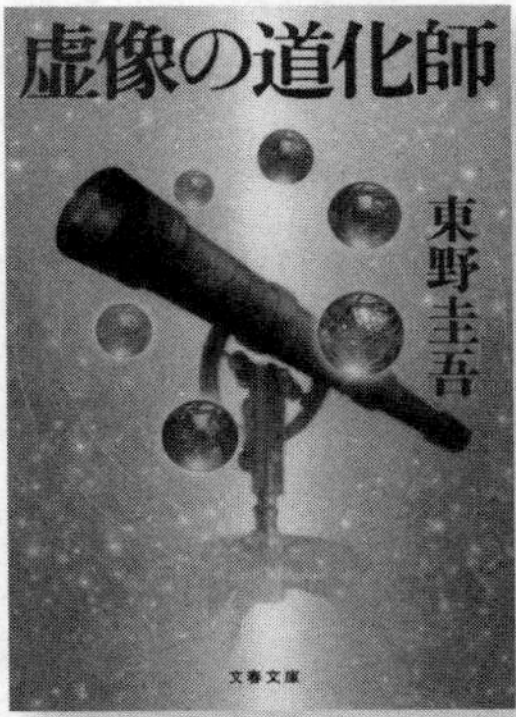

文春文庫
2015年 3月

**2013年テレビドラマ化（フジテレビ系）**

天才物理学者・湯川と草薙刑事のコンビが難事件を解決する、シリーズ王道の短編集。単行本『虚像の道化師』と『禁断の魔術』に収録された全8編のうち7編を、文庫版オリジナルの再編集で登場！「幻惑す」「透視す」「心聴る」「曲球る」「念波る」「偽装う」「演技る」収録。

『探偵ガリレオ』の第一話『燃える』を書いたのは、一九九六年の秋です。当時は著作が全く売れず、どうせ売れないのなら好きなことを、と開き直って書いた作品でした。私にはかってエンジニアをしていた時期があり、ふつうの人はあまり知らないであろういくつかの科学技術について知識と経験が多少ありました。それらを応用すれば珍しい小説になるのではないか、と考えた次第です。ただし、ミステリとしての評価は良くないかもしれないな、と覚悟はしていました。ふつうの人が知らない科学技術をトリックに使うのは、ミステリの世界では禁じ手とされているからです。案の定、『燃える』は特に評判になることも、何かの賞にノミネートされることもありませんでした。しかし自分としては手応えを感じていました。今まで知らなかった秘密の部屋への扉を発見したような気分でした。刑事の草薙と物理学者の湯川――この二人を使えば、これまでほかの作家があまり扱わなかった世界を描けるのではないかと思いました。

このようにして五つの物語を書き上げ、『探偵ガリレオ』として刊行したのが一九九八年のことです。その時点で、もう草薙と湯川の物語を書くことはないだろうなと思いました。本は大して売れなかったし、そもそもネタが尽きていたのです。ところが担当者は、面白いからもう少し続けてくれといいます。困りましたが、こちらも商売ですから、無下には断れません。頭を捻り、じゃあ今度は科学の専門的な部分は少し薄めて、オカルトの風味を加えたものにしようと考えました。そのようにして書いたのが『予知夢』です。

その後、長編バージョンの『容疑者x の献身』を発表しましたが、短編を書くことはないだろうと思っていました。完全にネタ切れだったからです。ところが執筆のきっかけは思わぬところから生じます。ガリレオシリーズのドラマ化という話が持ち上がり、何と主人公を女性刑事にしたいといわれたのです。当惑しましたが、ドラマに華がほしいという制作者側の言い分もわかります。快く了承することにしましたが、条件を付けました。先に自分が女性刑事を小説に登場させるので、その名前を使ってほしい、ということでした。もちろん了解を得られました。

さあ、ここで頭を捻る必要に迫られました。小説に登場させるといった手前、とにかく書かねばなりません。悩みに悩んだ挙げ句、女性刑事の内海薫が登場する、『落下る』という短編を仕上げました。そうなると、やはり一冊にまとめたいという欲が出てきます。結局、その後四つの中短編を書き、『ガリレオの苦悩』として、長編第二弾の『聖女の救済』と共に刊行しました。タイトルに「苦悩」の文字を入れたのは、作者の本音からです。どの作品についても、心底苦労し、悩み抜きました。もう本当にネタ切れで、アイデアの欠片も残っていませんでした。今後ガリレオを書くとすれば長編しかないと思いました。

ところが、です。長編第三弾『真夏の方程式』の連載を終えてしばらくしたある日、唐突に短編のアイデアが浮かんだのです。それは何と、「相手に指一本触れず、転落死させる方法」というものでした。しかもそのトリックの特殊性を考えた場合、どうしてもガリレオシリーズでなければ小説化は難しそうです。ここでまた頭を抱えることになりました。下手に短編を一本でも書けば、またしても単行本化を目指して何作か書かねばならなくなるからです。

しかし結局、「この仕掛けを描きたい」という誘惑には勝てませんでした。それが『幻惑す』という作品です。こうなると、もうやけくそです。来る日も来る日も、私はガリレオのことを考え続けることになりました。まさに苦悶する日々です。何しろ、これまでに何度となく、「もうネタは枯渇した」と痛感しているのです。そう易々とはアイデアは出てくれません。あまりにも何も出ないので、先にタイトルだけでも決めようかと思ったことさえあります。『逃避(にげ)る』、『迷路(まよ)う』、『困惑(こま)る』、『行詰(いきづま)る』——いろいろ考えてみましたが、うまくいきません。

でもどうやら小説の神様は私を見捨てていなかったようです。毎日うんうん唸っていると、ある時ぽっとアイデアの欠片らしきものが脳みその片隅に生まれたのです。それをじっくりと吟味し、大切に育て、一つの小説へと膨らませていきました。一作書き終えたら、また唸って考える。そんなことを繰り返しながら、『心聴る』、『偽装る』、『演技る』と書いていきました。

これらの作品を執筆中に感じたのは、初登場の時には単なる探偵マシンにすぎなかった湯川と草薙が、十六年の間にしっかりとした人間に育っていたということです。その証拠に、アイデアさえ固まれば、その後は殆ど苦労することはありませんでした。作者の思惑と関係なく、二人の主人公は勝手に動いてくれるからです。彼等に任せておけば、物語は着地すべきところに落ち着いてくれます。その場所に辿り着いてみて、ああこの作品はこういう物語だったのかと作者自身が気づく、なんてことが何度かありました。

本当に、これでもう終わりにしようと思いました。今後、ガリレオの短編を書くことはたぶんない、そして『虚像の道化師』はラストを飾るにふさわしい出来映えだ、と。

しかし――。

小説の神様というやつは、私が想像していた以上に気まぐれのようです。そのことをたっぷりと思い知らされた結果が、次作『禁断の魔術』ということになります。

（「文藝春秋」2012年9月号）

## 夢幻花

『歴史街道』から小説連載の依頼がきた時、「私に歴史ものは無理です」と断りました。すると編集者は、歴史ものでなくても、何かちょっとでも歴史に関係する部分があればいいといいます。そこで思いついたのが黄色いアサガオでした。御存じの方も多いと思いますが、アサガオに黄色い花はありません。しかし江戸時代には存在したのです。ではなぜ今は存在しないのか。人工的に蘇らせることは不可能なのか。そのように考えていくと、徐々にミステリの香りが立ち上ってきました。面白い素材かもしれないと思えてきました。

ところが素材は良くても料理人の腕が悪ければ話になりません。何とか連載は終えましたが、あまりにも難点が多すぎて、とても単行本にできる代物ではありませんでした。おまけに、ずるずると出版を引き延ばしているうちに小説中の科学情報が古くなってしまい、ストーリー自体が成立しなくなるという有様です。しかし担当編集者には、「何年かかってでも必ず仕上げます」と約束しました。「お蔵入り」だけは絶対に避けたかったのです。

結局、「黄色いアサガオ」というキーワードだけを残し、全面的に書き直すことになりました。もし連載中に読んでいた方がいれば、本書を読んでびっくりされることでしょう。

しかし書き直したことで、十年前ではなく、今の時代に出す意味が生じたのではないかと

PHP文芸文庫
2016年 4月

**第26回柴田錬三郎賞受賞**

花を愛でながら余生を送っていた老人・秋山周治が殺された。孫娘の梨乃は、祖父の庭から消えた黄色い花の鉢植えが気になり、ブログにアップするとともに、この花が縁で知り合った蒼太と真相解明に乗り出す。一方、西荻窪署の刑事・早瀬も、別の思いを胸に事件を追っていた……。第26回柴田錬三郎賞受賞作。

考えています。その理由は、本書を読んでいただければわかると思います。

（ＰＨＰ研究所『夢幻花』特設ＨＰより）

## 祈りの幕が下りる時

とにかく加賀恭一郎のお母さんの話を書こうと思っていました。そもそも加賀が最初に登場した『卒業』で、お母さんは出ていってしまっていますが、なぜなのか。『赤い指』では仙台で亡くなったとあるが、なぜなのか。『赤い指』で加賀を書こうと思ったときにぼんやりと、この家族には何があったのかと考えていたんです。

この作品については事件などを考えるより先に、お母さんがどんな人生を送っていたのかが大切でした。それがたまたま加賀が捜査する事件に繋がってくるというのが、ミステリーとして美しいかなと考えました。

指摘されているように映画『砂の器』の影響はやはり受けています。小説ではなくて映画のほうです。ああいう世界をずっと書いてみたいと思っていたんです。松本清張さんの世界というと、『ゼロの焦点』もそうですが、やはり日本海あたりを放浪するという絵があって、そのあたりはオマージュ的な面がありますね。日本海側を舞台にするにあたって、登場人物のルーツをいろいろと考えた結果、滋賀県、琵琶湖のあたりに設定をしました。特に具体的なイメージがあったわけではないのですが、もともと大阪出身なので、滋賀県は知らないわけではありません。言葉もふくめて書けるかなと思って選びました。あとはどんなヒロインにするかということですね、どんな人生だったのかを想像するところからでした。

『赤い指』のときには想像もしなかったことですが、東日本大震災が起きて、仙台のお母さんを描くのに、まったくそれに触れないわけにはいかなくなりました。お母さんの恋人である謎の人物が、一体なにをしていた人なのかというのも、じつはそんな背景と繋がっています。

講談社文庫
2016年 9月

**第48回吉川英治文学賞受賞**
**2018年映画公開**

明治座に幼馴染みの演出家を訪ねた女性が遺体で発見された。捜査を担当する松宮は近くで発見された焼死体との関連を疑い、その遺品に日本橋を囲む12の橋の名が書き込まれていることに加賀恭一郎は激しく動揺する。それは孤独死した彼の母に繋がっていた。シリーズ最大の謎が決着する。

この作品でひょっとしたら加賀シリーズをこれで終わりにするかな、そうなっても後悔がないようにという気持ちで書きました。ただこれに関しては本当にひらめきがいろいろあって、一番は『新参者』からずっと加賀が日本橋にこだわる姿を書いてきたのですが、この作品でその理由を書くことができたのが自分でもうまくいったなと思う点です。『新参者』を書き始めたときから取材で日本橋を歩き倒したことが、これで実ったなという思いがありました。『新参者』のときはここまで結実するとは思っていなかったので、それは本当に良かったです。

若い時に書いた『卒業』という加賀が最初に登場する作品のなかで、加賀のお母さんがなぜか行方不明という設定になっています。そうする必要はなかったといえばなかったのですが、でもあの時、加賀になにか普通じゃない試練を背負わせておきたかった。それがここにきて活きてきた。ミステリーとしてただ単に謎解き役が出て来て「謎を解きました」というだけでいいという時代はもう終わったんじゃないかなと思うんです。探偵側のほうにもなにかの物語がないと、書き手としても物足りないな、というふうに認識した作品です。

## 疾風ロンド

実業之日本社文庫
2013年11月

**2016年映画公開**

拡散すれば人々を大量死に陥れる威力をもつ生物兵器K-55が盗まれた！ 引き換えに3億円を要求する犯人からの手がかりは、スキー場らしき場所で撮られたテディベアの写真のみ。しかも犯人との交渉が突如不可能に！ 圧倒的なスピード感で二転三転する事件のゆくえ、読者の予想を覆す衝撃の結末に酔いしれろ！

文庫で書き下ろしをやろうと思いました。『白銀ジャック』を「いきなり文庫」で刊行したときに、これは手軽に買って読むことができて、読む人へのサービスとしていいなと思ったのです。

『白銀ジャック』につづけて『疾風ロンド』も、ウィンタースポーツというあまり馴染みのない題材を扱っています。読書をする人とスポーツはあまり親和性がよくないと感じています。題材的に読む人に二の足を踏ませてしまうのではないか、それでも文庫だったら、気軽に買ってくれるのではないかなと考えました。

文庫ということもあって、じっくり読んでもらうというよりも、スピーディーにどんどんページをめくってもらおうということを、とても意識して書きました。スピード感、そしてユーモア、コミカルなシーンもあって、どたばたじゃなくて質のいいコメディにできたらいいなと。単なる謎解きだけではなく、サブのストーリーもさまざま複雑に絡み合いながら展開します。そして最後も生半可などんでん返しではない。どんでん返しをとことんまで突き詰めた、最後の一ページでまだ真相が二回転くらいするという衝撃の結末です（笑）。

読み終えて「あー、おもしろかった！」と感じてもらえるものにしようと考えた作品です。映画にもなったのですが、作った人も笑わせることを意識してくれたので、うまく意図が通じてよかったなと思いました。

## 虚ろな十字架

『虚ろな十字架』は、じつは松本清張さんの『ゼロの焦点』だといえます。『ゼロの焦点』というのは、結婚した相手が行方不明になり、新妻がその足跡をたどるという物語なのですが、この作品では、すでに離婚をして、時間が経ったある夫婦の夫が、殺された妻の人生をたどっていきます。

主人公夫妻は、娘を殺されるという非常に悲しい事件を経て離婚をしました。主人公はその後、なんとか立ち直ろうとして生きていたのですが、ある日、別れた奥さんが殺されたとの連絡が入る。それを聞いて、彼女はあの悲しい離婚からの年月を、どうやって生きていたんだろうということを、知ろうとするのです。

この主人公自身が、娘を殺され離婚をしてからどのように生きたかについては、ものすごく考えた結果、それまでの派手な職業から転職をして、ペットの葬儀屋さんになっていることにしました。じつは二〇一一年の夏に十七年飼っていた猫が死んでしまった際に、ペットの葬儀屋さんに葬儀をお願いしたのですが、そのとき、亡くなった猫の扱われ方がものすご

光文社文庫
2017年 5月

中原道正・小夜子夫妻は一人娘を殺害した犯人に死刑判決が出た後、離婚した。数年後、今度は小夜子が刺殺されるが、すぐに犯人・町村が出頭する。中原は、死刑を望む小夜子の両親の相談に乗るうち、彼女が犯罪被害者遺族の立場から死刑廃止反対を訴えていたと知る。一方、町村の娘婿である仁科史也は、離婚して町村たちと縁を切るよう母親から迫られていた——。

くありがたかったんです。それがとても印象に残っていて、この仕事はいい仕事だなと思っていました。それでこのように辛い経験をして立ち直ろうとしている主人公が選ぶ職業としてふさわしいのではないかと考えたのです。彼はその仕事に就いてなんとか乗り越えようとしている、では彼女はどう生きたのだろうか、調べていくとじつは重大な事件にかかわっていて……という物語です。

## マスカレード・イブ

集英社文庫
2014年 8月

ホテル・コルテシア大阪で働く山岸尚美は、ある客たちの仮面に気づく。一方、東京で発生した殺人事件の捜査に当たる新田浩介は、一人の男に目をつけた。事件の夜、男は大阪にいたと主張するが、なぜかホテル名を言わない。殺人の疑いをかけられてでも守りたい秘密とは何なのか。お客さまの仮面を守り抜くのが彼女の仕事なら、犯人の仮面を暴くのが彼の職務。二人が出会う前の、それぞれの物語。シリーズ第2弾。

『マスカレード・ホテル』の前日譚です。主人公の二人、新田浩介と山岸尚美は、すごく好きなキャラクターなのですが、いまはプロフェッショナルとして活躍しているこの二人が若いとき、新米だったときはどうだったのだろうと。失敗もしただろう、どんな失敗だったのかを想像し、それを書こうと思いました。

書くにあたって『マスカレード・ホテル』を念入りに読み返しました。じつをいうと『マスカレード・ホテル』に書かれているエピソードが、かなり『マスカレード・イブ』には入っています。『マスカレード・ホテル』で、尚美が「こんなことありましたよ」と話すエピソードが、『マスカレード・イブ』に登場しますし、新田浩介が「前に東京のシティホテルに泊まったのなんていつ以来だろう」と、ホワイトデーに女の子と泊まった話をしますが、まさにその日の話も書かれています。そしてじつは『マスカレード・ホテル』に関しての重大な伏線も張られているので、この本の帯には「伏線はここにある」と書いてあるのです。

ホテルを書くにあたって、再びホテルのことをあれこれ調べました。どんなおもてなしがいいのか、調べていくほどなるほどな、と知ることがたくさんあり、それを小説の中で主人公たちにさせています。小説の中で、仕事のできる人を書くのは気持ちがいいものです。ただその時には、読者にも「この人はよくできるな」と思ってもらえるようなレベルにまで、きちんと書かなければならないというハードルがあるのですが、ホテルに関して、それができたな、という手応えを感じています。

新田は通常あまり書かないタイプの刑事です。帰国子女で金持ちのぼんぼんで高級アイテムに詳しい。今までにないタイプといえると思います。こんなキャラクターを作っていくのが楽しかったですし、新田も尚美もどちらも洗練されていて、スタイリッシュ。それが自分でも二人のことが好きな理由かもしれません。

## ラプラスの魔女

角川文庫
2018年 2月

**2018年映画公開**

円華という若い女性のボディーガードを依頼された元警官の武尾は、行動を共にするにつれ彼女には不思議な《力》が備わっているのではと、疑いはじめる。同じ頃、遠く離れた2つの温泉地で硫化水素による死亡事故が起きた。検証に赴いた地球化学研究者・青江は、双方の現場で謎の娘・円華を目撃する——。

スノーボードを夢中でやり始めて、自分が行く日のゲレンデのコンディションを知るために、天気をすごく調べるようになりました。それがこの作品のきっかけになっています。いまはネットで分刻みで天気の変化を予測できたりもするのですが、それをさらに細かく予測できる超能力のようなものがあったら、何の役に立つだろう、と考えました。

空気や水などは「流体」で成り立っているのですが、それを本当に予測できたら何ができるか。作中に出てくる「乱流」は、いまの科学でもなかなか予測できません。主人公がそれを予測できる能力を持っているとしたら、と想像しました。そして、なぜそんな力を身に付けているのかというと、彼女につらい過去があるからなのですが、その能力を身に付けることと自体も大きな謎であろうと、話を広げていきました。水の流れ、空気の流れを読むことが可能だとしたら、そしてそれを使って人を殺すことがあるとしたらという設定のもと、どんなことが行われたら、そんな事態になるのかなと考えたのです。

結果として、この本を刊行したときに「これまでの私の小説をぶっこわしてみたかった」というコメントを書いたのですが、こんな動機はあり得ないだろう、というものに辿りつきました。家族だったらこう、親子だったらこうだろう、という当たり前の考え方があって、今までは自分でもそれを書いてきたのですが、普通じゃないことだって現実にはたくさんあると思います。この作品に関しては通常の動機ではふさわしくないと思っていたので、自分がいちばん考えられない動機ってなんだろうと考えていきました。これも映画になって、その狂った動機を俳優さんがうまく演じてくださっていたので、良かったなと思っています。

# 禁断の魔術

文春文庫
2015年 6月

姉を見殺しにされ天涯孤独となった青年。愛弟子の企てに気づいたとき、湯川がとった驚愕の行動とは。あの衝撃作が長編でよみがえる！　単行本『禁断の魔術』では中編(250枚)「猛射つ」として発表された作品に、200枚超加筆する文庫オリジナル長編バージョン。

このたびガリレオシリーズ八作目の『禁断の魔術』が文庫になりました。ただこの作品については、少し御説明といいますか、言い訳しておかねばならないことがあります。

連作集『禁断の魔術　ガリレオ8』が刊行されたのは二〇一二年の秋です。四作の書き下ろし中短編小説を収録した、著者としても会心の一冊でした。

中でも特に気合いを入れたのが、『猛射つ』でした。枚数にして約二百五十枚。中編というべき分量でした。もう少し書き足して長編にしようか、という考えが頭をよぎったこともありました。

ガリレオシリーズはこれまでに長編が三作出ていますが、それらの作品は短編とは意図的に色合いを変えています。科学トリックは控えめにして、人間ドラマをじっくり描くことに傾注しました。『容疑者χの献身』など、ストーリーに物理学は殆ど無関係です。

その分、短編では、大いに科学トリックを駆使しました。不可解な謎を科学的に解明してこそガリレオ湯川で、このシリーズの本筋はそれであろうと考えているからです。『猛射つ』も科学トリックが中心の物語です。だから連作集に入れるのが形としてはしっくりくるので、最終的に中編のままで収録されました。ちなみに、『禁断の魔術』という連作集のタイトルは、元々『猛射つ』単体に付けたかったものです。

しかし連作集として刊行した後も、この作品のことは頭から離れませんでした。もっといろいろとできたのではないか、人物を描けたのではないか、面白いストーリーになったのではないか、と。

やがて文庫化の時が近づいてきました。私はこれが最後のチャンスだと思い、『猛射つ』を長編に書き直させてもらえないかと担当者に頼みました。担当者は少し驚いたようですが、最終的には快諾してくれました。残りの三つの作品は、その前に刊行される『虚像の道化師』の文庫に合わせて収録する、ということで話がまとまりました。

こうして『猛射つ』の長編化に着手したわけですが、読み返してみて、なぜ心残りだったのかがはっきりとわかりました。せっかくの大きなテーマを作者自身が十分には理解しておらず、形ばかりの扱いになっていたのです。

この作品で自分は一体何をやりたかったのか。常にそのことを考えながら、改稿作業を続けました。やがて主人公だけでなく、脇役や悪役にいたるまで、一人一人の生き様や心情が私の中でしっかりと形を成してきたのです。これは中編『猛射つ』として書いていた時にはなかったことでした。

こうして『禁断の魔術』という長編小説ができあがったというわけです。ここに登場する湯川は、「シリーズ最高のガリレオ」だと断言できます。

（「オール讀物」２０１５年８月号より）

## 人魚の眠る家

もともとはＳＦを書こうと思っていました。サイボーグというのは、身体が機械で頭脳が人間なのですが、それとは逆に肉体は人間で脳がコンピューターということがあり得たらどうなるのかなと。ただあまりに荒唐無稽なのも困るので少しは科学的根拠が欲しいと思い、ロボットを研究している友人に聞いてみたところ、無理だと即答されてしまいました。人間の脳の神経回路はそんなに簡単なものではないというのです。

次に、脳死状態にある子どもの脳をコンピューターにしてという少し不気味なことを考えたのですが、やはり荒唐無稽になってしまう。

そこでいろいろ考えているうちに、脳死かもしれない子どもに、科学の力で生きているかのような力を与えてしまったら、道徳的にはどうなのかと考えました。延命といえば延命です。脳死に関して日本はルールがダブルスタンダードになっているという問題もあり、ではこれで書いてみようと思いました。

調べていくと脳死のことや臓器移植のこと、いままで知らなかったことがたくさんありました。移植のための募金について、そもそもなぜ子どもの移植は認められていないのか、こ

東野圭吾
人魚の眠る家

幻冬舎文庫

幻冬舎文庫
2018年 5月

**2018年映画公開**

「娘の小学校受験が終わったら離婚する」。そう約束していた播磨和昌と薫子に突然の悲報が届く。娘がプールで溺れた——。病院で彼等を待っていたのは、〝おそらく脳死〟という残酷な現実。一旦は受け入れた二人だったが、娘との別れの直前に翻意。医師も驚く方法で娘との生活を続けることを決意する。狂気とも言える薫子の愛に周囲は翻弄されていく。

れまであまり考えてこなかったことも改めて知りました。書きながら学んだこともありますし、書くことで、自分ならどうするだろうと考えて、決して正解ではないかもしれないけれど、自分ならこれが一番幸せかなという結末に辿りつきました。

ここで行われたことは道徳的には決して許されることではない、それは書きながらも感じましたが、でもその気持ちはわからなくもありません。執筆中に自分が抱いた疑問や、読者が不愉快に思うだろうなというところも、作中の登場人物たちの感情としてそのまま書き、そうすることで、自分もそれに向き合って答えを見つけていきました。いろいろなことで勉強になり、自分でもわからなかったことに答えを見つけられたかなという本です。

## 危険なビーナス

この作品以降しばらく明るい話が続きます。

当初、不倫の話って面白いよな、でも『夜明けの街で』も書いているしどうしようかと、ぼんやり考えているときに、「弟の嫁」が魅力的だったら、兄貴ってきっとおもしろくないよな、と思ったんです（笑）。

弟とは疎遠になっていて、突然、そのお嫁さんのほうだけに先に会うということになったとしたら、そして彼女が意外に自分のタイプだったりすると落ち着かなくなるだろうなと。ところがその弟が行方不明になっている。弟なので心配だけれど、お嫁さんのことも気になっているので、弟が見つかってほしいんだか見つかってほしくないんだか、よくわからないという、そんな物騒なものを抱えている、動物病院の獣医の話です。

そんな男性なのできっとそもそも女好きだろうな、という設定のもと、いろいろな女性が登場します。そして伯朗のよろしくないところは、女性と出会ったときに露骨にその人に興味があるかないかの結論を出すところですね(笑)。やたら女性の着ている服が気になったり、じつは自分の助手のこともちょっと好きだったり。ただ獣医としての仕事はきちんとしています。

講談社文庫
2019年 8月

独身獣医の伯朗のもとにかかってきた一本の電話――「初めまして、お義兄(にい)様っ」。弟の明人と、最近結婚したというその女性・楓は、明人が失踪したといい、伯朗に手助けを頼む。原因は明人が相続するはずの莫大な遺産なのか。調査を手伝う伯朗は、次第に楓に惹かれていくが。

さきほど、長く飼っていた猫が亡くなった話をしましたが、その猫との最後の五年間はほぼ毎日、動物病院に通っていたんです。その様子をずっと見ていたのと、担当していただいた獣医さんとも親しくなって一緒に食事をしたりしていたので、知らない間に獣医の仕事に対する知識が増えて、あまり追加取材をしなくても書くことができました。

あとは最後にとびきりのどんでん返しを用意したかった。犯人は誰かというのも大切なのですが、もっと驚くようなどんでん返しを思いついたので、読む人の驚く顔を想像しながら書いていくのが楽しかったですね。

## 恋のゴンドラ

「SnowBoarder」という雑誌に連載した短編を集めたものです。一番最初に書いたのが「ゴンドラ」という作品です。スキー場のゴンドラでは知らない人同士が乗り合わせることになるのですが、ある男が浮気旅行で浮気相手の女の子と乗っていたら、本命の彼女が乗って来て……、というスリル満点の状況を書いています。

最初はそういったスキー場を舞台にした短編を書いていこうかなと思っていたのですが、次の「リフト」を書き終えたあたりで早々に、次になにを書けばいいかわからなくなってしまいました。でも次の「プロポーズ大作戦」で、それまでの二編の世界、登場人物たちをリンクさせてみたら、一気に物語が広がって、そこからは男女七、八人の楽しい失恋・恋愛の話になりました。一話ずつ、それぞれ独立してはいますが、全体をつなげた物語も楽しめるものになっています。

わりとダメな男たちがたくさん登場するのですが、それぞれにひねりが利かせてありますし、全体としてのミステリーの完成度もそこそこ高いのではないかな、と思っています。

文庫オリジナルではなく、最初は単行本で刊行したのですが、文庫化するときにもう一話「ニアミス」という一編を足していて、それにより物語がより完璧になっています。これから読む方は、文庫のほうがおすすめです。

実業之日本社文庫
2019年10月

都内で働く広太は、合コンで知り合った桃実とスノボ旅行へ。ところがゴンドラに同乗してきた女性グループの一人は、なんと同棲中の婚約者だった。ゴーグルとマスクで顔を隠し、果たして山頂までバレずに済むのか。やがて真冬のゲレンデを舞台に、幾人もの男女を巻き込み、衝撃の愛憎劇へと発展していく。文庫特別編「ニアミス」を収録。

# 雪煙チェイス

東野圭吾

実業之日本社文庫
2016年11月

殺人の容疑をかけられた大学生の脇坂竜実。彼のアリバイを証明できるのはスキー場で出会った美人スノーボーダーただ一人。竜実は彼女を見つけ出し、無実を証明できるのか？『白銀ジャック』『疾風ロンド』の〝あの人〟も登場。広大なゲレンデを舞台に予測不能のチェイスが始まる!

こちらは『疾風ロンド』につづく作品です。主人公は違うのですが世界観は一緒です。『疾風ロンド』『白銀ジャック』では殺人事件は起きないのですが、今回、「雪山シリーズ」で初めて殺人事件を扱うことにしました。

ある殺人事件の疑いをかけられた若者が、自分のアリバイを証明してくれる相手を探しにいく。といっても手掛かりはスキー場で会った女性というだけで、名前も顔もわからない。とにかく彼女を探したい、だけど警察は追いかけてくる、その追いかけっこをいかにうまく書くかというのが面白かったですね。

追いかける刑事たちにもドラマが欲しかったのと、あまり警察を無能にはしたくなかったので、着々と迫ってくるというふうに書きました。いまは捜査方法もいろいろと進んでいますし、主人公は確実に追い詰められてくる。そこは書いていて楽しかったですね。

あとはスキー場にどんな人たちがいるのか、『疾風ロンド』と同じゲレンデが舞台になっているのですが、その村に住んでいる人たちの雰囲気を勝手に想像して、地元の人たちを含め生き生きと書けたんじゃないかなと思っています。

雪山を舞台に小説を書いても、なかなかみんな買ってくれないだろうな、と思いつつ、これで四作も書いてしまって申し訳なかったんですけど、これで気が済みましたね。たぶんもう書かないと思います（笑）。

## 素敵な日本人

ミステリーの専門誌を久しぶりに刊行したいからと言われて、それじゃあと短編の執筆を引き受けました。ところがなにも浮かばない。新年号だということは決まっていたので、テーマを正月にしようと、「正月ミステリー」を考えました。これを書いていたのは２０１１

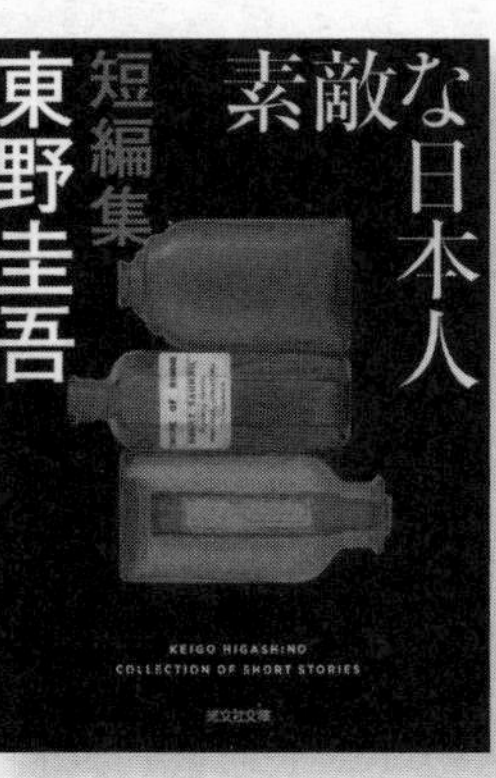


光文社文庫
2020年 4月

短編も、東野圭吾。規格外のベストセラー作家、死角なし。登場する人物がどこか知人に似ていたり、あなた自身にも経験のあるトラブルだったり、つい思い浮かべてしまう妄想の具現化だったり、読み心地はさまざま。ぜひ、ゆっくり読んでください。豊饒で多彩な短編ミステリーが、日常の倦怠をほぐします。

年の暮れで、その年に東日本大震災があったこともあり、日本中があちこちで元気を出そうと言っているところでした。それでミステリーだけどなにか元気が出るようなものをと思って書いたものです。その翌年、今度はクリスマスの日を舞台にした「クリスマスミステリ」を書きました。

次の短編は他社の雑誌からの依頼だったのですが、書籍化のときには光文社の短編集に入れますよ、と断ったうえで、バレンタインのミステリーを書きました。その次に雛祭り。十二ヵ月分のミステリーを書こうと思っていたのですが、途中で注文のあったSFを書いたところそちらも評判がよかったりして、結局その構想は破綻したんですけれど。

どの作品もきちんと趣向を凝らしていますし、ひさしぶりに短編ミステリーを一定期間まとめて書いて、昔に比べて自分も多少は小説を書くのがうまくなったかなというのが実感できたというのは収穫でした。大きな事件を起こさなくても、ちょっとした気づきだけで書けるようになってきました。

単行本にするときに、どんなタイトルにしようかと考えました。これまでの短編集のタイトルは、『怪しい人びと』とか『あの頃の誰か』とか、登場人物たちを総称してつけているんですね。それでは今回はどうか。そもそも正月やクリスマスや雛祭りからスタートしているので、やっぱり日本の慣習とかそういうもの、つまり日本人の話だと。しかもその慣習について、一生懸命やっているんだけど本当は意味をよく知らなかったり、勘違いをしていたりする日本人の面白い部分が現れている。愛すべき滑稽な人たちというニュアンスを入れたくて、『素敵な日本人』となりました。

## マスカレード・ナイト

『マスカレード・ホテル』の長編第二弾です。『マスカレード・ホテル』ではホテルが舞台のミステリーをうまく書くことができたのですが、それによって第二弾はそうとうハードルが高くなりました。今回はいちばん王道の設定で、殺人事件の犯人がこのホテルに現れるという予告、密告を受けたことにしました。そうすれば当然、警察は動き出す。ただその密告者の狙いはなんなのか。犯人はなぜそこに乗り込むのか。その謎をまず作らなくてはなりません。刑事がまたホテルマンに化けて動かなければいけない必然性も必要です。

『マスカレード・ホテル』に登場したキャラクターは、もう一度出したほうがいいのと同時に、変化も持たせたかったので、ヒロインをフロントクラークからコンシェルジュに異動させました。さまざまな厄介な客がいるという、ホテル業務の大変さをより強調するためでもあります。その中で、それを生かしてストーリーをふくらませていったのですが、まあ難しかったですね(笑)。

『マスカレード・ホテル』を書いたときには、じつはシリーズとして次作が書けるかどうか

集英社
2017年 9月

独り暮らしの若い女性が殺害された不可解な事件。警視庁に届いた一通の密告状には、その犯人が、ホテル・コルテシア東京のカウントダウンパーティに姿を現す、とあった。あのホテルウーマン・山岸尚美と刑事・新田浩介のコンビが、再び事件に挑む。

はわかりませんでした。でもこの『マスカレード・ナイト』を書いているときに、いいシリーズになったなと思いました。『マスカレード・イブ』はスピンオフなので、主人公たちの新しい挑戦を『マスカレード・ナイト』に書いたときに、シリーズとしての今後の可能性も見えて来たのです。

書くときに改めてホテルのことを勉強して、その仕事の大変さを感じるとともに新発見もいくつもありました。お客さんに無理難題を言われてそれを解決する場面では、取材で実際に教わったエピソードを誇張して使っています。導入の、部屋に入ったら人の目線が気になるから、巨大看板をなんとかしてくれという客の話はけっこう気に入っているんです。『マスカレード・ホテル』の時よりもさらに、新田浩介にいろいろな行動をさせることができました。ホテルを舞台に刑事が活躍するなんて小説は、そうそうたくさん書けるわけじゃないとは思っているんですが、これを書いたことでまだ芽があるんじゃないかと感じています。

シティホテルには泊まったことがない、という読者からも、こんな華やかな世界があるんだということを感じられて楽しいという感想をもらいます。ホテルを舞台にしたドラマなども多いですし、みなさんホテルはお好きなんでしょうね。

# 魔力の胎動

KADOKAWA
2018年 3月

七年前に起きた大きな竜巻の被害で、母を亡くした少女・羽原円華。自然現象を見事に言い当てる、彼女の不思議な〝力〟はいったい何なのか——。彼女によって、悩める人たちが救われていく……。東野圭吾が価値観を覆した衝撃の空想科学ミステリ『ラプラスの魔女』の前日譚。

『マスカレード・ホテル』のスピンオフとして書いた『マスカレード・イブ』が、ものすごく売れていたので、『ラプラスの魔女』の映画と文庫化に合わせてうちにもあんなものを、と依頼を受けて刊行した作品です。ただ、すでに書いていたものもあったので、間に合うよう急遽書いたというわけではありません。

もともと『ラプラスの魔女』を書き始めたときに、この人を主人公にしようと考えていた人物がいたのですが、結局それはやめてしまったんです。書き出しの二百枚くらいを書いてから、考え直して冒頭からまた新たに書いたのですが、そのときにボツにした原稿が「あの風に向かって翔べ」という話の原型です。途中までできてはいたものの、物語としてはどうなるかはわかりませんでした。それをもう少しその流れで書いてみて、これならと思い、同じ分量の連作を書いたということになります。すべてが一話百枚くらいの小説なんですが、意外と自分は百枚くらいが一番書きやすいのかもしれません。

「魔力の胎動」という表題作は、じつは『ラプラスの魔女』の伏線になっているんです。「魔力の胎動」を先に読んでもらってもいいかもしれません。

## 沈黙のパレード

ガリレオシリーズの間が少し空いたので、その新作を書こうと思いました。このシリーズでは、犯人、つまりガリレオの敵をどんな人にするかをまず決めるのですが、今回はそれを普通の人にしよう、しかも複数にしよう、と。そうするとアガサ・クリスティの『オリエント急行殺人事件』のような構図になるわけです。ただもちろんそのままはできません。三谷幸喜さんが『オリエント急行殺人事件』をテレビドラマ化したときに、三谷さんオリ

文藝春秋
2018年10月

行方不明になった町の人気娘・佐織が、数年後に遺体となって発見された。容疑者はかつて草薙が担当した少女殺害事件で無罪となった男。だが今回も証拠不十分で釈放されてしまう。さらにその男が、堂々と遺族たちの前に現れたことで、町全体を「憎悪と義憤」の空気が覆う。哀しき復讐者たちの渾身のトリックが、湯川、草薙、内海薫の前に立ちはだかる。

ジナルの第二夜として、犯人たちの側からみた事件の真相を描いた物語がありました。こちらもそういったものが書きたいと思いつつ、ドラマでは可能でも小説では難しいことがたくさんあります。普通の人たちがこんな方法で、みなで力を合わせてわざわざ人を殺すのか？という疑問も、どうしても払拭することができませんでした。一人や二人は「俺はやらない」と言い出すと思います。

『オリエント急行～』では、犯人たちが昔、起きた事件の復讐をしますが、これを今の時代に置き換えたらどういう動機になるのか。遺族が「あいつは犯人なのに、なぜ罰されないのか」と感じているというのはどういう状況なのか。そして『疾風ロンド』と同じように、やはり最後で物語を二転三転させたいとの思いもあり、執筆中はいろいろと調べて研究をしなければなりませんでした。

『禁断の魔術』のあと、湯川はしばらく日本を離れて帰ってきていませんでした。ひさしぶりに帰国してこんな事件に遭遇した。ごく普通の町の食堂に、皆は知らないけどじつはとてもすごい博士がぽっといる、というのをやってみたいなと思いました。オリエント急行の中に名探偵が一人、乗っているように。

事件で重要な、黙秘を押し通す男については、いきなりそんなふうに強硬に黙秘してそれを貫くということは考えられず、何十年も前に一度、それで成功したことがあることにしました。その設定にしたことで、草薙や内海との絡みもできました。草薙たちの事件とのかかわり方も、今回はこれまでと違います。前の事件から時間の経過があって湯川は教授になっていますし、草薙も係長に、内海もしたたかな刑事に成長している。それだけに、過去の事件というのが生きるかなと思いました。

これはこれまでに書いてきた本格系のミステリーの中でも、特別にレベルが高いと自分でも思っています。

## 希望の糸

講談社
2019年7月

閑静な住宅街で小さな喫茶店を営む女性が殺された。捜査線上に浮上したのは常連客だったひとりの男性。災害で二人の子供を失った彼は、深い悩みを抱えていた。容疑者たちの複雑な運命に、若き刑事・松宮脩平が挑む。

まず松宮脩平(しゅうへい)の話をしたいと思いました。加賀恭一郎の従弟であり、同じ刑事としてこれまでにも一緒に事件の捜査にあたったこともある松宮ですが、『赤い指』に松宮の生い立ちの話がさらっと書かれているのです。これがかなり複雑な設定なので、それを解き明かしたいというのが最初にありました。ただそれは松宮個人の物語であって、それだけではなく、やはりなにか事件が起きた結果と結びつけたい。そう考えて、ずっとあたためていた親子の絆を問うとっておきのアイデアを使うことにしました。

親子の絆を描くにあたって、過酷なんですけれど、災害で子どもを失う夫婦を書かなくてはならなかった。東日本大震災のときに、夫婦が生き残り子どもだけ失ったという家族が本当にたくさんいたと聞きました。それを乗り越えるためにまた子どもを作ろうと考えるというのは、すごくよくわかると思ったのです。

冒頭では『祈りの幕が下りる時』と同じ手法を使っています。ある人の元に突然、松宮の名前がもたらされる。この人は金沢にいますが、なぜ金沢かというと、自分の中のインスピレーションというのに尽きるのですが、「加賀百万石」のご縁もありますね。

これを書くためにこれまでの加賀シリーズを全部読み直して、年表も作り、矛盾のないように整理しなくてはなりませんでした。これまでいろいろ適当に書いてきてしまったからでもありますが。

個人的には松宮の母親の克子さんにとても思い入れがあったので、最後にいい見せ場を作ってあげたいと思いました。以前から克子さんは好きなキャラクターで、『祈りの幕〜』でも少ししか登場しませんが、大切な台詞を言わせています。

最近、小さなエピソードをドラマにするということを心がけています。どんな脇役にも人生があり、ドラマがある。自分の書きっぷりというのはエピソードを連ねる書き方だと思っていますが、その瞬間その瞬間の主役に、見せ場を与えるというのが好きなんです。もともと加賀シリーズでは加賀は脇役でした。これは若いころに、ミステリーは犯人のほうにドラマがあるな、探偵は決して主人公ではないと思っていたというのがあります。謎解きというより、犯人や探偵自身の抱えているドラマ、そういうもののほうが、自分は書くのに向いているなと思っています。

この作品が加賀シリーズの一作なのか、スピンオフなのかということでいうと、これは『スター・ウォーズ』シリーズでいえば『ローグ・ワン』にあたる作品だと思っています。スピンオフという呼び方もできますが、明らかに次につながっている。『エピソード4』の根幹にかかわる大きな伏線が含まれているんです。

## クスノキの番人

これは難しかったですね。自分でもなぜ書けたのかよくわかりません。ひさしぶりに殺人事件の起きない物語、『ナミヤ雑貨店の奇蹟』の流れにあるようなものをと思いました。『秘密』では憑依を使って『時生』ではタイムスリップ、『ナミヤ雑貨店の奇蹟』では不思議な手紙。なにか不思議なことが起きるとして今度はなにがそれを起こすのかなと考えたときに、不意に大きな木、樹齢何千年というような木が浮かびました。それで木に関していろいろ調べてみると、神社にあるクスノキに祈禱をするという例がいくつもありました。樹齢三千年のクスノキに、十二畳くらいの大きさの洞（うろ）があるという神社もあるそうです。たしかに木には不思議な力がありそうだ、じゃあどんな力だろうと想像しました。

安易なファンタジーにはしたくないと思っていました。人の心、とくにもう会えなくなった人の心をくみ取りたい。でも死者と会えたり、話ができたりしてしまうと、単なる打ち明け話になってしまいます。会えなかった人との間に誤解があって、誤解が解けてよかったな、で終わってしまうんです。そうではなくて、心は通わせられないけど、その人の気持ちを知ることができる。このクスノキの持っている力というのは、必ずしも都合のよいものではないのですが、この「都合のよくない魔法」のルールというのが本作のミソだと思っています。

実業之日本社
2020年 3月

不当な理由で解雇され、その腹いせに罪を犯し逮捕されてしまった玲斗。そこへ弁護士が現れ、依頼人の命令を聞くなら釈放してくれるという。依頼人に心当たりはないが、賭けに出た玲斗は従うことにする。依頼人の待つ場所へ向かうと、年配の女性が待っていた。彼女は玲斗に命令する。「あなたにしてもらいたいこと——それはクスノキの番人です」。

主人公の玲斗は、お母さんの育て方がたぶん良かったのだと思いますが、ぜんぜん歪んだところのない青年です。人間には都合よくコントロールできない力をもったクスノキと、はじめて自分に厳格なルールを教えてくれる女性（伯母さん）に出会った未熟な青年というのを、生き生きと書きたかった。どのシーンも書いていて楽しかったですね。二人の組み合わせはいろいろ考えました。お爺さんと女の子とか、お爺さんと男の子とか。でもこの形が一番よかったと思っています。

なにげないけれど評判がよかったシーンに、お箸の持ち方を直す場面があります。いまどきそういうことって、なかなかないのかもしれない。これは昭和の感覚なんだと思います。じつは玲斗の人生は、いろいろ大変なこともあるのですが、自分の育ったころのことを思い出して、きっとこういう感じだろうと書いていきました。昭和の商店街には、親戚にも友達にもこんな子がたくさんいました。

未熟な青年と、すべてをわかっている女性との間の物語が書きたかったのだと思います。

特別収録

# 第31回　江戸川乱歩賞受賞のことば

初めて読んだ推理小説は小峰元さんの「アルキメデスは手を汚さない」。高校生の時でした。

それまでロクに本を読まなかった僕が、この本によってミステリー狂への道を歩み出したのですから、まさしく運命の出逢いということになります。

それから約十年後、僕の病気はますますひどくなっていました。何しろただ読んだり書いたりするだけでは飽き足らず、無謀にも乱歩賞を狙うという夢想にとりつかれてしまっていたのですから。

チャレンジすること三回、此のたびついにその夢を実現できました。念ずると、願いが叶うこともあるのですね。

しかし喜んでばかりはいられないことに気づきました。早くも次なるチャレンジの場が、舌なめずりをして僕を待っているのですから。

乱歩賞というのは、どうやら僕が想像していた以上の化物のようです。

（一九八五年九月）

# 加賀シリーズ特集

# 東野圭吾がデビュー当時から書き続けた刑事――

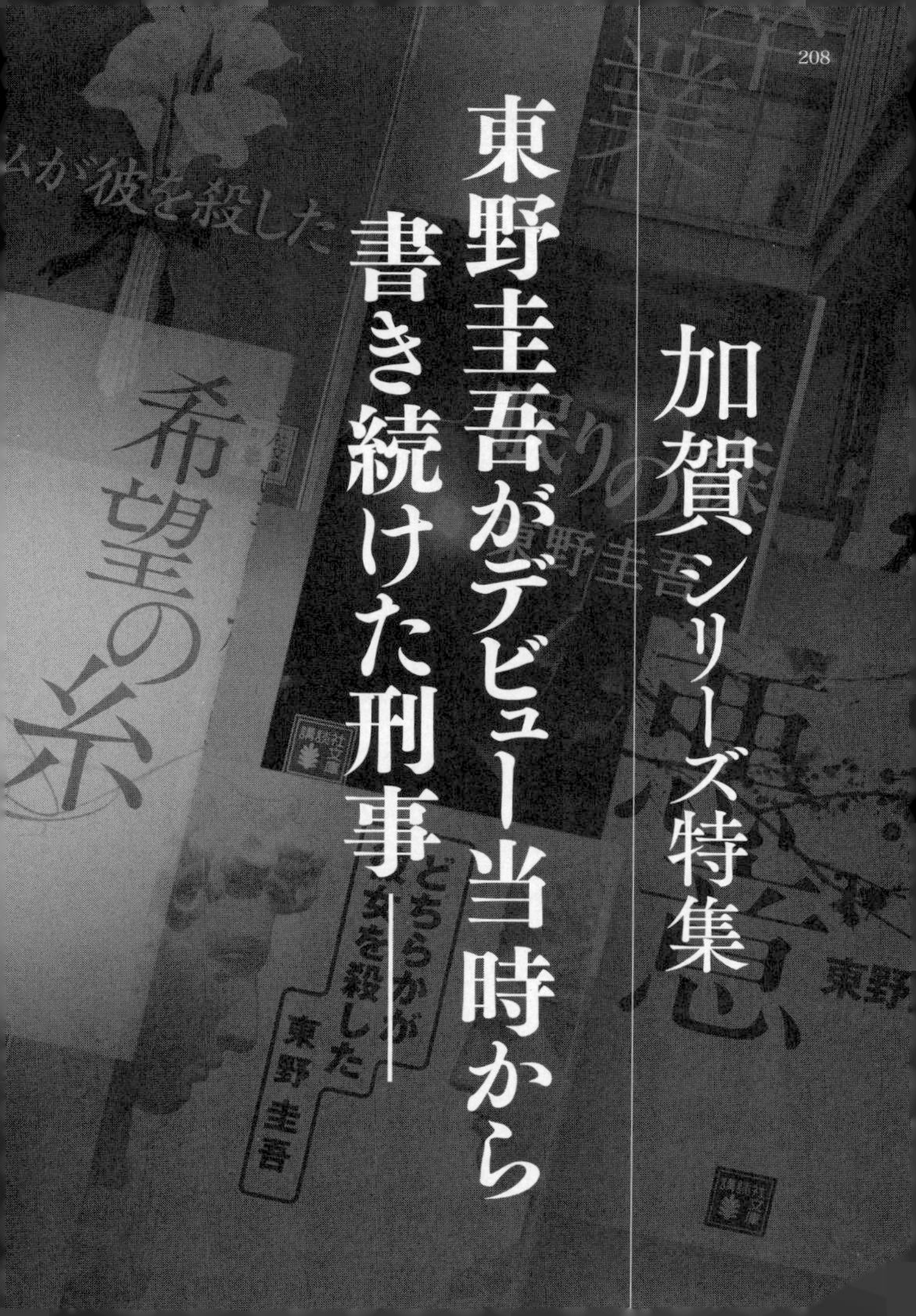

# 加賀恭一郎とは、何者なのか。

# 加賀恭一郎とは――

一九八六年、『卒業』で大学生として初登場。
卒業後、教師になったものの退職。父親と同じ警察官となる。
『眠りの森』では、警視庁捜査一課の刑事として再登場。
『悪意』を経た後、練馬署の捜査一課へ異動し、
『どちらかが彼女を殺した』、『私が彼を殺した』や
短編集『嘘をもうひとつだけ』で活躍。
さらに練馬署での最後の事件『赤い指』を担当し、異動。
新たな舞台、日本橋署では『新参者』、『麒麟の翼』などの事件を担当。
そして『祈りの幕が下りる時』で日本橋にやってきた理由が明かされ、
警視庁捜査一課へ再び着任。
『希望の糸』では主任として後輩、部下をまとめる立場に。

# 松宮脩平とは――

加賀恭一郎の従弟（いとこ）。

シングルマザーである克子と脩平を支援し続けた伯父の隆正を尊敬し、彼と同じ職業である警察官となった。

『赤い指』で警視庁捜査一課の刑事として初登場。

この事件は配属されて二度目の本格的な殺人事件であり、初めて加賀とコンビを組んだ事件でもあった。

次に登場するのは『麒麟の翼』。再び加賀と捜査にあたる。

『祈りの幕が下りる時』では加賀が事件に関わるきっかけを与える。

松宮という姓は克子が以前結婚していた相手の姓で、脩平の本当の父親の姓ではない。

『希望の糸』では主任となった加賀のもとで事件に挑む。

第1の事件
大学四年『卒業』

第2の事件
警視庁捜査一課『眠りの森』

第3の事件
警視庁捜査一課『悪意』

第4の事件
練馬署『どちらかが彼女を殺した』

第5の事件
練馬署『私が彼を殺した』

第6の事件
練馬署『嘘をもうひとつだけ』

第7の事件
練馬署『赤い指』

第8の事件
日本橋署『新参者』

第9の事件
日本橋署『麒麟の翼』

第10の事件
日本橋署『祈りの幕が下りる時』

第11の事件
警視庁捜査一課『希望の糸』

## 「私が加賀を調べた」

| | |
|---|---|
| 氏名 | かが　きょういちろう<br>**加賀 恭一郎** |
| 履歴 | 19XX年　県立R高校卒業<br>19XX年　国立T大学卒業<br>19XX年　中学校教師として勤務（社会科担当、剣道部顧問）<br>19XX年　中学校教師を退職、警察学校入学<br>19XX年　警察学校卒業<br>19XX年　警視庁捜査一課配属<br>19XX年　警視庁練馬署配属<br>20XX年　警視庁日本橋署配属<br>20XX年　警視庁捜査一課配属 |
| 資格 | 普通自動車免許<br>中学校教員免許状 |
| 趣味 | 剣道（六段、2年連続全日本優勝。警視庁でも加賀の右に出るものはいないほどの腕前）<br>バレエ鑑賞　スポーツ観戦 |
| 親族 | 父（隆正）　母（百合子）<br>従弟（松宮脩平）　叔母（松宮克子） |
| 配偶者 | なし（大学時代に恋人がいたこともあった） |
| 性格 | 冷静 |
| その他 | 彫りの深い顔立ちで眉毛は濃く、顎は尖っている。<br>歯は白い。背が高く、180cmくらいある。<br>自己紹介のとき「加賀百万石の加賀です」ということもある。<br>高校の恩師から「単なるサラリーマンにはなるまい」と思われていた。 |

# 東野圭吾さんから阿部寛さんへの手紙

お久しぶりです。旺盛な御活躍ぶりに、いつも瞠目しております。

さてこのたびは、加賀シリーズの最新作である、『祈りの幕が下りる時』を送らせていただきました。早いもので、私が加賀を小説に登場させてから、二十七年が経ちます。ミステリとしての新しい試みに取り組む時、安心して使えるキャラクターです。なぜ安心できるのかというと、私の中にしっかりとしたイメージができているからです。じつに不思議なことなのですが、初めて創作した瞬間から、それはほぼ完成されていました。

彼の主な役どころは、事件の捜査を通じて、犯人や事件に関わる人々の心の謎を解いていく、というものです。ミステリでいうところの探偵役です。彼によって、多くの謎が解かれ、事件が解決しました。

しかしある時期から私は、加賀本人に興味が湧くようになりました。創作時から全くぶれることのない人間像は、一体どこから来ているのだろうと気になったのです。

そんな思いの中から生まれたのが、『新参者』であり、『赤い指』でした。『新参者』では、事件捜査以外で見せる加賀の素顔のようなものを描こうと思いました。『赤い指』では、加賀自身にも抱えている闇があることを明かすことにしました。その延長上にあるのが、『麒麟の翼』ということになります。

こうした取り組みを始めたタイミングで、阿部寛さんに加賀を演じていただけたことは、作者としてじつに幸運でした。ドラマや映画によって世間の注目度が上がったのは本当にありがたかったわけですが、何より、「阿部さんがあそこまで熱い血を吹き込んだキャラクターに、いい加減な人生を歩ませるわけにはいかない」と覚悟を決められたことが大変大きかったのです。

この世に完璧な人間などいません。加賀恭一郎だってそうです。彼という人物をジグソーパズルに喩えれば、まだまだ穴だらけです。今回の作品、『祈りの幕が下りる時』において、彼は重大なピースを発見します。それでもようやく第一歩を踏み出したようなものです。

私と加賀の、欠けたピースを探す旅は続くでしょう。次なるピースが見つかるかどうかは不明ですが、もし見つけられた時には、また旅先からお手紙を出させていただきます。

東野圭吾

阿部寛様

（2014年TBS「新春ドラマスペシャル『眠りの森』」特別企画より）

# 加賀恭一郎を読み解く

村上貴史（書評家）

「君が好きだ。結婚して欲しいと思っている」

加賀は少しのためらいも見せずに、はっきりと言った。

加賀恭一郎が初めて読者の前に姿を現した場面である。国立T大の四年生だった彼は、加賀恭一郎シリーズ第一作『卒業』の冒頭で、同学年の相原沙都子（あいはらさとこ）に、こうストレートに告げたのだ。なかなかに印象深い初登場シーンである。

だがこの場面はそれだけでは終わらない。加賀は直後に、その言葉はプロポーズではないと続けるのだ。己の気持ちを伝えたかっただけで、沙都子が誰と結婚しようと、それは彼女の自由だというのだ。なんとも熱く、かつ冷静な告白である。

今にして思えば、この告白シーンは、その後の彼の生き方を鮮やかに象徴している。難事件の解決に向け、真相をとことん追い求め続ける熱い心と、願望や期待と現実を冷静に区別する判断力――その両者を兼ね備えるという、加賀恭一郎の特質が、ここに凝縮されているのだ。

## 加賀恭一郎の「目」

このシーンには、もう一つ着目すべき点がある。冒頭の告白に続く一文を読んでみよう。

〝そして彼らしく、こんな時でも相手から目を外らしたりしない〟そう、目だ。加賀は、相手の目をきっちりと見るのである。

例えば、シリーズ第三作『どちらかが彼女を殺した』では、ある人物の復讐を思いとどまらせるために相手の目を見たし、第六作となる短篇集『嘘をもうひとつだけ』の表題作でも、事件の重要人物の目を見つめた――相手が目をそらすまで。同書の「狂った計算」でもそうだった。

第四作の『悪意』で犯人を追い詰める際の目は特に厳しい。犯人の〝目をじっと見て〟次々と言葉を重ねて相手を追い込む。言い逃れを繰り返す犯人が、〝彼の目に、いっとき私は威圧された〟と述べてしまうほどに鋭い視線で。そしてその上でさらに〝加賀刑事はこちらの目〟を覗き込んでくるのだ。続く会話のなかで犯人は〝目をそらし、うつむい〟てしまう。やがて顔を上げて加賀と目が合い、彼が〝鋭いが、陰険さを感じさせない目〟をしていることに気付く。その後犯人はパニックに陥らないようにと目をつぶるが、しばらくして再び瞼を開き、加賀の〝澄んだ目がこちらを見て〟いたことに気付く。そしてこの直後、犯人は犯行を認めるのである。加賀の目の力を物語るエピソードの代表例といえよう（これは『悪意』全体の三分の一ほどの場面。『悪意』のミステリとしての凄味は、この後にある。ちなみに『悪意』は、珍しく加賀の一人称描写がある作品としても要注目だ）。

第七作『赤い指』でも、この目は活躍する。加賀は、真相解明の最終段階で〝その時、目が合いました〟という。そして、相手の目が〝しっかりと私を見ていました。何かを語りかけてくるのがわかりました〟と述べるのだ。彼はこうして目を通して得た確信に基づき、事件を着地させるのである。

続く第八作『新参者』で、加賀は日本橋署に異動する。この作品では、日本橋の町に溶け込もうとする加賀の姿が克明に描かれているが、そこで顕著なのが加賀の笑顔だ。練馬署にいたころは〝鋭い目〟という印象が強かった彼だが、むしろ〝白い歯を見せる〟場面の方が増えてきている。例えば、第一章「煎餅屋の娘」では、その娘と目が合うと〝にっこりして〟店に入るし、第二章「料亭の小僧」では、〝「幽霊でも見たような顔だね」〟と〝楽しそうに笑いながら〟小僧に話しかけるのだ。大きな変化である。第九作の『麒麟の翼』でも、聞き込みの過程で笑顔を見せている。そうした表情で、たい焼き屋の売り上げが盗まれた事件や、酔っ払いが喧嘩して焼き鳥屋の看板が壊された事件などを担当して忙しく過ごすのが、日本橋署での加賀なのだ。

だがもちろん、その目から鋭さが完全に消え去ったわけではない。必要とあらば、目に鋭さが宿る。第十作『祈りの幕が下りる時』では、ある証言を得て、同行した警察関係者が〝獲物を見つけた猟犬のもの〟とたとえる目になった。その目によって、質問の相手が怯えたような顔になるほどに、だ。そう、やはり加賀は加賀なのである。

そんな加賀だが、過去には、その目が揺らいだこともあった。第二作『眠りの森』でのことだ。大学を卒業して刑事となっていた加賀は、ある事件の関係者の一人、バレリーナの浅岡未緒（あさおかみお）と知り合う。彼はあくまでも刑事という立場で未緒に接していたが、ある女性から「加賀さん、あの子がお気に入りのようね」と顔を覗かれ、加賀は目をそらしてしまうのだ。あの加賀恭一郎が、である。すぐにきっぱりと「可愛い女性だと思います」と切り返すあたりはさすがだが、加賀にしては珍しい態度である。この作品で加賀は未緒の前で照れる姿も見せているのでご注目を。ちなみに未緒との関係は、『眠りの森』の二十年後に発表された『新参者』にも影響を与えている。加賀恭一郎の半生において浅岡未緒とは、それほどに重要な人物なのだ。

## 加賀恭一郎の「家族」

さて、第一作『卒業』に登場した大学生の加賀恭一郎と、次作『眠りの森』に登場した刑事の加賀恭一郎の間には、中学教師の加賀恭一郎が存在する。彼は大学卒業後、一旦は社会科の教師になったのだ。

加賀恭一郎が教師として担任を務めたクラスで、ある事件が起きた。その事件に対して彼は、若いながらも全力で真摯（しんし）に対応した。問題に対して表面的な回避策を講じるのではなく、本質から解決しようとしたのだ。だが物事は彼の思うようには運ばず、結果的に彼は教師を辞すことになる。この出来事は、加賀にとって今のところ人生最大の挫折となっているので、是非とも『悪意』を読んで詳細を知っておいて欲しい。

その教師という道を選んだときのこと。『卒業』当時、すなわち大学四年生当時の加賀恭一郎は、警察官である父の隆正（たかまさ）にこう言おうと考えていた。〝教師か警官になりたかったが、警官は家族を不幸にする〟から教師に決めたのだと。隆正の職業を考えるとなんとも皮肉めいた科白だが、実際には、父に対してその言葉をぶつけることはなかった。加賀が進路を告げた際に、隆正が理由を問わなかったためである。加賀恭一郎と父親の関係は、こういった会話すら成立しないほどに冷え込んでいたのだ。

　きっかけとなったのは、その約十年前、加賀恭一郎が中学に上がる前の出来事だった。彼の母であり隆正の妻である百合子（ゆりこ）が唐突に失踪したのだ。その行方を加賀が尋ねたときから、隆正は彼になにも答えてくれなくなった。もともと仕事に熱心なあまり家庭をほとんど顧みなかった父親と息子の距離は、更に拡がることとなったのである。

　もっとも、その距離はひたすらに拡がり続けたわけではなかった。『卒業』においては、加賀が父に頼み事をする場面も出てくるし、『眠りの森』では隆正が加賀に見合いの話を持ってくることもあった。さらに加賀が事件についての相談を持ちかけたりすることもあったのだ。だが、親密といえる距離にまで縮まることはなかった。隆正の死が近付いてさえも。

　そんな親子の関係について深く描いたのが、『赤い指』である。ある家族を不意に襲った事件を描いたこの作品では、新たに松宮脩平（まつみやしゅうへい）という加賀の従弟（警視庁捜査一課の刑事だ）の視点からも隆正が語られているし、隆正自身の描写も増えている。従来の作品以上に、加賀恭一郎の父親の人物像が立体的に示されているのだ。そしてそのうえで著者は、同書の終盤において、この親子の決定的な瞬間を描いた。そう、『赤い指』は、加賀と父の関係を理解し、その二人の間に流れていたものを知るうえで不可欠の一冊なのである。

加賀恭一郎シリーズの〝加賀の家族の物語〟という観点で『赤い指』と並んで重要な作品が、『祈りの幕が下りる時』である。滋賀の女性が東京で腐乱死体で発見された事件が、加賀恭一郎自身に——正確には加賀恭一郎の母に——関係することが判ったのだ。そして、加賀が松宮とともに事件の捜査を進めるにつれ、母親の姿が徐々に明らかになってくる。加賀の母親はなぜ失踪し、その後、どう過ごして孤独死に至ったのか。『祈りの幕が下りる時』は、〝加賀の家族の物語〟の最後のピースの形が明らかになる作品なのである。必読である。

いささか余談だが、この小説を読み終えると、加賀が日本橋署に居続けた理由もわかる。その意味でも読んでおきたい。

余談ついでにいえば、『祈りの幕が下りる時』では、加賀の剣道経験が物語の一つの鍵となっている。彼は剣道六段の実力者で、大学時代には全国大会で優勝経験も持つ。そうした情報は、他のシリーズ作でもたびたび言及されており、読者にとっては、加賀の剣道は特に目新しい要素ではなかった。その剣道経験がまさか第十作において、こんな深さで物語に関わってこようとは。長寿のシリーズならではの驚きである。

話をもとに戻すと、その後刊行された『希

©2018映画『祈りの幕が下りる時』製作委員会

望の糸』もまた、家族の物語だ。こちらは加賀の従弟である松宮脩平が主人公の一冊なのだが、加賀恭一郎シリーズの諸作で言及されてきた松宮の父の死について掘り下げられている。松宮はかつて、加賀の隆正への接し方について批判的に語ってきたが、そんな彼が当事者として自分の父の過去を知ったとき、いかに心を動かすか。その様子が、ある殺人事件の捜査と並行して、しかしながらどこかしら共鳴しつつ語られていて味わい深い一冊だ。加賀恭一郎も要所で顔を出すので、それを読む愉しみもある。殺人事件の真相も心に深く刺さるので、読み逃しなきよう。

## 加賀恭一郎の「推理」

さて、『希望の糸』では、加賀恭一郎は

警視庁捜査一課に戻っているが、それに先立つ日本橋署時代の三作品では、彼が丹念に手掛かりを集めて吟味していく様子をじっくりと愉しめる。たとえば『祈りの幕が下りる時』では、同じテーマの五千枚もの写真を一人ですべてチェックしたりするのだ。また、そうやって手掛かりを吟味することで、一見シンプルな事件の奥に存在していた様々な想いを加賀が掘り起こしていく様子も、意外性たっぷりに愉しめる。加賀の捜査の基本姿勢である丹念さと、決して途中で投げ出さない執念によって、表面に見えているもの（ときには加賀以外は見逃してしまうであろう〝表面〟もある）から、その奥に秘められた真実を掘り起こす加賀の捜査のスタイルを知るうえで、日本橋署時代の三冊は、格好のテキストなのである。

また、シリーズ全体を通してだが、加賀恭一郎は、いかにして捜査を進め、いかにして真実に到達するかというアプローチも重視している。ベタな言葉だが、〝優しさ〟と言い換えてもいいかもしれない。彼は、警察が聞き込みで家を訪問すること自体や、その際の質問の内容が、事件とは無縁の人々に与える影響を知っている。それらが、地域の人々のなかで、噂となり風評被害のようなものを生じさせてしまうと知っているのだ。だからこそ加賀は、後々困る人が出ないように気を配って手掛かりを集めていく。さらに加賀は、最短距離だからといって、一直線に真相を目指すこともしない。その真相に関わる人たちにとって、最善のかたちでそこに到達できるように知恵を絞るのだ。そんな加賀を象徴する科白が『希望の糸』にある。

「刑事というのは、真相を解明すればいいというものではない。取調室で暴かれるのではなく、本人たちによって引き出されるべき真実というものもある」

加賀恭一郎は、さらにこう付け加える。「その見極めに頭を悩ませるのが、いい刑事だ」と。加賀恭一郎とは、まさにいい刑事なのである。

そのいい刑事の推理力を、さらに純粋に知るには、『どちらかが彼女を殺した』と第五作『私が彼を殺した』が最適だ。『赤い指』や日本橋署の三作品よりも前に刊行されたこの二作品は、犯人が誰かを推理するミステリ（いわゆる本格ミステリ）でありながら、結末に至っても著者が答えを示さない点を特徴としている。つまり、犯人を知るには、作中の手掛かりをもとに読者自身がきちんと推理しなければならないのだ。容疑者の数は二人もしくは三人と少数なのだが、理詰めで犯人を特定するのは容易ではない。そんな具合に読者を甘やかさないミステリなのである。それ故に、その推理クイズ的なスタイルのみに関心が集まりがちだが、加賀恭一郎に着目すると、彼の推理力の高さが見えてくる。加賀は、この二作品のいずれにおいても、読者より一層不利な立場に置かれているが、それを推理力で乗り越えてくるのだ。

どのように不利かというと、『どちらかが彼女を殺した』では、第一発見者が事件現場に偽装工作を施してから警察に連絡を入れているのだが、著者は読者に対しては、この偽装工作を予め開示したうえで知恵比べを挑んでいる。しかしながら、加賀恭一郎に対してはそうではない。加賀はまず、偽装工作を見抜かねばならないのだ。また、『私が彼を殺した』においても、当初は読者にだけ提示され、加賀恭一郎には提示されない手がかりが数多く存在する。加賀の出発地点のほうが、読者のそれよりだいぶ厳しいのである。

だからこそ、それらの不利な状況を推理によって克服し、さらに、推理力を武器としてヒタヒタと真相に迫っていく加賀恭一郎の静かな迫力を読者は感じられるのだろう。この二作品には、その魅力が最もソリッドに表現されている。加賀恭一郎の頭脳をたっぷりと堪能したい。

さて、そろそろ紙幅も尽きてきた。『新参者』で描かれた加賀恭一郎の科白で、本稿を締めくくるとしよう。彼の想い――単に犯人を突き止めるだけではなく、意図するとしないとに拘わらず事件に関与してしまった人々全体を含めて事件を解決し、大げさに聞こえるかもしれないが、社会をよりよくしようという加賀恭一郎の想い――を象徴する科白である。我々読者も、しっかりと学んでいきたい。

「俺はね、この仕事をしていて、いつも思うことがあるんです。人殺しなんていう残忍な事件が起きた以上は、犯人を捕まえるだけじゃなく、どうしてそんなことが起きたのかってことを徹底的に追及する必要があるってね。だって、それを突き止めておかなきゃ、またどこかで同じ過ちが繰り返される。その真相から学ぶことはたくさんあるはずです」

# ガリレオシリーズ特集

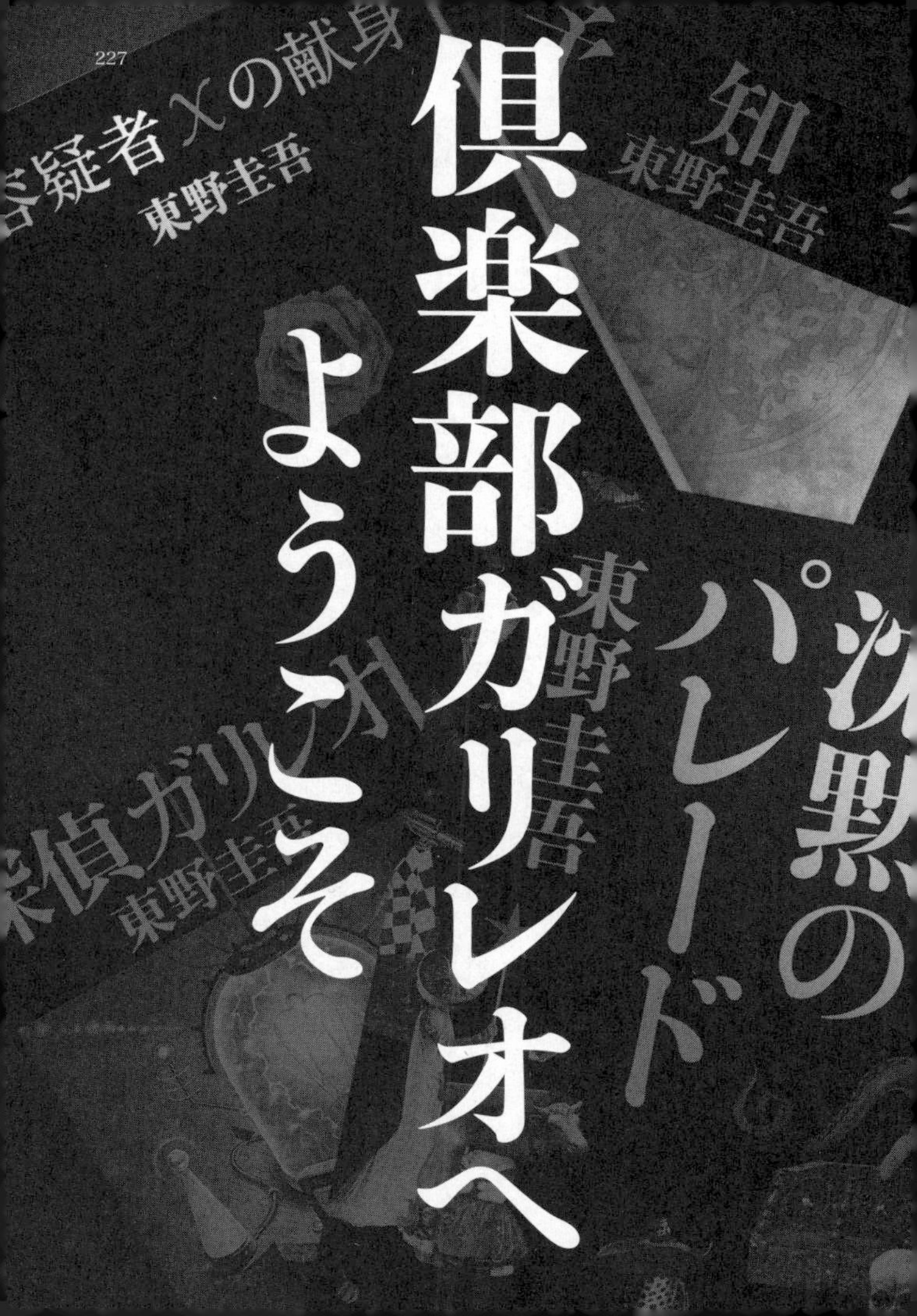

# 倶楽部ガリレオへようこそ

# 〈ガリレオ〉こと湯川学とは——

**初登場**

一九九六年、「オール讀物」に掲載された「燃える」で初登場。帝都大学理工学部物理学科准教授で、第十三研究室に属している。学生時代、バドミントン部のチームメイトだった草薙俊平が警視庁捜査一課の刑事になっており、彼が持ちこんできた不思議な事件を解き明かしたのをきっかけに、次々と相談を持ちかけられるようになる。そしていつしか、刑事たちから「ガリレオ先生」と呼ばれるようになった。

**容貌**

長身で色白、眼鏡をかけた秀才タイプ。学内では白衣を着ていることが多いが、外出時にはアルマーニのスーツを着ていることもある。一見して優男だが、バドミントン部ではエースとして鳴らしていたこともあるスポーツマンだ。

**人間関係**

女性が苦手というわけではないが、どういうわけか女っ気はない。また両親や兄弟など、家族構成も謎のままである。社交的な性格ではなく、非論理的な言動をする人間や子供に接するのは苦手である。

**趣味嗜好**

コーヒー好きだが、淹れ方にこだわるほうではなく、いつもインスタントコーヒーを景品と思われるマグカップに入れて飲んでいる。ビール、ワイン、焼酎と酒は何でも飲むが、日本酒の「久保田　萬寿」には目がない。

# 科学トリックはこうしてできた!?『探偵ガリレオ』創作秘話

人気シリーズの幕開けとなった『探偵ガリレオ』の刊行によせて、東野さんは、こう綴っている。
――学生時代には実験する喜びをあまり味わえなかった僕だが、会社に入ってからは事態は一変した。まさに実験実験の毎日なのだ。しかもそれらの実験は、何らかの面で初めて行われるものであり、どういう結果が出るか誰にも断言できなかった。（中略）要するに僕は、会社に入って初めて実験の楽しさを知ったということになる。

さて拙著『探偵ガリレオ』だが、ここには五つの怪現象が出てくる。その謎に物理学者が挑むという内容である。

五つの怪現象のうちのいくつかは、僕が会社員時代に携わった研究をヒントにしている。一緒に仕事をしていた先輩と、「もしもこれをこんなふうにしたら、推理小説に使えるかもしれないね」と話していたことを、本当に採用してしまったわけだ。その先輩がこれを読めば、たぶん苦笑してしまうことだろう。

他の現象もすべて、一応科学的根拠に基づいて描いたつもりである。ただし、実験不可能な現象ばかりを扱っている。物理的に不可能なのではなく、道徳的に不可能なのだ。

実験はできないから、仮にやったとしたらこうなるだろうという予想が、本書の生命である。たぶん確認実験などは誰にもされないだろうとタカをくくっている。

（「本の話」１９９８年６月号）

# ガリレオ事件簿

## ファイル#1
## ガリレオVS.人体発火の謎

街路にたむろしていた少年たちが火災に見舞われ、一人が死亡する事件が起きた。目撃者証言によれば、焼死した少年の後頭部が突然発火し始めたという。警視庁捜査一課の草薙は母校・帝都大学理工学部物理学科の准教授となっている湯川を訪ねた。

（「燃える」『探偵ガリレオ』より）

## ファイル#2
## ガリレオVS.予知夢の謎

十六歳の森崎礼美（もりさきれみ）の寝室に忍び込んだ坂木信彦（さかきのぶひこ）。奇妙なことに彼は、十七年前から自分はいつかモリサキレミという名前の女性と結ばれるのだという夢想を口にしていた。坂木が予知夢を見たというのは本当なのか。だが湯川の推理は、予想外の方向へ進んでいってしまう。

（「夢想（ゆめみ）る」『予知夢』より）

## ファイル#3
## ガリレオVS.天才数学者

高校教師の石神（いしがみ）は、アパートの隣室に一人娘と暮らす靖子（やすこ）に秘かな想いを寄せていた。靖子は元夫にしつこくつきまとわれ、発作的に自室で彼を殺してしまう。事件に気づいた石神は、彼女たちを救うため完全犯罪を企てる。事件のあらましを聞いた湯川は、関係者の中に懐かしい名前が混じっていることに気づく。帝都大学の同期生で、湯川が唯一天才と認めた男、石神哲哉だった。

（『容疑者χの献身』）

## ファイル#4
## ガリレオVS.悪魔の手

「悪魔の手」と名乗る者が怪文書を送りつけてきた。見えざる手によって人を葬ってみせるとする内容で、湯川を挑発するものだった。つづく第二の挑戦状で、彼は殺人を行ったと宣言する。被害者は実在し転落死を遂げていた。だが事故死にしか思えない状況だ。姿を現さず、指の一本も触れることなく人を死なせる手段とは一体何か。

（「攪乱（みだ）す」『ガリレオの苦悩』より）

## ファイル#5
## ガリレオVS.完全犯罪の女

真柴義孝（ましばよしたか）が自宅で変死体となって発見された。死因は毒物による中毒死だ。草薙は被害者の愛人だった若山宏美（わかやまひろみ）を第一容疑者として疑うが、内海薫は真柴の妻・綾音（あやね）の行動に不審を持ち、別行動で調べ始める。だが綾音には鉄壁のアリバイがあった。湯川はそのアリバイを崩せるのか……。

（『聖女の救済』）

## ファイル#6
## ガリレオVS.科学嫌い

夏休みを海辺の街の伯母一家が経営する旅館で過ごすことになった少年・恭平（きょうへい）。仕事で訪れた湯川も、同じ宿に滞在する。翌朝、もう一人の宿泊客である男の変死体が見つかった。これは事故か、殺人か。彼はなぜ、この町にやって来たのか。湯川が気づいてしまった真相とは——。

（『真夏の方程式』）

**ファイル#7**
**ガリレオVS.女優**

女は男の胸に深々とナイフを突き刺した。「ここから先、敵は警察だ。生半可な演技では通用しない」と覚悟した舞台女優はタクシーに飛び乗る。窓ガラスに映った自分の顔に「あなた、女優でしょ」と語りかけながら。物理学では解けない「心理」に湯川が挑む。

（「演技る（えんじ）」『虚像の道化師』より）

**ファイル#8**
**ガリレオVS.愛弟子**

かつて湯川が指導した、高校の物理研究会の後輩・古芝伸吾（こしばしんご）が帝都大に入学してきた。だが彼は早々に大学を退学してしまい、その陰には彼の姉の死が絡んでいた。天涯孤独となった、愛弟子の企てに気づいた湯川。「私は君にそんなことをさせたくて科学を教えたんじゃない」というガリレオの言葉は、青年に届くのか。

（「猛射（う）つ」『禁断の魔術』より）

**ファイル#9**
**ガリレオVS.町の人々**

突然行方不明になった町の人気娘・佐織（さおり）が、数年後に遺体となって発見された。容疑者はかつて草薙が担当した少女殺害事件で無罪となった男。だが今回も証拠不十分で釈放されてしまう。さらにその男が、堂々と遺族たちの前に現れたことで、町全体を「憎悪と義憤」の空気が覆う。秋祭りのパレード当日、復讐劇はいかにして遂げられたか。超難問に突き当たった草薙は、アメリカ帰りの湯川に助けを求める。

（『沈黙のパレード』）

## 映像化されたガリレオ。その幸福な関係

　フジテレビ系列でドラマ『ガリレオ』が、福山雅治の主演でスタートしたのは、二〇〇七年十月のこと。

　ドラマ化以前にも部数を重ねていたシリーズの更なる飛躍のきっかけになったといえるだろう。

　「クレア」における福山さんとの対談で、東野さんは、小説の映像化についてこのように語っている。

　「それにしても『ガリレオ』のドラマはありがたかったですね。自分の中で湯川像が

© 2008 フジテレビジョン、アミューズ、S・D・P

ビジュアル的にも人間的にもしっかりしてきて、いい化学反応を起こしてくれた」（二〇〇八年九月号）

　執筆においても、影響を与えているという。

　「今も『オール讀物』でこのシリーズの新作『聖女の救済』を連載しているんですけど、今書いている湯川のイメージは、やっぱり福山さんになってしまうんですよね」（二〇〇七年十一月号）

　小説と映像の幸福な関係が生まれた瞬間だった。

# 湯川学「名セリフ」集

「その素晴らしい頭脳を、そんなことに使わねばならなかったのは、とても残念だ。非常に悲しい。**この世に二人といない、僕の好敵手**を永遠に失ったことも」

（『容疑者χの献身』より）

「科学を殺人の道具に使う人間は**許さない。**――絶対に」

（「攪乱す」『ガリレオの苦悩』より）

「**人の心も科学**です。とてつもなく奥深い」

（「操縦る」『ガリレオの苦悩』より）

「人がどう思おうと僕は**自分の信じる道**を進むだけだ」

（「攪乱す」『ガリレオの苦悩』より）

「何となくアイデアが浮かぶなんてことは、そうはない。**様々な観察、思考**の末に生まれるものだ」

（『聖女の救済』より）

# ガリレオを読み解く

杉江松恋（評論家）

ご存知のとおり〈ガリレオ〉こと湯川学は、ミステリー作家・東野圭吾が創造したキャラクターだ。帝都大学理工学部物理学科准教授というのが本来の肩書きである。彼の頭脳に目をつけたのが大学の同期で、現在は警視庁捜査一課に所属する草薙俊平だ。

草薙はなぜか人体自然発火や霊視といったオカルト現象が絡んだ事件を担当させられる傾向があり、そのたびに湯川は解決のための助言を求められるのである。天才が人智の及ばない謎を解き明かした活躍の模様は、二つの事件簿『探偵ガリレオ』『予知夢』にまとめられている。

その湯川が好敵手と言い得る存在に巡り逢ったのが、長篇『容疑者χの献身』で描かれた殺人事件だ。彼が闘うことになった相手は、帝都大学時代の学友・石神哲哉だった。かつては親しく交わったこともある人物と敵対しなければならないという体験は、湯川にとってもやはり重いものだったようだ。この作品の終わりで湯川は、それまでは露わにしたことがなかった深い懊悩のさまを見せたのである。

『容疑者χの献身』がミステリー愛好者だけではなく広い層の読者から支持されたのは、葛藤する湯川の姿が描かれた、人間ドラマとしても成立していたからだ。湯川学という主人公は、もともとそれほど親しみやすい人物としては描かれてこなかった。なにしろ「論理的でない相手と付き合うのは、精神的に疲れる」から子供は好きじゃないと宣言するくらいだ。言うだけではなく、実際子供に触れてじんましんが出たこともあるぐらいなので、ポーズではなくてこれは本音なのだろう。徹底した合理主義者、人間嫌いの変人、というあたりが『探偵ガリレオ』で初めて湯川に接したときに読者が抱いた印象だったはずである。

とはいえ、大学時代にはバドミントン部に所属していたというから完全なインドア派の引きこもりというわけではないし、コーヒーの味にはうるさい癖にインスタントコーヒーばかり飲んでいるという人間臭い一面もあってなんとなく憎めない。それが『容疑者χの献身』で初めて自らの内面をさらけ出したのだから、読者が驚き、夢中になったのも無理はないことだったのである。

『聖女の救済』は、その『容疑者χの献身』の後日談にあたる物語だ。扱われているのは中毒死事件である。真柴義孝という男性が自宅で毒物を口にして死亡した。捜査に当たる刑事の内海薫は未亡人の真柴綾音がとった行動に違和を覚え、犯人であると直感する。だが綾音には完璧なアリバイがあった。考えあぐねた末、薫は帝都大学に湯川学を訪ねる。物理学者の力を借りてトリックを解明するためだ。初めは捜査協力に消極的だった湯川だが、薫の熱心な態度にほだされて現場へと乗り出してくる――。

石神哲哉との闘争の後、湯川は警察捜査から手を引いていたようである。名探偵が一時的に表舞台から姿を消すというのはよくある話で、コナン・ドイルが『最後の事件』でシャーロック・ホームズを悪の天才モリアーティ教授と対決させ、ライヘンバッハの滝に転落したということにして退場させた例がもっとも有名だ。ホームズの失踪期間は十年近くに及んでファンに多大な心労を味わわせたが、幸いなことに〈ガリレオ〉はもっと早く戻ってきてくれた。ただ不在期間中は草薙との仲が疎遠になっていたらしく、今回の事件でも彼ではなくて新米刑事の内海薫が湯川の助手を務めることになるのである。原作の小説よりも先にTVドラマ版や映画版で柴咲コウ演じる内海薫に親しんでいた人には、かえってなじみやすい状況設定かもしれませんね。

　こう書くと初期作品からのファンは「二人の友情にひびが入ったのか」と慌てられるかもしれないが、ご心配なく。湯川が捜査協力を引き受けた理由のうちには、この事件が草薙俊平にとっての一大事になっているから、というのも含まれているのである。ネタばらしになってしまうので詳しくは書けないが、『聖女の救済』は草薙俊平自身の事件でもあるのですね。友人のため湯川は「やれやれ」とぼやきながら重い腰を上げたわけだ。助手役が薫に代わったことの産物として、湯川が草薙に対する思いを語る場面が本書にはある。薫に「信頼しておられるんですね」と言われた湯川は「でなきゃ、何度も捜査に協力しないさ」と「白い歯を見せ」ながら答えるのだ（准教授の白い歯ですぞ、白い歯！）。なんでしようね、この羨ましいほどの親密さは。

　新しい相棒の内海薫には直情径行ぎみのところがあるため、人を喰った性格の湯川に草薙以上に翻弄されてしまう。もっとも薫が湯川とペアを組むのは『聖女の救済』が初めてではないのである。本書に先駆けて発表された短篇「落下る（おちる）」が初顔合わせの作品。長篇と同時に刊行される『ガリレオの苦悩』には、もちろんこの短篇も収録されている。二人の馴れ初め（なれそめ）が気になる人は、併せて読んでみてください。

　『探偵ガリレオ』にはオカルト現象を科学の力で解明するという統一テーマがあり、続篇の『予知夢』ではさらに心霊現象の要素が強化されていた。『ガリレオの苦悩』も前二作の路線を踏襲した連作集であるが、今回は湯川自身が深く事件に関与した作品が多いという特色がある。巻頭の「落下る」は前述したように休養期間からの実質的な復帰作であるわけだし（この作品でも草薙刑事との微笑ましい場面があります。どれだけ仲がいいんだ）、続く「操縦る（あやつる）」は湯川が恩師邸を訪問しているときに起きた殺人事件の謎を解く話だ。また、「密室（とじ）る」でも湯川は旧友の経営するペンションで起きた死亡事故の真相を探っている。巻末の「攪乱（みだ）す」に至っては、犯人が湯川に個人的な遺恨を抱いている人物で、彼への面当てのために劇場型犯罪を引き起こすのだから迷惑この上ない（書き下ろし作品の「指標（しめ）す」のみ湯川ゆかりの人物が出て来ないが、解決のしかたを通じて彼の科学観が問われる話であり、これも湯川自身の事件と言うことができるだろう）。題名に〝苦悩〟の二文字が入っているのは伊達ではないのである。

あまりにも苦悩する場面が多いためか、本書の湯川は事件を解決するたびに素の表情を覗かせる。そこも魅力の一つである。もっとも印象的なのは「操縦る」の幕切れで見せた顔だ。昔は科学にしか興味がなかったはずなのに、いつの間に人の心がわかるようになったのかとある登場人物に問われ、彼はこう答える。「人の心も科学です。とてつもなく奥深い」と。いくつもの事件を経て、探偵ガリレオは確実に成長しているのだ。

（「本の話」２００８年11月号より抄録）

# 『沈黙のパレード』かつてない復讐劇

**中江有里**（女優・作家）

殺人事件の容疑者が逮捕されると「動機」に注目が集まるが、昨今見聞きするあまりに身勝手で突発的な犯行動機には戦慄が走る。

一方で愛する人を奪われた側はこの手で犯人を八つ裂きにしたくとも、司法にゆだねるしかない。しかしその司法が通用しない場合どうするのか。前作から六年ぶりのガリレオシリーズはかつてない復讐の物語。

ある日行方不明になった並木家の長女・佐織(さおり)が、数年後に静岡の家屋で遺体となって発見される。歌手を目指していた彼女は菊野市の期待の星、町の人気者だった。

容疑者として逮捕されたのは、以前少女殺害事件で逮捕・起訴されながらも、裁判で無罪になった蓮沼寛一(はすぬまかんいち)。蓮沼は取り調べで黙秘を続け、処分保留で釈放された。その後、佐織の家族の前に姿を現した蓮沼に町の人々は憤怒し、復讐心を募らせる。

かつて少女殺害事件を担当した草薙は、佐織の事件で再び蓮沼を世に放ってしまった自責の念に駆られていた。そんな時、蓮沼変死の一報が届く。被害者となった蓮沼を恨む町の人々にはアリバイがあり、その殺害方法も謎が多い。草薙はアメリカ帰りの物理学者・湯川に助言を求めた。

通常、ミステリーにおける名探偵とは事件を解決に導くキーパーソン。捜査が行き詰った時の便利な存在にもなりかねないが、湯川の造形はそう単純ではない。

警察に先んじて、推理から結論に近づいていく湯川。草薙たちは推理内容をすべて語らない彼に不満をぶつけるが、湯川はこう返す。

「正しく実験が行われたかどうかを判断するには、どんな結果が出るかなんて、知らないほうがいいんだ」

### 現代的な受け身の生き方に対する苦言

犯人がわかっている捜査なら、近道で正解へたどり着けてしまうが、それゆえに見落としてしまう人の機微がある——実に的を射た指摘であるとともに、様々なことに重ね合わせられる言葉だ。

人と違うことを恐れて、空気を読みすぎる社会では自分自身で考える力がだんだんと衰えていく。こうした現代的な受け身の生き方に対する苦言とも取れた。

そういう意味で言うと本書の復讐劇は受け身の生き方の対極にある。罪に問われるとわかっていても自ら鉄槌を下したい。なぜ佐織が殺されたのか、どんな理由であっても知りたい。これらの目的を果たした後、取った行動は「沈黙」だった。

「黙秘」と「沈黙」。本書で前者に続く言葉は「する」が、後者は「守る」がふさわしい。自分以外の誰かを守るための沈黙――湯川も例外ではなく大切な誰かのために行動していた。見事な幕引きにうなる一冊。

（「週刊文春」２０１８年11月8日号）

## 「週刊文春ミステリーベスト10」２０１８年国内部門 第１位『沈黙のパレード』著者に聞く

## 東野圭吾インタビュー●「湯川でさえ、手こずる謎は執筆の壁も高かった！」

八五年『放課後』、九九年『白夜行』、二〇〇五年『容疑者χの献身』、〇九年『新参者』に続いて、五度目の戴冠となった。

受賞の知らせに「会心の一作である『沈黙のパレード』が、皆さんに届いたことが嬉しいですね」と語った。

『沈黙のパレード』は、ガリレオシリーズの単行本としては六年ぶりの新作だ。

町の人気娘・佐織が行方不明になった数年後に遺体となって発見された。逮捕されたのは、かつて草薙刑事が担当した少女殺害事件で無罪となった男。今回の事件でも証拠不十分で釈放されてしまう。秋祭りの当日、男の死体が見つかった。哀しき復讐者となった、佐織を愛する町の人々に、天才物理学者・湯川はどう向き合うのか――。

「これまでのガリレオの長編で湯川が対峙してきたのは、親友の天才数学者や非論理的な女性、気まぐれな少年たちでした。今回は、被害女性を愛した、善良で平凡な普通の人々にしようと。彼らが力を合わせたら、湯川でさえも手こずるような謎がうまれるのではないかと考えたのですが、実際に書こうとしたときに、相当な壁の高さを感じました」

謎に対して、湯川が科学的なアプローチで取り組む見せ場はもちろんのこと、佐織を大切に想っていたとはいえ、普通の人々が、犯罪にどうかかわっていくのか、という部分も読みどころの一つだ。

「ここ最近、気を付けていることが、今回は上手くいきました。それは何かというと『登場人物の行動、心の動きも含めて、自分だったらどうするかを徹底的に考える』ということです。一人ひとりの考えや行動を真剣に考えたら、誰も作者の都合にあわせて動いてはくれない。もっと言えば、『この人がこう動いたとしたら何が起きたのか。よほどのことがあったに違いない』と、自分自身で謎解きをしながら書いた部分もあります」

「ミステリーベスト10」の推薦者からは「ガリレオ、再始動！　と期待が高まる中、それを上回った」という声もあがった。

「再始動と言った以上、また充電したら怒られるでしょうから続けて書きますよ。創作者は新作ごとにハードルを上げていくべきだと考えています。しかもガリレオである以上、お茶を濁(にご)そうとは思わない。でもやっぱり難しかったですね（笑）。長編であれば、湯川が事件に関わる〝理由〟が必要で、今回も〝それなり〟のものを用意しました」

著者が言うところの〝それなりの理由〟が、圧倒的な読後感へと導いてくれる。

「『沈黙のパレード』は、集大成と言える作品になったと感じています。まだ翻訳もされていないので、捕らぬ狸(たぬき)の皮算用もいいところなのですが、『容疑者χの献身』で逃したエドガー賞が獲(と)れたら嬉しいなぁと思っています（笑）」（「週刊文春」2018年12月13日号）

# マスカレード シリーズ特集

## 異色コンビが大活躍。事件はホテルで起きている——

# プロフェッショナルが集う場所、マスカレード・ホテル

# プロフェッショナルなひとびと

## 新田浩介（刑事）

精悍な顔をした三十代半ばの警視庁捜査一課の刑事。十代前半の2年間をロサンゼルスで過ごした帰国子女。日系企業の顧問弁護士を務める父、そして母と妹は現在もシアトル在住である。

昔からミステリが好きで知能犯との対決を夢見ていた。大学は法学部だが、警察の仕事に興味があったためであり、弁護士になるつもりはなかった。

**■モットー● すべてを疑う　■特技● 人の本性を見抜くこと**

**■性格● ひねくれてはいるが正義感は人一倍強い**

## 山岸尚美（ホテル従業員）

空港へのアクセスにも便利な東京都心の一流ホテル「ホテル・コルテシア東京」に勤める。入社4年あまり経ったタイミングで、希望していたフロントクラーク配属となる。徹底したプロ意識に裏付けされた丁寧な接客と絶対にノーを言わないお客様へのホスピタリティに定評がある。

ホテルで働きたいと思ったきっかけは、大学受験で上京した際に起きたちょっとした出来事から。大学時代には映画サークルに所属していた。好きな映画は『グランド・ホテル』。お酒の飲みっぷりは悪くない。

**■モットー● お客様がルール　■特技● お客様に尽くすこと**

**■性格● 真面目で正直だが、人より少し心配性**

**能勢**（品川署所轄刑事）　新田の相棒となる刑事。誠実な姿勢と地道な捜査に定評がある。

**警視庁**

**尾崎警視**（管理官）　ノンキャリながら警視にまで出世した人物。

**稲垣警部**（係長）　新田たちの直属の上司に。

**本宮**　新田の先輩。なかなかの強面。

**関根**　新田の後輩。ベルボーイに扮する。

**ホテル・コルテシア東京**

**藤木総支配人**　お客様第一、山岸も憧れるホテルマン。

**田倉宿泊部長**　冗談好きで陽気な山岸たちの直属の上司。

**久我フロントオフィス・マネージャー**　フロント業務の責任者。

**川本**　若手のフロントクラーク。

**東野作品に共通する「名称」をご存知ですか？**

例えば「ガリレオ」シリーズの湯川学が教鞭をとる「帝都大学」は『片想い』や『分身』など多くの作品で登場している。また『ラプラスの魔女』の青江教授が所属する「泰鵬大学」は『危険なビーナス』や「マスカレード」シリーズにも登場する。「マスカレード」といえば「コルテシア」。こちらも同じ名称が『流星の絆』に登場しているが、気づいた読者はいるだろうか。他にも実は共通する名称があるらしい。探してみては。

# 「マスカレード」事件簿

## 1泊目 事件前夜

東京の泰鵬大学で殺人事件が発生。殺されたのは理工学部で半導体を研究する教授だった。重要参考人として浮上したのは被害者と共同研究をしている男性准教授。彼は、事件当夜大阪のホテルに宿泊していたと主張するが、頑なにそのホテルの名前を明らかにしようとしない。准教授のアリバイを確認するため、刑事は大阪のホテルまで捜査に向かう。

（『マスカレード・イブ』）

## 2泊目 初めての潜入捜査

都内で起きた不可解な連続殺人事件。一件目は絞殺、二件目は扼殺、三件目は撲殺で、被害者にも犯行の手口にも一切共通点はない。連続殺人を示すものは犯行現場に残された2種類の数字が書かれた共通のメッセージのみ。そしてその暗号から判明したのは、次の犯行場所が一流ホテル「ホテル・コルテシア東京」ということだった。犯行を未然に防ぎ容疑者を逮捕するため、警察は異例の捜査を敢行する。それは刑事をホテル従業員に扮装させて犯人の捜査をさせるというものだった。

『マスカレード・ホテル』

3泊目

## 潜入捜査再び

東京練馬のマンションから若い女性の他殺体が発見された。匿名通報ダイヤルからの情報、電気コードを使用した複雑な殺害方法、そして被害者が妊娠していたことなど不可解な点の多い事件だったが、警視庁に密告状が届いたことで事態は一変する。密告状には、12月31日の大晦日、仮装のカウントダウン・パーティが盛大に開催される「ホテル・コルテシア東京」に犯人が現れると予告されていたのだ。再び、刑事たちがホテル従業員の仮面を被る、前代未聞の捜査が始まる。

『マスカレード・ナイト』

# 「ホテル・コルテシア東京」ご利用のお客様の声

「お客様をお部屋にご案内したときには問題なかったはずなのですが、その後『禁煙室なのに臭いがする』と呼び出されて行ってみると、確かに煙草の臭いがしまして……。山岸さん、どうしたらいいでしょうか」

（ベルボーイ・町田）

「ナオミはいつも私の想像を超えたアイデアをくれるんだ。アメリカで和紙の素晴らしさを紹介したいと相談したときはワンダフルだった。和紙が繊細で美しいことはみんな知っているからインパクトがない、逆のイメージ、むしろ丈夫で手荒に扱っても平気だとアピールできるアイデアや業者を探してほしいとお願いしたんだが……。これからも是非このホテルを使わせてもらいたいという回答だったよ」

（G.W.アメリカ在住のお客様）

「予約時に、部屋について何か希望はあるかと訊かれたから、夜景が奇麗な部屋がいいと答えた。なのにふざけるなよっ、これじゃあ詐欺だ。このホテルのオフィシャルサイトを見ろよ。貼ってある夜景の写真、公式サイトにこんな写真がついてたら、どの部屋からもこの景色が見えると思うのが当然だろ？」

（K.K.40代男性のお客様）

「先程チェックインされた女性のお客様から、お部屋がお気に召さないと……予約したときの『部屋の壁に肖像画や人物の写真を飾らないこと』という条件を満たしていないとおっしゃるんです。そういうものが目に入らない部屋にしてほしいと言ったのに、と。確かにこのお部屋にはそういった装飾品はないのですが、実は窓の外、当ホテルではない建物に、ですね……」

（フロントクラーク・吉岡）

「帰国したときに友達に自慢できるものが食べたい。寿司や天ぷらといったありきたりなものではなく、外国人がめったに食べないものがいい！」

（イタリア人カップルのお客様）

# ホテルマンの心得

一、ホテルにはいろいろな
人間がやってくる。
彼等は皆、
仮面を被っている。
だからホテルマンは、
決してその仮面を
外そうとしてはならない。

一、お客様は
神様ばかりではありません。
悪魔も混じっています。
それを見極めるのも
私たちの仕事なんです。

一、「それはできません」
というのは、
ホテルマンにとって禁句だ。

一、お客様がルールブックなのです。
だからお客様がルール違反を
犯すことなどありえないし、
私たちはそのルールに
従わなければなりません。絶対に。

一、お客様に御迷惑をおかけするようなことが
あった場合も、その者一人ではなく、
ホテル全体の責任だと考えております。

一、コンシェルジュは
どんな困難な要求に対しても
ノーといってはいけないし、
逃げてはならないのです。

一、時計に頼りすぎてはいけないのと同様、
御自身の感覚だけを頼りにするのは危険です。
時間と同様、心の距離感にも
余裕が必要だ、といいたいのです。

# 幸運なコラボレーション、舞台化された『マスカレード・ホテル』華麗なる宝塚化！

橘　涼香

２０２０年１月
宝塚歌劇団花組の男役スター瀬戸かずや主演で上演された
舞台版『マスカレード・ホテル』レビュー！

ミステリーの醍醐味はなんと言っても犯人捜しにあって、読書の楽しみの王道は作家が仕掛けた様々なブラフやミスリードをかいくぐって、如何に真犯人を看破するか？　という点にある。この作家VS.読者の対決を公平なものにする為に、「犯人は物語の当初に登場していなくてはならない」「探偵方法に超自然能力を用いてはならない」をはじめとした、推理小説を書く上でのルールを定めた「ノックスの十戒」や「ヴァン・ダインの二十則」などが知られているほどで、作家もルールを破らずに謎を仕掛け、読者も正々堂々とその謎に挑むという謎解きの楽しみは、ミステリーに欠かせないものだ。

ただ一方で、これらの著名な法則を敢えて破って、ミステリーの枠を広げようとする試みや、推理小説を犯人捜しのエンターテインメントから、更に文学へと押し上げようとする作品も数多く書かれているし、端的に言って最も良い推理小説は、再読に堪えるものというのも定説だ。つまり犯人を知ってからでも、逆に作家がどんなミスリードを仕掛けていたかや、張られていた伏線を反芻(はんすう)しながら読むことのできる推理小説には、登場人物の心理描写をはじめとした、奥深い興趣があって飽きさせない。

　そういった一級のミステリーを書くことに於いて定評があり、更に非常に多くのテイストの作品を書き分けている東野圭吾の作品の中でも、エンターテインメント色が濃く、露出も多いのが「マスカレード・ホテル」だ。今回、宝塚が舞台化するにあたって、作品の主眼を犯人捜しではなく、本来生涯出会うはずのなかったヒーローの刑事とヒロインのホテルのフロントクラークの運命の出会いから、心を寄せていくまでの展開に置いた脚本・演出の谷正純の目線は、極めて正しいものだったと思う。何しろ原作はもちろんだが、映画版もあまりにも知られている作品だけに、こと宝塚の場合にはキャスティング発表以前の、この作品に出演するメンバーが発表された段階で、犯人役はこの人だな……と読めてしまったほど。その為、事件捜査の部分を決して無視した訳ではないながらも、ポイント、ポイントでの要約説明といった趣に留めて、人間模様の描写に時間を割いたのが、作品を宝塚の舞台で自然に演じられるものにしていた。基本的には

「この人が犯人かも?」の為に、様々に現れる訳アリの登場人物たちの存在も、多くの出演者に役をつけたい宝塚歌劇にとっては効果的に作用していて、これは思わぬ発見。特にタイトルの『マスカレード・ホテル』、ホテルには人がひと時仮面をつけて、非日常を味わう為にやってくる、という説明から幻想の仮面舞踏会に発展していく流れが非常に美しく、宝塚にとっては十八番(おはこ)と言っても過言ではない場面だけに、宝塚ここにあり!の魅力が噴出する。この展開を1幕のクライマックスに持ってきた、ベテラン作家谷正純の仕事ぶりが取り分け光った。芝居の楽曲をすべて手掛けた作曲家植田浩徳の作風にも、良い意味での懐かしさがあり、初めて観る作品なのに、この主題歌を聞いたことがある気がする……と思ったほど、宝塚歌劇の世界観に楽曲がすんなりと馴染んでいるのも心地良かった。

　そんな挑戦的な作品でありながら、安定感のある舞台で主演を務めた瀬戸かずやは、長年培ってきた男役芸を存分に披露した。花組の前任トップスター明日海りおの時代から、ニヒルで大人の男の風情が濃い個性で重用されてきた瀬戸だが、ある時期まで決して器用な人ではないなという印象が強かった。ところが『蘭陵王』で生まれた性と性自認が異なる難しい役柄を体当たりで演じて大きく殻を破って以来、舞台姿に俄然余裕が出てきた。こうなると元々の男役としての適応度の高さが更に強い武器になってくる。ホテルのフロントクラークに完璧に化けているように見えて、目付きはちゃんと刑事というキャラクターが、瀬戸の持ち味にピッタリ。態度は斜に構えていても、仕事に対して真摯で誠実という新田の根本もよく表現されていて、見どころの多い主演ぶりだった。新トップスターの柚香光に溌剌とした少年性があるだけに、瀬戸が演じる大人の男役は、新生花組でも貴重な戦力になることだろう。

一方ヒロインの朝月希和は、花組から雪組に組替えして、彩風咲奈のダンスパートナーを多く務めるなど、大活躍をしたのちに、再び花組に戻りヒロインの座を射止めた。明日海退団時に有望な娘役が同時退団していた花組の事情もあっての人事だっただろうが、その里帰りにも納得がいく、あくまでも仕事に誇りを持ち、困難も悩みもすべて笑顔の下に包み込む矜持を持った女性像を的確に演じている。何よりも役柄の核になる「笑顔」がなんとも愛らしいのが朝月の魅力で、ヒロイン尚美役に打ってつけ。これは想像を遥かに超える好演で、「花娘」とよばれる花組の娘役としての誇りを持った今後の活躍が更に楽しみになった。

この二人の関係が、原作とも映画とも異なるときめきのあるエンディングを迎えるのも、他メディアとの違いを浮き彫りにし、宝塚ならではのラブロマンスの良さにつながったのも美しかった。

（2020年1月「演劇キック『宝塚ジャーナル』」掲載より一部抜粋）

# マスカレード・ホテルを読み解く

西上心太（書評家）

東野圭吾の最も新しいシリーズが〈マスカレード〉シリーズだ。とはいえ現在のところ発表されたのは『マスカレード・ホテル』、『マスカレード・イブ』『マスカレード・ナイト』、の三作品であるが。物語の現場が日本橋人形町にほど近い、「ホテル・コルテシア東京」という一流シティホテルに限定されているのがシリーズ最大の特徴だ。この難条件のため作者といえども新しいアイデアを盛り込んだ新作を生みだすのは大変だと思う。

そもそもこのシリーズとはいかなるものなのか、ホテル限定という以外にどのような特徴があるのか、シリーズを追いながら紹介していこう。

第一作目の『マスカレード・ホテル』は「小説すばる」誌に連載（二〇〇八年十二月号〜二〇一〇年九月号）された後、二〇一一年に刊行され、二〇一四年に文庫化された。二〇一一年は東野圭吾の作家生活二十五周年の年だった。その記念企画で加賀恭一郎シリーズの『麒麟の翼』、ガリレオシリーズの『真夏の方程式』、本作品と、ハイレベルな作品が三ヵ月おきというハイペースで刊行されたのだ。

りんかい線の品川シーサイド駅近くの駐車場で男性会社員が、その七日後には足立区の千住新橋付近で主婦が、さらに七日後に葛飾区葛西でジョギング中の男性教師が殺される。場所も犯行手口もばらばらだったが、すべての現場には二つの数字が記されたメモが残されていたことから、連続殺人ではないかという疑いが浮かび上がってきた。

実はこの数字は暗号になっている。勘のよい読者なら数字の様子から何を示しているのか容易に見当がつくだろう。だがストレートに解けるわけではなく、一ひねりしているのだが、単に暗号を難解にするというプロット上の都合ではなく、犯人側の目的に必要不可欠なことである点が実に心憎い。この数字の意味が明かされるのは文庫本で二百ページ近く進んでからなので詳しくは述べないが、暗号の意図を察した警察は、四番目の事件がホテル・コルテシア東京で十日以内に起きる可能性が高いことをつかみ、潜入捜査を決断するのである。そしてフロントとベルボーイに一名ずつ、ハウスキーピングに三名の警察官が、ホテル従業員になりすまして犯人を待ち構えることになった。

## プロフェッショナルの魅力が光る

潜入捜査官の中で、最も客と接することが多いフロント業務を命じられたのが、警視庁捜査一課の新田浩介警部補だった。アメリカ育ちで英語が堪能なことと、刑事らしからぬ風貌だったことから選ばれたのだ。そして彼にホテルマンの基礎をたたき込むことになったのが優秀なフロント係である山岸尚美だった。

強面ではないとはいえ、鋭い目つき、言葉遣い、歩き方など新田の振る舞いはホテルマンとはほど遠かった。容疑者以前に利用客から怪しまれないよう、山岸は新田を厳しく指導する。一方の新田は潜入捜査という任務に失望していることも手伝い山岸に反発する。新田は正義感も強く頭も切れる猟犬タイプのエリート刑事を自負しており、「待ち」を強いられる任務に我慢がならなかったのだ。

だがフロントに立った新田の前にはさまざまな客が現れる。備品を持ち帰ろうとする者、視覚障碍者の婦人、高飛車な女性、悪質なクレーマー……。スキッパーと呼ばれる宿泊代や飲食代を踏み倒す者にも油断ができない。最初は互いのプロ意識によってぶつかり合っていた二人だが、このような客と対峙するうちに新田はホテル業務の奥深さを知り、山岸は刑事の洞察力に一目置き始める。優秀なプロフエッショナル同士が反発しあい、やがて互いを認めていく過程が面白く、ミステリーであると同時に仕事小説としての質も高いのがこのシリーズの第一の魅力であり特徴なのだ。

さらにプロットの中心となる謎もすばらしい。暗号をはじめ、連続殺人を軸にしたミッシングリンクという趣向、そして意外性のある真相。初期の東野圭吾は、新本格派の作家たちに伍するようなトリック中心の人工的なミステリーも書いていた。その類のミステリーで使われるような大胆な仕掛けと、ホテルという「場」にふさわしいプロットを見事に融合させることに成功したのだ。これが第二の魅力である。

ホテルが舞台といえば『グランド・ホテル』という名作映画がある。ホテルに集った人々それぞれのドラマを同時進行で描いた作品で、このような手法の代名詞として映画のタイトルがそのまま使われるようになった。作者自身も述べているが、あえて「グランド・ホテル」形式を使わず、新田と山岸の視点に絞ったことも本作品が成功した要因の一つだろう。二人が一緒の時は会話によって複眼的な見方が伝わるし、二人が別々の場合は物語を停滞させることなくスムースに展開させることができる。また視点人物が変わることによって、サスペンスが強調されるというメリットも生じたのだ。

もう一つの心憎い工夫が、能勢という刑事を登場させたことだ。能勢は品川署の刑事で、最初の殺人事件で新田とコンビを組んでいた。若手エリートの新田と対照的な中年刑事である。新田も冴えない愚鈍そうなおっさんと思っていたのだが、実はそうではないことがわかってくる。能勢は意外な行動で新田に接触し情報を分かち合うようになる。そしてホテルから出られない新田の手助けをすることで、事件の真相解明に少なからぬ貢献を果たすのだ。

能勢という脇役を配したことで、ホテルという「内」にいる主要人物が、「外」の動きにコミットできることになったのだ。刑事とホテルマン、ホテル内とホテル外。三人のキャラクターをからみ合わせることで、ホテルが舞台の物語に無限の広がりを加えることができたのだ。

## 読者が満足できる「企み」がたくさん

二作目の『マスカレード・イブ』は、「小説すばる」誌掲載の三短編と書き下ろしの表題中編をあわせた四編で構成された、前作の前日譚に当たる連作集で、二〇一四年に文庫オリジナルとして、『マスカレード・ホテル』の文庫化とあわせる形で刊行された。

第一編の「それぞれの仮面」は山岸尚美がまだホテルに就職して四年目の時代の物語。学生時代の元恋人が客として現れ、あるトラブルに見舞われた顚末が描かれる。

「ルーキー登場」は新田浩介の捜査一課新人時代のエピソードだ。『マスカレード・ホテル』の中で、高級ホテルに恋人と泊まった時のことを思い出すシーンがあったが、まさにその直後から物語が始まっていく。エリート意識むき出しで、ふてぶてしい新人らしからぬ新田の姿が活写される。

「仮面と覆面」は再び山岸尚美の物語。売れっ子作家がホテルの部屋で「缶詰」になった顛末を描いた作品だ。ホテルに来る客は〈仮面〉を被っているというのが、ホテルマンの共通認識だが、この作家は〈覆面〉を被っていたのだ。正体の分からない美人覆面ベストセラー作家をめぐる喜劇的な小品で、ミステリーに詳しい人はその作家の名前からモデルになった人物を想像してニヤリとすることだろう。

　巻末の表題作では新田と山岸の二人が登場する。新田は東京の大学で起きた教授殺人事件の捜査を担当する。一方の山岸尚美はキャリアを積み、ホテル・コルテシア大阪に転勤していた。二人は直接出会うことはないのだが、巧みな工夫によって事件解決に寄与する。そしてこの最後の作品のエピローグが、『マスカレード・ホテル』につながっていくなど、二作品がリンクするような趣向が凝らされているのだ。

## ホテルという「非日常」を存分に楽しむ

『マスカレード・ナイト』は二〇一七年に書き下ろしで刊行された長編だ。本書の趣向は予告殺人ならぬ、予告密告とでもいえる事件である。練馬区で独り住まいの若い女性の遺体が匿名の通報によって発見される。睡眠薬で眠らせた後に胸と背中に電気コードを貼り付け、感電死させたのだ。ところが通報に続き、警察に密告状が届く。この事件の犯人が、ホテル・コルテシア東京の新年を祝うカウントダウン・パーティに姿を現すという内容だった。こうして新田はフロント係に化けて、再び潜入捜査に赴くことになった。

　だが今回は山岸尚美とコンビを組むことはできなかった。彼女はフロント係からコンシェルジュに異動していたからだ。新田が組んだのは氏原祐作という四十がらみの公家顔のフロント係だった。氏原は顧客第一はもちろんのこと、ホテルマンとしての高い矜持と自信の持ち主で、極めて優秀だがまったく融通が利かず、山岸とのように心を通わす余地が全くない。この根っからのホテルマンとのやりとり、山岸の新しい部署であるコンシエルジュという職務への興味が物語を牽引していくのだ。

コンシェルジュとは客のあらゆる要求や質問に対し、客の意向を最大限生かした的確な対応をしなければならない業務である。山岸はとんでもない要求を受けても決してできませんとはいわずに対応を考えるのだ。部屋の窓から見える肖像画を見えなくするよう要求する客、年末の当日になってレストラン貸し切りを要求する客など、難易度の高いリクエストが続く。一方、フロントの新田の前にも不倫相手と鉢合わせしそうな家族連れの亭主や、一人なのに夫婦で滞在しているように振る舞う客などが現れる。このような怪しい客たちに囲まれながら、大晦日の年越し仮装パーティに向けてのカウントダウンが始まっていくのだ。

ホテルに来る者は「お客様という仮面を被っている」というのがこのシリーズを通してのテーマでもあるが、本作では文字通り「お客様」も犯人も「仮面」を被っているのだ。能勢刑事も再び登場し、年末年始というホテルにあっても非日常的な狂騒の中でサスペンスフルな物語が展開していく。

ホテルという枠組みの中で、これほど質の高いミステリーシリーズは類を見ない。四作目がいつになるのかは作者次第だが、ぜひともこのシリーズの巻数が増えることを期待したい。

毎年、多くの書籍を刊行しつづけながら
冬にはスノーボードに熱中する東野氏。
「今の自分が存在する理由の八割方は、
スノーボードがもたらしてくれた」
と語るその理由と、創作の秘密とは。
日本が誇る超人気作家の「いま」を捉えた、
きわめて貴重なロングインタビュー。

KEIGO HIGASHINO

# 圭吾

# 家の秘密

〈ロングインタビュー〉

# 東野最強小説

どの作家が最高か？　文学性や娯楽性を基準に、小説家に優劣をつけることは不可能だろう。では、どの作家が「最強」か？　現代ニッポンにおいては、ミステリー小説家の東野圭吾氏であると断じてよいだろう。

『ナミヤ雑貨店の奇蹟』でたたき出した世界販売千二百万部（二〇一九年四月中旬現在）という数字は、村上春樹氏の『ノルウェイの森』とほぼ並び、二十一世紀に入って最も売れた日本の小説だ。数々の映画化・舞台化作品も国内外で相次いでヒット。とくに東アジアでは、エンターテインメントにおける「東野経済圏」をつくり出している。

そんな最強小説家は、もう一つのユニークな顔を持つ。趣味が高じ、私財を投じてスノーボード大会を創設したのだ。成功者の道楽、と軽視するなかれ。東野杯は、日本のスノーボード・ライダーたちのキャリアを支え始めている。

東野氏がスノーボードと仕事について赤裸々に語った独占インタビュー。

＊＊＊

## スノーボードは面白い！

**――東野さんが創設した大会「スノーボードマスターズ」は今年二度目の開催です。歴史はまだ浅いながら、規模とレベルは国内指折りという評価です。**

大々的にやることが目的ではないんです。「スノーボードにはこんな楽しみ方がある」ということを伝えたい。それを目的に、手探りでやっている草大会です。

普通の人にとってスノーボードを見る機会って、せいぜい四年に一回（冬季五輪）ですよね。しかも滑っているところではなく、ハーフパイプで空中を飛んでいるところじゃないですか。スノーボードクロスという滑走競技もありますが、そこで注目されるのも誰が先にゴールするか。滑っているところではありません。

それはある面、仕方ないことではあるんです。例えば百メートル走で、走っているときのウサイン・ボルトの足がどう動いているかを見る人なんていない。スノーボードも同じことです。

それでも、「スノーボードって本当は滑るスポーツなんだよ、そこが面白いんだよ」ということは何としても伝えたい。これを伝えないと、スノーボードをやろうという人は増えませんから。今のイメージのままでは、子どもに「スノーボードをやりたい」と言われても、親は「そんなスポーツ、危ない」って思ってしまう。

子どもに水泳を習わせている親って多い。でも家族で海水浴に出かけて、「あの岩まで、お父さんについて来い！」って親子三人で泳ぐなんて場面は、現実にはほとんどありません。それがスノーボードなら、そういう楽しみ方ができる。しかも何歳になっても滑れて、若い頃の仲間とジジイになっても滑ることができる。スノーボードは家族や友人と一生楽しめるレジャーなんです。こういうことにぜひ、目を向けてほしかった。

**――開催費用のうち、東野さんはどの程度支出しているのですか。**

ほぼすべてです。ありがたいのは、開催スタッフをみんなが手弁当で務めてくれていることです。人員まで費用を出して集めるとなったら、とんでもない費用規模になっていました。

**――どういった人がスタッフをしているのでしょう。**

それはもう、スノーボードが好きな人たちです。そこに僕はすごいなと感心しているんです。みんな冬場は各地のゲレンデで、バラバラに活動しています。インストラクターだったり、スキー場の運営に関わるいろんな仕事だったり。みんなそれぞれの本業があるので、本音を言うと二月とか三月に開きたいんですが、できないんですよ。

実は僕はもともと、六十歳になったら飲食店をするという夢がありました。成功させて儲けたいというのではなく、とにかくやってみたかった。これぐらいなら使い果たしてもいいかなという額を、一応決めてあったんです。

**――道楽財布が準備してあった。**

いろいろあって結局、飲食店は断念しました。それでほかに何か夢を、と思ったときに「スノーボード大会をやろうかな」と。どれぐらいかかるものか調べてみたら、これ（使い果たしていい額）が全部すぐなくなるような金額じゃなく、何回かできそうだった。

実際に一回やってみると、事前の予想額に比べてちょっと費用が増えてしまいました。それでも僕がもともと予想していた金額よりも少なく済みました。それはスタッフが手弁当で手伝ってくれているところが大きいですね。

僕は彼らに、「スピード自慢も、技自慢も、飛ぶのが得意なやつもみんな集めて、本当のところ誰がいちばんうまいのか決められないかな？」と言いました。その後は好きなようにしてもらっています。素人なりに僕も提案をすることもありますが、基本的には「みんなが面白いようにして」とお願いしています。

**――お金は出すが、余計な口は出さない。これぞ旦那、ですね。**

昨年（二〇一八年）、初めて開いたときには、選手の反応がすごくよかった。すごくベタなのですが、「こんな大会をつくってくれて、ありがとうございます！」って言ってもらえたんです。みんな、こういう機会に飢えていたのかもしれません。とにかくすごく喜んでくれたので、決して的外れなことはしていないかなと思っています。

スノーボードとは全然関係がない人にとってはどうでもいい試みかもしれません。でも少なくとも、スノーボードに一生懸命になっている人たちにとっては励みの一つになれるんじゃないかと思っています。

## 「東野圭吾なんて知らない」って人、結構います

**――スノーボードに対する企業のスポンサーシップがどんどん減っています。ほかの競技でも起こっていることですが、残念だと思いますか。**

もちろん残念なのですが、僕は「物好き」でこんなことをやっているのであって、企業も同じようにできるとは思っていません。

僕と企業の何が違うかというと、費用対効果やメリットを考えるかどうか。企業って結局、メリットがないからとか、宣伝効果が意外になかったから、という理由でスポンサーをやめちゃう。しかも、その結論をすごく短期間に出そうとします。実は企業だけでなく個人でもそういう人は多いのですが。

そういう短期的な視点で見ると、去年マスターズをやったことでスノーボード人口がどれだけ増えたか？　宣伝効果として僕の本がどれだけ売れたのか？と言う人もいるでしょう。でも、答えや効果と呼べるようなものは、ずっと先にしか出なくてもいいんです。

ずっと後にまた誰かがスノーボードの大会をやろうとしたときに、「かつてマスターズというものがあって、こんなやり方だった」という記憶があるだけでもいい。もっと言うと、「かつてこんな大会があった」という記憶が残るだけでもいい。「何だかよくわからないけれど、作家が始めた大会だった」「東野圭吾という人はこんな大会をやっていた」でも構わない。何に対し、どんなふうに効果があるかは具体的にはわからない。でもスノーボードにとっては決して悪いことにはならないと思っています。

何か意味のあることをする。そのためには何がいちばん重要なのか。それは、「世の中から忘れられたり、無視されたりしないこと」がいちばん大事なんじゃないでしょうか。だから未来に残すのは記憶だけでいいのです。
ただ記憶に残るためには、ほかとは違ったことをやらなければいけない。だから何としても、トップ選手に出場してもらいたいのです。

**――後に「俺はあの伝説の大会に出たんだぜ」っていうストーリーができる。**

去年は五輪に出た選手（片山來夢氏、成田童夢氏ら）が参加してくれました。彼らが将来もっと活躍したときに、マスターズのことをSNSか何かでちょっと語ってくれるだけでもいい。その人のファンがみんな見てくれますからね。それだけで、スノーボードにとっては随分違うと思います。
僕の商売という点でも、スノーボーダーの中には「東野圭吾なんて知らない」っていう人たちが結構います。そういう人がマスターズをきっかけに「あ、こんな人なんだな」って知ってくれるだけでメリットがあります。

**――東野さんは今、最も読まれている日本人小説家です。それでも自分を知らない人がまだいっぱいいると思っているのですか？**

思いますね。

**――これだけ読まれていても。**

はい。日本の人口がざっくり一億人だとして、ミリオンセラーだとしても百人に一人しか読んでない計算ですから。

**――百人に一人、というのはすでにすごい数字です。しかも近年は、海外でも東野作品の人気が高まっていますよね。**

そう聞いてはいます。僕は実際に海外で見てきたわけではないのでわからない。ですが、行ってきた人が書店の写真を送ってくれるので、「ああ、そうなのか」と思っています。

**――これは東野さん自身が、「もっと海外で読んでもらおう」と狙った結果ではないのですか？**

僕が意図したものではないです。

**――では、出版社が戦略を作った？**

そういうわけでもないんです。自然な成り行きっていうんでしょうか。きっかけというのは、実はよくわかっていません。でも海外市場についてもさっきのスノーボードの話と同じ。つまり、長期的な積み重ねだと思うんです。

## とにかく読者をがっかりさせないことが最優先

**――何か物事を成し遂げるには時間がかかる、簡単に実現できるわけじゃない。そんな信念が東野さんの根底にあるのでしょうか。**

物事は何もかも、そういうふうだと思っているんですよ。人の心をつかむのも、マーケットをつかむのも、ボディブローのように利いていくもののほうが強い。そう思っています。一発のヒットでノックアウトしちゃうようなものも、もちろんあります。例えば、お笑い芸人やアイドルの人が本を出せば売れますよね。でもそういったものは、一発のヒットだけで終わっちゃうことが多いのではないですか。

海外の話をもう少しすると、僕は今のように翻訳されることを意識して作品を書いてきたわけでは決してありません。ただ、「この文章は外国語に翻訳したら意味がなくなるよね」ということは以前からずっと意識にありました。

意味がないというのは例えるなら、「この小説は方言がすごくうまく書けているね」というようなことです。文学性があってすごく美しい文章も、外国語に翻訳されてしまうとそのよさがなかなか発揮されません。

そういうことよりも僕が優先してきたのは、文学性とは関係なく、本をほとんど読まない人でもパッと手に取って楽しめること。東野圭吾という作家をまったく知らなくても、楽しんでくれたらそれで構わないんです。

もう一つは、自分が納得できない作品は絶対に出さないということ。連載が終わったから、出来はともかくとりあえず出しましょうか、っていうことは、絶対にしません。もちろん、作品によって優劣はあるから、自信を持って送り出しても読者につまらないと言われる可能性はあります。それはそれで仕方がない。でも少なくとも自分で納得している作品しか出しません。

これは僕が三十代、書いても書いてもなかなか本が売れなかったときから心がけてきたことなんですよ。本というのは、同じレベルだとどんどん売れ行きが落ちていくんですよ。売れ行きを維持するだけでも本当は精いっぱいなんです。それをずっと続けて、とにかく読者を減らさない、がっかりさせないっていうことを最優先する。こういうふうに、小石を積み上げるみたいにして作品を書いて、何とか読者を増やしてきました。

どんなことでも、結果なんてそんなに簡単には出なくていいものです。むしろ簡単に求めた結果は、簡単に失われるんだと思っています。スノーボードの大会も、何か劇的なすごい変化を期待するのではなく、まずは最低限出場してくれた選手とスタッフが楽しむ。これが最大の目標なんです。あえて夢を一つ挙げるなら、スノーボーダー同士が競い合って出場してくれればいいな、とは思います。

## 自分が座るいすは一脚でいい

**——作家には好事家が多いものですが、スノーボードという競技に対する影響力は、趣味の域を超えています。**


やれるからやった、というだけです。そもそも、ほかにそんなに無駄遣いする対象がないですし（笑）。

僕は日頃からよく言っているんですが、自分が座るいすは一脚でいいんです。自分が座るいすそのものは、いくらでも手をかけて、座り心地がいいようにして構わない。でも、いすが百脚あるとしたら、どうなのか。一脚は自分で座って、残りの九十九脚は立っている人に座らせてあげたらいいじゃない？って思うんですよね。

スノーボードをしたおかげで、僕にはいろいろな出会いがありました。手に入れたものもたくさんあります。今の自分が存在する理由の八割方は、スノーボードがもたらしてくれたものだとすら思っています。

一方でスノーボードを一生懸命やっている人たちに目を向けると、かつては彼らが活躍できるような華々しい大会があったのに、今ではすっかり少なくなっている。それなら、そこに僕が恩返ししようと思ったわけです。

**――八割も？　そんなに？**

「東野さんはあんなにいろんな世界について、よく書けるものですね」ってしばしば言われます。なぜ書けるのか。それはさまざまな出会いを通して新しい世界に触れられたからにほかなりません。そしてそこに、スノーボードが欠かせないのです。今まで自分が知っていたことと、スノーボードをきっかけに知ったこと、つながった人間関係というのが化学反応を起こしているのです。

例えば『ラプラスの魔女』という小説があります。あらゆるものを予測でき、天候まで予測できてしまう女の子の話なんです。この小説がなぜできたのか。スノーボードをするようになって、天気図をやたらと調べるようになったことがきっかけです。そのうちに、より正確に天気を予測するにはどうしたらいいのか？という発想が生まれて、この作品につながったんです。

幸いにも、僕はこれまでに九十冊以上の小説を書くことができました。ここ十数年に限っても、コンスタントに新作を書けています。それはほかならぬスノーボードの刺激があったからだと感謝しています。スノーボードを題材として扱った小説だけでも四冊あり、日本国内に限っても合計三百万部ぐらい売れました。映画やドラマにもなりました。これだけでももう十分にありがたくて、恩返しするのに十分に値します。

## 雪がちゃんと降るかなと考える人生

**――東野さんは長期にわたり、安定してヒット作を生み出してきました。プロの文筆家の中でも希有な実績ですが、自身では「これからも続けていけるのか」と不安に思われたことはありますか。**

ありますよ。今も思っていますよ。もう書くものがないんじゃないか、アイデアが出ないんじゃないか、というのはずっと感じています。だから僕はよく編集者に、「今、スランプだ」

って言うんです。

**——スノーボードがあることで、そのプレッシャーの耐えがたさは変わってくるわけですか。**

それはどうでしょうか。ただ自分の中でスノーボードが、大きな励みだったり支えだったりはしますね。忙しくても、やっぱりみんなで行きたいから、予定を先に決めちゃうわけです。今年の冬はどうかな、雪はちゃんと降るかななんてことも、考えない人生より考えるほうがずっと豊かですよ。

**——滑る時期はなるべく仕事を入れないようにしている？**

いやあ、そんなことは許されません（笑）。一年を通じて、あんまり変わらないんですよ。スノーボードに行くからといって仕事してないなんてことはない。ゲレンデに持って行って、みんなと滑って酒飲んだ後に原稿を書くこともありますよ。

執筆時間は日によります。ただ実際に執筆している時間なんて大したものじゃないんです。ほとんどが考えている時間です。もうずっと、それこそゲレンデでリフトに乗っているときも考えています。

**——神が降りてくる、みたいなことじゃないですね。**

そんな人もいますけれどね。僕の書き方は独特だと思います。ほかの作家にはまねができないと思っています。

例えば編集者さんと打ち合わせをするとしましょう。「今度はこういうのを書こうか」とアイデアを出して、まずは打ち合わせしようとなったときにはですね……（東野氏の希望により割愛）。

**——なるほど……それは確かにすごい生産方式ですね。**

しかし、これはあんまり書いてほしくないです。

**——企業秘密の部類と言っていい。**

企業秘密だし、なかなか理解されないでしょうからね。

Chapter Ⅲ.

# 世界累計1200万部

「ミリオンセラーの作品でも、日本人の百人に一人しか僕の本を読んでいない」。東野圭吾氏は東洋経済のインタビューの中で、自身の作品の〝普及率〟をそう表現した。一パーセントの普及率は文芸作品としては十分すぎるほど高いのだが、この章では作品を読んでいない九十九パーセントのために、東野氏の歩みを紹介する。最後まで読んだなら、東野作品を何か一冊読みたくなるはずだ。

二〇一二年三月に刊行された連作短編集『ナミヤ雑貨店の奇蹟』は、東野氏の最強さを語るうえで欠かせない作品だ。

舞台は廃屋となった元雑貨店。ここになぜか過去から、悩み相談の手紙が届く——というファンタジー性のある物語だ。どうして手紙は時空を超えるのかという謎を軸に、いつの時代も変わらない庶民の喜怒哀楽を描写している。それまで東野作品を読まなかった層からも支持を集め、読者基盤を拡大した。販売部数は世界累計千二百万部を超えている。

現代日本を代表する作家といえば、村上春樹氏が国内外に広く認知されてきた。村上氏の最大のヒット作『ノルウェイの森』(一九八七年)は上下巻合計で、世界累計千三百万部を記録している。『ナミヤ雑貨店の奇蹟』はこれにほぼ匹敵するメガヒットであり、さらに現在も部数を伸ばし続けている。日本人の純文学作家の雄が村上氏であるなら、大衆小説家の頂点に立つのは東野氏であるといってよい。

ちなみにノンフィクションを含むと、戦後日本最大のベストセラーは黒柳徹子氏の『窓ぎわのトットちゃん』。世界累計二千百万部を超えている。

## 本の嫌いな少年時代

東野氏は一九五八年二月、大阪市生野区で職人の父の下に生まれた。子どもの頃はむしろ活字嫌い。当時の少年らしく、『巨人の星』と『あしたのジョー』の愛読者だったという。それが高校に入りミステリー小説に目覚める。とくに松本清張作品はほぼ読破しているほど愛好した。当時、原稿用紙三百枚に及ぶ長編ミステリーも執筆している。

大阪府立大学工学部電気工学科を卒業し、一九八一年に入社したのが日本電装、現在のデンソーだ。燃料噴射装置の生産ライン勤務を経て、生産技術部で研究職に就いた。作家の経歴はそもそも多種多様だが、大手メーカーの研究職だったというのは文壇を見渡してもまれだ。

東野氏自身は五年間のデンソー時代を「特殊なカルチャースクールに通ったと考えている」とエッセイに書いている。これは、勤務先以外に共通点のない上司・同僚と人間関係を築き、会社の求める成果を目指す毎日からは、学ぶことが少なくなかったという意味だ。

デンソーの研究現場では、「先入観を捨てろ、既存の技術に縛られるな、常識を疑え」というプロフェッショナルの姿勢をたたき込まれたという。東野氏の会社員生活は短かったが、小説家としてこの教えを実践したといってよいだろう。従来のミステリー小説のタブーを破り、また作品領域を他ジャンルまで広げ、幅広い読者を獲得してきたからだ。

## 会社員時代にデビュー

デンソー社員時代、購入した本の中にたまたま江戸川乱歩賞の応募要項が入っていたことから、ミステリー小説の執筆を思いつく。会社に行きながら執筆でき、うまくいけば大金が入る——そんな安直といえなくもない動機だった。

社員寮で原稿用紙やワープロの裏紙に執筆し、五年計画で受賞を目指した。それが初年から選考に食い込み、応募三年目の一九八五年に『放課後』で第三十一回江戸川乱歩賞を受賞。これがデビュー作となる。女子高を舞台とする密室トリックもので、十万部売れた。

受賞翌年、二十八歳でデンソーを退職し専業作家になったのだが、上京した東野氏に対し編集者は、「あんな大きな会社を辞めて、もったいない」と言った。実は東野氏は意外と冷静にそろばんをはじいていて、「一万部売れる作品を年に三冊出せば、会社員時代の年収三百万円は確保できる」と見込んでいた。コンスタントに作品を生み出すことができさえすれば、実現可能な「キャリアプラン」だった。

実際にその頃の東野氏は年三〜五冊のペースで執筆を続け、デビュー当初からしっかりペンで食ってみせた。さらにその精力的な創作活動の中で、構想と表現を絶えず進化させてきた。

デビュー直後は『卒業』『学生街の殺人』など若者を主人公とする作品を得意とし、青春ミステリーの旗手と呼ばれた。中堅作家となった後も、東野氏の中には「殺人事件が論理的に解き明かされていくものこそがミステリー小説」という固定概念がしばらくあったという。人物像を掘り下げることは、動機や謎に説得力を持たせるための工夫にすぎなかった。

それがあるとき、「今の自分の小説では読者を感心させられても、感動は与えられない」と気づく。この気づきが東野氏を現在のような緻密なトリックから、罪を犯してしまう人間の本質や心温まる人情の機微まで自在に書く作家に脱皮させた。デビュー作が最高傑作という作家が少なくない中、量を質に転化させ、変化し続けてきたのが東野氏なのだ。

## 空白の一年

東野氏を知るうえで、一九九七年は非常に重要な一年だ。多作なキャリアを通じて、唯一この年だけ新作を出していないのだ（雑誌連載は継続している）。この空白期間は東野氏が自ら仕掛けた、一種のマーケティング戦略だった。

東野氏のデビューの後、一九八〇年代後半から一九九〇年代にかけて、ミステリー文壇は大きな高まりを迎える。綾辻行人氏や有栖川有栖氏、森博嗣氏といった骨太な新人作家が多数登場し、「新本格ブーム」と呼ばれるミステリー小説の春が到来したのだ。業界全体としては活況を呈した時期だが、ブームよりひと足早くデビューしていた東野氏にとっては、文壇と読者の注目を後発の作家に奪われる羽目になってしまった。

今でこそ日本を代表する人気小説家の東野氏だが、一九九〇年代半ばごろは、どんな自信作を出しても評論家に注目されず、売れず、増刷もかからないという不遇な時期が続いた。後輩作家に有力な文学賞で先行され、「もう自分が受賞する日は来ないいんじゃないか」「自分だけが不当に迫害されているんじゃないか」と思い悩んだという。

そういった中で東野氏は、空白期間を一定程度置いたうえで新刊を出せば注目が集められるだろう、と考えた。そしてこの空白の一年によって、東野作品は質的にも大きな飛躍を遂げることになる。

## ターニングポイント

東野氏は一九九八年、二冊を発表し、見事な「再登場」を果たす。一つは『探偵ガリレオ』。物理学者・湯川学が活躍するガリレオシリーズの皮切りとなる作品で、後に福山雅治氏主演のテレビドラマシリーズが人気を集めたことでも広く知られている。この作品で東野氏は、ミステリー界のタブーに挑戦した。

それまでミステリー小説では、高度な科学知識を前提とするトリックは禁じ手だった。一般的に共有されていない専門知識をトリックに使うのは、読者に対してフェアではないからだ。だが東野氏はこの作品で、自身の科学技術に対する造詣を生かし、謎解きの過程に専門的なサイエンス知識をちりばめた。一歩間違えれば無粋になるところを、人物やストーリー運びに魅力があり、かつ科学知識が正確なものであれば、読者は十分熱狂できると証明した。ミステリー界に新たな地平をつくったといえる。

もう一つは『秘密』だ。事故で死んだ妻の心が幼い娘の中に宿り、夫である主人公が煩悶するというファンタジー的なストーリー。東野氏のこれまでの作風とは異なるし、論理の緻密さを競う新本格作家とも一線を画していた。ブランク後の長編で、しかも異色の作品となれば、評論家は注目せざるをえない。

実際に本作は大きな注目を集めた。それは「空白マーケティング」が的を射たからだけではない。切なくどこか滑稽な人間の心理を描写することに成功し、自身の新境地を開拓したからでもある。この作品は初の映画化につながり、落選続きだった日本推理作家協会賞も受賞した（一九九九年）。東野氏は受賞の辞として「本賞は新鋭作家が勢いのあるうちにとるイメージで、自分はもうとれないと諦めていた。今回の受賞によって、地道に十年以上ミステリーを書き続けている方々に『次はあなたの番』と示せたら幸い」と語っている。自他共に認めるターニングポイントの作品だ。

## 四十四歳での出合い

東野氏がスノーボード愛好家であることはすでに伝えたが、このスポーツとの出合いは二〇〇二年のこと。銀座で飲んでいたある夜、たまたま隣席にいたのが某出版社のスノーボード誌編集長だった。東野氏が「スノーボードをやってみたい」と持ちかけ、編集長も「お誘いします。まず板をプレゼントしましょう」と請け合い、始まった。初体験はガーラ湯沢だったという。

注目に値するのは、このとき東野氏の年齢が四十四歳だったことだ。東野氏にはスキーの経験があったが、実はこの二つのスノースポーツは滑り方がかなり違う。初めは雪の中を転倒しまくるしか上達の道がないスポーツを、誰もが筋力の衰えを感じる四十代半ばに始めただけでもチャレンジング。さらには執筆生活の合間を縫って毎季三十回もゲレンデに通い、後に私財を投じて大会を開催するほどの傾倒ぶりをみせている。

何かに新しく挑戦すること、倦まず繰り返すこと、強い情熱を持つこと。いずれも若いころなら意識せずともできたのに、年を重ねると難しくなるのが普通だ。東野氏がスノーボードに少年のように没頭できることは、創作にかける熱量と通底しており、それ自体が能力と言ってよいのではないか。

## 直木賞、そしてエドガー賞へ

日本推理作家協会賞や吉川英治文学新人賞など、国内のさまざまな文学賞にノミネートされながら、受賞を逃すことが少なくなかった東野氏。無冠の巨匠と呼ばれることもあった。それがついに、大衆小説における国内最高の栄誉を獲得する。二〇〇六年、『容疑者χの献身』で第百三十四回直木賞を受賞したのだ。四十七歳十一ヵ月だった。

東野氏が受賞までに落選した回数は五回。最多（古川薫氏、九回）ではないが、受賞者全体では多いほうだ。落選した際の審査委員の評を見ると、「もっと踏み込むべき問題がないのか」「主人公の内面に踏み込んで書くべき」といった言葉が散見される。ミステリー小説は総じて直木賞を受賞するのが難しい。謎解きや平易な表現が評価されにくいと同時に、文学性や社会性という点で厳しく見られるのだろう。

その一方で、受賞時にメディアは「受賞がこれほど待たれた作家はいない」と伝えている。書籍の販売部数やテレビ・映画化作品の人気を踏まえると、読者にとっては意外なほどに遅い栄冠だったのだ。

賞の選考と読者の間のこの温度差を、直木賞選考委員の一人だった北方謙三氏は絶妙に表現している。「常に読者に面白い物語を提供しようという姿勢は、賞とは関係ない次元にある志で、貴重である。賞は必ず追いかけてくると、私は半ば確信している」（二〇〇三年、『手紙』に対する評言から抜粋）。

直木賞受賞作品となった『容疑者χの献身』は二〇一二年、さらなる快挙を遂げる。アメリカ探偵作家クラブ（MWA）のエドガー賞で、長編賞にノミネートされたのだ。

一九世紀のミステリー作家エドガー・アラン・ポーの名を冠した同賞は、ミステリー界のアカデミー賞と呼ばれ、最高の栄誉。とくに長編賞は、米国市場においてハードカバーで出版された作品のみが対象とあって、ハードルも注目度も非常に高い。東野氏はこのとき、惜しくも受賞を逃したが、翻訳作品にとってはノミネートされること自体、希有なことだ。

一九五四年に始まった長編賞で、二〇一二年以前に翻訳作品がノミネートされたのはわずか九作品にとどまっていた。日本では二〇〇四年の桐野夏生氏の『OUT』だけ。さらにこのうち受賞にこぎ着けたのは、スウェーデン作品『笑う警官』（ペール・ヴァールーとマイ・シューヴァルの共著、一九七一年受賞）しかなかった。世界的に人気の高いイタリアのウンベルト・エーコも、『薔薇の名前』でノミネートされつつ受賞には至っていない。

もちろん受賞に至ればめでたいことではあったが、ノミネートによって東野氏は、「あのエドガー賞の候補になった日本人」として、世界のミステリーファンに認識されるようになったのだ。

## 昔の自分のような少年に向けて

東野氏の直近刊は二〇一八年十月刊行の『沈黙のパレード』。ガリレオシリーズの第九作であり、東野氏の九十四冊目の作品（エッセイを含む）でもある。本章の冒頭で東野氏の『ナミヤ雑貨店の奇蹟』と村上氏の『ノルウェイの森』の世界販売部数を比較したが、多作さでは東野氏のほうに軍配が上がる。デビューから三十四年間の精力的な執筆活動の賜物だ。

大衆小説と純文学を作品数で比べるのはナンセンスと思う人もいるだろう。また東野氏自身は、「多作という点では、赤川次郎さんなどもっと上がいる。数を増やすことを目的に書いているわけでもない」と東洋経済のインタビューで語った。

ただ結果としてでも、東野作品が潤沢にあることは、読者にとって大きな利益をもたらす。

かつて松下幸之助氏は、「いわば水道の水のように、いい物を安くたくさん作ることは、いつの時代も大事なことだ」と説いた。経済社会においては小説も商品であると考えたなら、「良質な作品を、誰でも手を伸ばせる平易さで、たくさん生み出すこと」は、社会に大いに貢献をしているといえる。

東野氏の持論は、「読者のためだけに小説を書く」だという。直木賞受賞時の会見でも、「本嫌いだった昔の自分のような少年が、面白く読める小説を書き続けたい」と語っている。まだ十分に若く精力的な東野氏は、国内外でさらに多くのファンを獲得する可能性を持っている。

（本章の参考資料）『あの頃ぼくらはアホでした』『たぶん最後の御挨拶』『小説 野性時代 第139号』『野性時代 vol．27』『もっと！東野圭吾』『ちゃれんじ？』『さいえんす？』、各種報道記事（順不同）

# Chapter III. 東野圭吾に直撃13問！

## Q1 大会を開くほど愛好しているスノーボード、自身の滑りはどういうスタイルですか。

いわゆるフリーラン（ジャンプやトリックではなく、滑走そのものを楽しむスタイル）ですね。年をとってから始めたので、若い人みたいに飛ぶようなことはしません。危ないし、ケガをしたら仕事上、大変ですから。板もフリーランに合うものを使っています。

ただ、道具にはそんなにこだわりがない。スノーボードに関しては、何がいいのか、自分に何が合っているのか、よくわからないんですよ。プロから、「こういうのが合っているんじゃないですか」って言われて使ってみて、「そう？　確かになんかいいような気がする」という感じ。実は全然わかっていません。素人なんです。

ゲレンデも、どこが自分のナンバーワンというのはとくにはなくて、その時々でひいきにする場所があるぐらい。例えば『疾風ロンド』（二〇一三年）を書いたときは、野沢温泉にしょっちゅう行きました。今シーズンは富良野でした。ゲレンデについては近年の現実問題として、温暖化のせいで雪が少ないということがあります。ですからシーズンの初めと終わりは、ほぼ行き先が決まってしまいますね。

## Q2 小説家もスノーボードのライダーも、ごく一握りの人しか食べていけない仕事です。そういう道を選ぶ人たちに、アドバイスはありますか。

スノーボードのライダーは、言うまでもなく僕なんかの何十倍も滑っている人たちです。上から目線で言えることなんてありません。あえて何か言うなら、彼らの何十分の一しかスノーボードをやっていない僕でも、好きで一生懸命滑ることによって得られたものがたくさんあった。そしてそれはスノーボード以外のいろいろなものにもつながった、ということです。

僕の場合は、たまたまスノーボードだったのですが、ゴルフでもサッカーでも囲碁や将棋でもいい。とにかく何かを一生懸命やっていれば、苦労することも学ぶことも必ずあります。そういう苦労や学びは、絶対にほかのことにも役に立つんです。

僕は今、小説家ですが、電気工学科を出てデンソーでエンジニアをやっていました。その経歴でどうして小説家？　全然違うじゃない？　と人からは見えるでしょう。だけど僕自身は、電気工学を学ばずデンソーにも行っていなかったら、今の自分はなかったと思っている。かつて学んだことは創作に非常に役に立っているし、もっと言うと基礎になっているんです。

ライダーの皆さんもそれ以外の人も、結果的にはそれで食べていけないかもしれないけれど、今の努力は何かほかのことをやるときに絶対に土台になります。だから努力をすることには迷わないでほしい。職業にできないかもしれない、儲からないかもしれない。そんなことに一生懸命になっていいんだろうか?なんて思わないでほしいですね。

**Q3 デンソーに勤務されていたなら、愛車はやっぱりトヨタ車ですか?**

デンソーだからトヨタと思われるのは当然なんですが、ホンダともマツダとも取引があったので、社員の乗る車に縛りはなかったですよ。だから僕はホンダに乗っていた頃もあります。スノーボードを始めてからは、SUV(スポーツ用多目的車)系の車に乗るようになりました。マツダのMPVに乗って、それからトヨタのハリアー。その流れで、もうちょっと大きい車をと探して、今は欧州メーカーのSUVです。SUVに慣れてしまったので、車高の低い車はもうあまり運転したくないんですよ。

**Q4 一九九七年は、東野さんの執筆生活における空白の一年です。どんなことを考えていたんですか?**

一九九七年は戦略を練っていた時期です。その前年は五冊ぐらい出して、どれもかなり自信作だったのですが、あんまり話題にならなかった。そういう時期がずっと続いていたんです。ほかにやれる仕事はないと思っていたので、「この仕事でよかったのか」という迷いはありませんでした。でも、どうやったら売れるんだろう、認められるんだろうという悩みはすごくありました。

だから戦略として、空白期間を置くことで「最近、東野作品が出ていないな」という感じにして、そこに勝負作を出そうと。しかもその作品が以前の作風と全然違っていたら、なおいいんじゃないかと。そういう狙いでやってみたんです。そうすれば文芸評論家も、「久しぶりの、しかも作風がガラッと変わった東野作品」ということで、彼らの仕事として取り上げるきっかけになるじゃないですか。

今ではピンと来ないかもしれないですが、当時はまだインターネット時代じゃなかったから、評論家の影響力って大きかった。そして評論家はみんな新しい人に注目したい。新しいエースに出てきてほしいわけです。一方、デビューして十年以上たっている僕みたいな作家のことなんか、はっきり言ってどうでもいい。そんな作家が頑張ってコンスタントに仕事をしていても、「東野圭吾はあいかわらず、一定のペースで書いているな」で終わりなんですよ。評論家にとっては、そういう作家を取り上げることは、デューティーワークに流されちゃうという気がするんでしょうね。だから注目してもらうには、久しぶりに出したという形にするしかなかった。

今はみんな評論家の言うことよりも、ネット上のレビューで星がいくつかのほうを信用するじゃないですか。だから評論家の視点をとくに意識することはもうありません。じゃあネット上のレビューについて意識するかというと、そういうこともとくにはありません。

今後、またブランクをつくる可能性があるか？　もうないですね。あのときは売れていなかったので、失うものがなく、怖くなかった。今は逆に、ブランクが怖いです。ただ意図的に空白期間をつくらなくても、アイデアが出なくなって結果としてブランクになった、ということにいずれはなるんだろうなと思っています。

## Q5 ネットとはどんな付き合い方をしていますか。

密でもあるし、冷めてもいる。情報源として重要ですが、ネットを信用しすぎない、頼りすぎないようにしています。だって、でたらめな情報が氾濫しているじゃないですか。だからネットを見るときは、おおむね疑ってかかっています。分析的に書いている記事やブログなんかは、まあいいと思うんですよ。「少なくとも書いた本人にとってうそではないんだろうな」という目で読んでいます。

新聞は朝日、日経、毎日、読売の四紙を読んでいます。新聞記事はまだ、その情報に対する責任の所在ははっきりしているわけですから、ある程度は信頼できます。とくに気になっているニュースは、今はこれといってありません。今って見たくなくてもニュースが目に入ってきますよね。携帯電話にも速報がバンバン入るし。ちょっとうっとうしいなと思っています。その中に「あ！」と思うような情報があって、小説のアイデアにつながることもなきにしもあらずですが。

スマートフォンは使っていなくて、まだガラケーなんです。ガラケーとｉＰａｄを普段から持ち歩いているので、スマホを持つ意味が見いだせない。ｉＰａｄは必要なものだけをパソコンから転送する形で使っています。クラウドやアプリはほとんど使っていません。

**Q6 肉体を使うスノーボード選手であれ、主に頭脳を使う作家であれ、キャリアはある種、年齢との戦い。もう若くない、と感じたときを乗り越えるにはどうしたらいいですか。**

年齢とともに起こる変化のうち、僕にとっていちばんきついのは、アイデアが出なくなることですね。でも年齢についてはもう仕方がありません（笑）。時間は必ず流れていく。そして自分だって先にいた誰かに取って代わってきたんだから、今度は自分が若い誰かに取って代わられるかもしれない。僕はそういう心の準備がいつもあります。

**Q7 東野さんにとってのヒーローは誰ですか。**

誰かをヒーロー視することはあまりないほうなのですが、イチローさんはすごいな、と思いますね。仕事をするうえでルーチンをやりきる点がすごい。向こうが偉大すぎて、自分なんかと比べる気にはなかなかなれませんが、共感するところが多いです。

肝心なのは、「普通のことを続ける」ってことだと思います。人に差をつけたければどうすればいいのか。普通の人間だったら休むだろうな、遊ぶだろうなというときでも努力を続けられれば、きっと報われる。そういうふうに思うんです。

もともと、何かを続けることが割と得意。例えば自宅から仕事場まで七〜八キロ離れているんですが、大体毎日歩いています。夏は暑いからさすがに仕事場へは歩いて行かないですが、その分、ジムに行っています。一定程度歩くということを、自分に課しているんです。たばこも昔は一日一箱ぐらい吸っていましたが、「五十歳になったらやめる」って宣言して、実際にスパッとやめました。五十歳の誕生日を過ぎてから、家に残っていたたばこを全部捨てて、それ以後は一本も吸っていません。やめることを続けられています。三日坊主になることはないですね。

続けられない人の気持ちはわかるんですよ。僕だって面倒くさいとは思っています。これは意志の強さだとかじゃなくて、単なるDNAの問題だと思っています。ただ単に何かを続けるのを苦と思わないDNAというだけ。ありがたいな、ラッキーだなと思っています。そういうDNAだから、ちりも積もれば……という考え方が好きだし、努力がすぐに報われなくても平気。前にも言ったように、大事なことほどすぐに結果が出ないと思っていますから。

## Q8 とても多作ですが、仕事においては量が重要なのでしょうか。

作品数そのものは、誇れるほど多いとは思っていません。赤川次郎さんや西村京太郎さんの作品数なんかもっと多いですから。そういう人と比べると、自分は本当に多作なタイプではありません。

ただ、じっくりと時間をかけて一作を書いたほうがいいものができると思うタイプでもない。いい作品をできるだけ早く届けることが、エンターテインメント作家としての役目だと思っているんです。だから本当はもっと早く書けたらいいなと思う。今のペースが精いっぱいですが。

年に三作を何とか書きたいのですが、ここのところちょっとしんどい。さっき話したように年齢のせいで、一言で言うとアイデアが出るのに時間がかかるようになった。質は落としていないつもりですけれど、その質のいいものを出すペースが遅くなっている。本当は質も量も、両方維持したいんですがね。

## Q9 昨今ちまたでよく言われること、「ワークライフバランスが大事」について、どう思いますか？

小説を書くことは苦しいです。しかし、新作が出来上がったときの充実感は最高です。これを取り上げられたら、僕は困っちゃう。やらされて書いているわけじゃないですし。少なくとも自分にとってはワークとライフは、バランスを取らなくちゃいけないような、二つの分かれたものじゃない。一体のものなんです。

じゃあこれからもずっと書いて生きていくかというと、いずれは引退したいなとも思っています。だからイチローさんの引退会見を見て、本当にうらやましかった。あそこまでやり遂げて退けたのはうらやましいですよね（同席した編集者から「作家に引退はありませんよ！」との声）。いやいや、高木彬光さんは引退したじゃない。引退したほうがいいんじゃないか、って言う人もいると思うんですよね。まあ、さっき言ったようにブランクができて、いつの間にか消えていくことになるのかな。

## Q10 もう一つちまたでよく言われることで、「AIに仕事が奪われる」説。東野さんはAIを怖いと思いますか。

怖くない。便利になっていいんじゃないですか。僕は自分の小説はＡＩには書けないと思っています。小説を書かせること自体は、まったく不可能ではないかもしれない。でも今僕が書いているようなものは、当面は書けないと思う。もしＡＩに書けてしまうのであれば、それはそれでもう、いいんですよ。コンピューターが小説を書くようになったとしても、それは新しい新人作家が出てきたのと大して変わりませんから。

**Q11 『ナミヤ雑貨店の奇蹟』は世界販売部数千二百万部に達しました。この数字をどう受け止めていますか。**

そんなに売れているんですか。すごいと思います。でもあくまで小説では、ですよね。『窓ぎわのトットちゃん』がさらに上にあるって、中国で言われました。

**Q12 どうして作品を電子化しないのですか？**

本を読む習慣をスマホの世界に移してしまうと、スマホの中で競わなきゃいけないことになる。電子書籍専用の端末があるといっても、みんな結局、スマホで読むと思いますから。そうなると読書が、ゲームや動画、ＳＮＳといったことを含めたさまざまな選択肢の一つになってしまう。それだと読書に勝ち目がなくなるんじゃないかと思うんです。

紙の本であれば、スマホとそもそも物理的な土俵が違う。「時間があるな、何をしようかな」というときに、かばんの中にスマホと一緒に文庫本が入っていれば、「文庫本を開いて本を読もう」という行為を選択する可能性がある。それが全部スマホの中に入ってしまうと、「そこに本がある」という意識からして消えてしまう。

それに、電子に移しちゃったら本屋さんがなくなるじゃないですか。そうじゃなくても本屋さんは今、急激に減っているんですから、僕はぎりぎりまで本屋さんのためになりたいと思っています。ずっとこんなふうに言っているのに、本屋大賞はもらえないんだよなあ(笑)。

## Q13 人生で大事なものを三つ挙げてください。

まず家族でしょ、それから時間がないと何もできないから時間……。そもそも生きてなきゃ駄目だから、健康とか命とかもあるんでしょうが、それは大前提ということにして、うーん……遊びかな。はい、あと一つは遊びです。

遊びって答える前に一瞬、仲間って答えようかとも思いました。でも本質的に考えると、仲間がいることも含めた遊びかなと。僕にとっては、スノーボードも小説を書くことも遊び、つまり楽しいことなんです。

仕事を楽しいと思えなきゃ駄目だと思います。もちろん、楽しいことばかりってわけにはいかないですよ。小説を書くこともつらいんです。ですが、「こんなことを書いたら、きっと読者はびっくりするぞ」っていうワクワク感、これはやっぱり楽しくて、遊びですよね。だから大切なんです。もしこういう楽しさと仕事を切り離さなきゃならないというなら、それはちょっと幸せじゃないでしょうね。

一つ付け加えると、最初に挙げた家族というのは、人によっていろいろだと思います。絶対結婚しなきゃいけない、子どもをつくらなきゃいけない、そういうことではありません。一人じゃさびしいっていうのがつらいんです。一人は楽しい、一人は気楽だ、だったらOKだと思います。そして人間の配偶者や子どもじゃなくて、猫を家族と思うような人がいてもいいと思います。

僕も夢吉という猫を飼っていましたが、もう死んでしまいました。そしてもう猫は飼いません。いなくなるのが怖いから……いや、怖いからじゃないな。僕にとってのペットは、あいつだけだから。そしてあいつが死んだので、もう終わり。時々いるじゃないですか。奥さんが死んだら、もう再婚しないっていう人。そういう感じです。

（聞き手・文　杉本りうこ／インタビューは2019年1月）

【東洋経済メーリングブック「東野圭吾　最強小説家の秘密」より】

作家生活25周年特別企画として開催された
「東野作品人気ランキング」投票。
読者が選ぶ初の著者公認人気投票の結果が2012年、発表された。
投票資格は、2011年3月、6月、9月に無料配布された
「東野圭吾公式ガイド」添付のハガキ、もしくは9月に刊行された
『マスカレード・ホテル』に挟み込まれたハガキに、
対象となる76作品から1位～5位を記入の上、
2011年11月11日までに応募されたものです。
1位が5点、2位が4点、3位が3点、
4位が2点、5位が1点として集計しました。
応募総数約1万通の頂点に立った作品とは。

# 読者1万人が選んだ！
# 東野作品

# 人気ランキ

# 容疑者Xの献身

第1位　18,535ポイント

1万人から届いたコメント

※一部ネタバレをしているコメントがあります。
未読の方はご注意ください。

さらにスゴイ!

第134回直木賞　受賞
第6回本格ミステリ大賞　受賞
「本格ミステリベスト10 2006」　第1位
「このミステリーがすごい! 2005」　第1位
「2005年週刊文春ミステリーベスト10」　第1位
2008年映画公開／2012年エドガー賞候補

●15年生きてきて一番のミステリーだと思います。トリックはシンプルですが読み破れなかった。これを読んで泣ける男が増えて欲しいです!!（10代男性）

●東野さんを知るきっかけになった作品。本の楽しさを教えてくれた。石神の生き方がまさに数学の証明のようだった（20代女性）

●この本で初めて東野さんを知り、大好きになった。衝撃的な内容も、一日で読みきったのも初めて。読書が好きになったのもこれがきっかけ!!（20代女性）

●犯行のトリックがわかった時はゾクゾクした。泣けて仕方がない名作（30代女性）

●自分も最愛の母を亡くし最初で最後の「慟哭」を経験したから（50代女性）

●トリック、ストーリー、完成度、全てにおいてNo.1（20代男性）

●ガリレオシリーズの中でも最高。こんな愛があるのか（30代男性）

●直木賞の看板に偽りなし!文句無しの1位です（10代男性）

●苦しむ湯川に人間らしさを感じる。そんな湯川を刑事として、親友として支える草薙がとても好き（20代女性）

●本当に面白い。湯川のキャラが確立され見事な結末にもため息でした。切なくて泣けました（40代女性）

●こんなに号泣したラストは、初めてでした。決して良くないことだけど、こんな純愛もあるんだナと思いました（40代女性）

●献身のキッカケは愛というより恋だったと思ってます（40代女性）

●それまでのガリレオシリーズはトリック先行で加賀シリーズにくらべて好きじゃなかったけど、石神のキャラには心打たれました（50代女性）

●想像もしないトリックに驚愕（60代男性）

●こんなにも人を愛す事があるのだと考えさせられました。そして最後までだまされました（30代女性）

●数学が作り出す悲劇、物理が解き明かす悲劇（20代男性）

●犯人に感情移入してクライマックスであんなに涙を流したのは初めて（30代女性）

●色々議論がありましたが、それらをねじ伏せる力のある作品（30代女性）

●一途な石神が素晴らしすぎる（40代男性）

●読み終えた後、本を閉じてタイトルを目にした時に鳥肌がたったのが今も忘れられないです（10代女性）

●ラストを読み、唸った。湯川より石神に感情移入（50代男性）

●シリーズを知らなくてもこれ一冊で感動できた大好きな作品（30代女性）

●ガリレオシリーズの最高傑作（40代男性）

●これほど切ない人間ドラマがあっただろうか（10代男性）

●切ない話に胸をつまらせ、その後ガリレオを見る目が変わりました（30代女性）

●石神の献身。湯川との対決。大変驚かされた（30代男性）

●二つの頭脳、二つの心のぶつかり合いが見事!（50代女性）

●石神さん……切ない恋でしたね。こんなに美しく恐ろしい犯罪はないです（40代男性）

●映画も観に行って、何だか数学に興味を持てた（笑）。今、ユーモアミステリーと

か騒いでいる人に読ませたい（10代女性）

●湯川と写っている姿を見比べて容姿のちがいを痛感するシーンが印象的だった。こんなにも純粋な愛に感動した。何度読んでも涙が出た（50代女性）

●私は東野圭吾作品はすべて読んでいます。東野さんが嫌がることですが、最初は図書館で本を借りてました。しかし、この本から購入するようになりました。今は全部購入して読んでます（40代男性）

●私が知っている中で、一番のトリックと純愛です。ここまで犯人側を応援してしまったミステリーはありません。石神という人間が、大好きです。本当に。しばらくは超える本はないと思います。超える本があるとすれば、著者は東野さんですね！（10代女性）

●湯川に謎解きを進めて欲しいが、進めないで欲しいと思いながら、石神の純愛を応援している自分がいました。ラストは納得かつ非常に感動的で、読み終えたあとの切ない余韻が忘れられません（30代女性）

●頭脳と頭脳のぶつかり合い。人が人を深く想うと、ここまで尽くせるものなのか。まさに尽生（50代男性）

●傑作なんて言葉を迂闊には使いたくないけど、この作品には相応しいんじゃないかな（10代男性）

●愛や罪、そして苦悩がこれほどまでに痛々しく切なく描かれた小説が他にあるでしょうか？文句なしの傑作です（20代女性）

●個人的にはぶっちぎり。何度読んでもラストで泣いてしまうため、読むときはティッシュが欠かせない（10代男性）

●湯川学が龍馬になるとは思わなかった。物理と数学という全く理解できない世界にいる人たちに敬意を表したい（50代男性）

●黒地に赤いバラ一輪の表紙を含め完成された作品に思えたからです（40代女性）

●トリックと人間ドラマの融合が絶妙（40代男性）

●最後の展開に「やられたっ！」と思ってしまいました（20代女性）

●常に自分には石神のように人をそこまで愛せるのか自問自答してもただ自分の愚かな情けなさを痛感（20代男性）

●人間の心情的なストーリーがとても深く、じゃあミステリとしての部分が浅いかというとそういうことも全くなくて、本当にすばらしい作品だと思います。もう何回読んだかわからない（笑）。いい意味で、自分が衝撃を受けた作品です（10代女性）

●石神のねじ曲がった想いが今の私には良く理解できる。映画も観ましたが、素晴らしい作品です（40代男性）

●映画を観てから原作を読みました。石神の純粋さゆえに殺人隠蔽を手伝ってしまうとても切なくキレイな作品だと思います。「人は時に健気に生きているだけで誰かを救っていることがある」そんな人になりたいです（10代女性）

●ある意味愚かではあるけれど、あくまでも相手の幸福を願う石神に胸が熱くなりました（40代男性）

●Smart, Intriging, and dramatic.A fascinating read!（20代女性）

●内容は言うまでもなく、タイトルも秀逸！装丁も大好きです！（30代女性）

●これ以上のトリックは存在しないんでは

ないかと思わされた（10代男性）

●タイトルの「献身」って?と思っていましたが、奇想天外なトリックにその意味を見つけ愕然とし号泣しました（40代女性）

●巧妙なトリックと人間ドラマの両方が味わえる名作だと思う。映画も観たが先に原作を読んでおいてよかった（30代男性）

●人をこんなに深く愛せるなんてすごい！犯行が明らかになるにつれ、不器用だけど真っ直ぐに人を好きになる気持ちを表せてちょっと羨ましいです（10代女性）

●初めて読んだ時の衝撃は今も忘れられません。クライマックスはページをめくる手が止まるほど号泣です（20代女性）

●このシンプルさで、この驚きはすごいです。しばらく作品世界から抜け出せなかったです（30代女性）

●女性がこれほど愛されるという事はすごいと思いました（10代女性）

●ガリレオシリーズが一番好きなシリーズですが、その中でも湯川の人間関係や苦悩がよく現れていると思います（40代女性）

●トリックもそうだが人間ドラマとして抜群。何度読んでもラストで涙ボロボロになる（40代男性）

●とにかく絶対1位です。何度も何度も読み返しています。涙、涙で。湯川さんと石神さんの友情・戦いに涙です（40代女性）

●人生初の泣いた本と映画はこの作品でした。こんな純愛があることすらこの本を読むまで知りませんでした（10代女性）

●今まで読んだミステリー小説の中で唯一自然と涙が出た作品。「一人の人間にここまで人は尽くせるものなのか……」と最後に分かる結末に「愛」とは何なのかを考えさせられた（10代男性）

●やっぱり「献身」というまさにそれに尽きる名作だと思います。涙なしでは読むことができませんでした（20代女性）

●この本を読み終えた時の感動は、4年経った今でも忘れられません。面白くてとてつもない感動があって……（20代女性）

●初めて本を読んだ後に泣きました。容疑者、加害者の両方の気持ちがよくわかる本だったと思います。こんなにも強く人は人を愛せるものなんだなあと感動しました。

さすが直木賞受賞作。私が読んだ全ての本の中で一番心に残った本です（10代女性）

●誠実に生きているということが、人を励ますこともあるという事実に泣けた（40代男性）

●論理性と非論理性の化学反応が起こった名作です！（10代男性）

●最後の場面で父と一緒に号泣しました!!石神と靖子の切ない恋がたまらなく感動!!（10代男性）

●トリックがすごかった。クライマックスで泣かされました。恋っていいなーと思いました（60代女性）

●ラストが辛い作品が（私的には）多い東野さんの作品ですが、これはラストに救われるので。読後の世界を最も考えてしまう作品です（30代女性）

●友情と愛情の深さに数多く考えさせられるものがありました。特に愛情表現は男ならある意味理想のものかもしれないと感じました。石神に共感するところが多かったです。最後身震いするくらい感動しました（40代男性）

1万人から届いたコメント

第2位 15,041ポイント

# 白夜行



さらにスゴイ!

「このミステリーがすごい! 1999」　第2位
2005年舞台化
2006年連続TVドラマ放映(TBS系)
2009年映画公開(韓国版)
2011年映画公開(日本版)

●初めて読んだ東野作品。あまりの引きずり込まれ具合に怖くなり、もう二度と東野作品には手を出すまいと思い、次々話題作が出版される中、5年ほど2作目を読むまでためらいました。あんな経験、後にも先にもあれだけです(30代女性)

●雪穂の悪女ぶりもそうですがみごとな伏線にゾクッとします(30代女性)

●舞台にドラマ、映画と何度映像化されても色あせない名作!(10代男性)

●東野圭吾を代表する作品。これ以上のものはない!!(40代女性)

●東野圭吾の集大成作品(40代男性)

●運命や人生と言ったらやはり、この作品ですよね。厚さのわりにはあっという間に読んだ本、読めた本、すぐに読み返したくなる本でした(20代女性)

●長編なのにアッという間に読み終えてしまった(10代男性)

●作品世界に流れる〝白い闇〟、嘘に嘘を重ねていくヒロインが切ない。生き直してほしい(50代女性)

●悪や罪の本当の意味がわかりました(40代女性)

●練りに練られた壮大なストーリーと感情を揺さぶる登場人物の心情がザ・東野圭吾といった感じ(10代男性)

●本の厚さに怯えましたが、先が気になりどんどん引き込まれ読み進みました。皆さんが仰っているとおり読後は暗く重く深いものでした。白夜の道を二人は進むことしかできなかったのでしょうか(40代女性)

●とにかくすごい。すごいとしか言えない。暗くてたまらないが、面白い(30代女性)

●展開も内容も表現の方法も何をとっても素晴らしい。もはや芸術の域だと思う(10代男性)

●銀座に行く度に雪穂を探してしまう……(30代女性)

●読んだ後、しばらく『白夜行』の世界観から現実に戻ってこられませんでした(30代女性)

●小説でしか表現できない心理描写(20代男性)

●作風がとても凝っていて面白かったです(10代女性)

●「幸せのカタチ」について考えさせられた。この作品を知人に勧めたところ皆、絶賛でした(30代女性)

●この本で東野圭吾を知り、この本が東野圭吾の本、全てを読むきっかけに。名作中の名作(40歳男性)

●ストーリーの深さ、登場人物の多様さ、そして最後の結末、満点の作品でした(50代女性)

●私たちの世代が生きてきた時代と重ね合わせ何度も読み返しました(50代男性)

●パズルのピースが埋まっていくような面白さに魅了されました(30代女性)

●最後のパラダイムシフトはぜんまい仕掛けの精巧な時計を見ているようで感動したことを覚えています(30代男性)

●小説でしか表現できない世界であり、後半になってわかる衝撃の事実。主人公の内面が行間から伝わる凄い小説(40代女性)

●頁を開いたらその世界は白夜一色(40代女性)

●物語は読者の解釈によって十人十色で正解はどこにもないところがとても面白いと

思います（20代女性）

●僕の中では雪穂と亮司には本当の恋愛があると思っています（10代男性）

●なんとも言えない、でも好きな作品です。頭の良い女性が出てきますが、これを書いた東野さんは相当頭良いな……などと後から思いました（30代女性）

●間違いなく名作。怖く悲しい魅力的なヒロイン、ヒーローとの関係が絶妙（30代女性）

●雪穂が本当に存在したらと思うとぞっとした。でもその怖さがとても快感！（40代男性）

●とにかく怖いです。何度も読んで考えるたびまた背すじが寒くなる本です（10代女性）

●これはもう……すさまじいお話でした。最後まで引き込まれました（50代女性）

●初めて読んだ東野作品であり、ここから東野熱に罹患しました（60代女性）

●初めて読んだ時、世界に入り込みすぎて熱を出しました（20代女性）

●1度目よりも2度目に読んだ時の方がおもしろいというかコワイ。何度でも読みたくなる。世界観がすごい（30代女性）

●雪穂と亮司が、違う生活世界にいても見えない絆でずっと結ばれていることを常に感じられる作品でした（40代女性）

●ものすごい悪女……頭が痛くなりながらもなぜか惹きつけられました（60代女性）

●この本にのめり込んでしまう理由は、二人の悪事に共感してしまいたくなるところにあると思う。人は誰でも幸せになる権利がある。純粋にひたむきにそう願ってきた二人ゆえ何が何でも、揃って太陽の下を歩いて欲しかった。責任は自分にあり不幸な生い立ちを言い訳には出来ない。重ねて子供に対する親や社会の責任も大きい。生き抜く難しさも克服するしかない（60代女性）

●切ない……切なすぎる（30代女性）

●今まで読んだ本で一番感動。そして何回読んでもあきない。ときに憎みたくなることもあるが共感できることも多く人生が変わったような気がする（10代女性）

●本当にすごい作品だと思う。人間の怖さが……上手く言葉に表せないです。読めばわかる、きっと（10代女性）

●今迄読んだ中で一番インパクトが強かった（60代男性）

●やはりこの作品が一番でしょう。心の中に染み込む「冷たい何か」が最初から最後までずっと続くことが、全作品中で一番好きです（40代男性）

●初めは断片が描かれているようなのが次第につながっていくのが面白い！読むたびに発見がある（10代女性）

●直接語られない二人の関係、事件の真相……最高です（30代男性）

●とてもページ数がありましたが展開が気になりどんどん読めちゃいました。亮司の雪穂への愛は彼女の中でどのくらい大きかったのかな、心強かったのかな、と考えちゃいます（ただ利用していただけとは考えたくないです）（30代女性）

●雪穂の冷徹な目に宿る生命力と欲望の数々。読み進めていくうちに雪穂の目的は何かという問いは忘れていた。雪穂が存在すること、ただそれだけで物語は自動的につむがれる（30代女性）

●何回もリピートするくらいとても好きな本です（10代女性）
●このタイトルの意味が全てだったと読後に気づきました。愛とは何か考えさせられる切ないお話でした（20代女性）
●安易にコメントできない。ただただスゴイとしか言えない（10代男性）
●すべて第三者（周囲の人間）の視点で書かれてあり、主人公の二人は最後まで一度も接触していないところがすごい!張り巡らされた伏線が見逃せない。最高傑作だと思います（40代女性）
●何重にも張られた伏線がひもとかれていくほどにわかる、二人の間の悲しい真実。二人が出会う場面がないのに、ないからこその絆の強さがうかがえて、あれだけの長編なのにあっという間に読み終えてしまった（10代女性）
●人の心は第三者にはわからないものなんだと考えさせられる。読んだあとに考えが止まらなくなる。長くて読むのが大変でしたが読んでよかった（20代男性）
●「亮司、それで良かったのか?」と何度も問いたくなりました。彼の人間味を失っていく姿、眼をつぶりたくなった。自分の日常の平穏さに感謝さえした（20代女性）
●東野作品に興味を抱いたきっかけとなった作品です。一番最初に読んだ東野さんの作品でもあり、全く主人公の内面描写がないという斬新さ、長さを一切感じさせない巧みなストーリー運び。一気に東野ワールドに魅かれました（10代男性）
●重い。暗い。しかしとても好き(40代男性)
●東大阪の雰囲気がよく伝わってくるし、その空気に触れるような気分になる。昔よく行っていたので懐かしい（30代女性）
●これほど想像が風船のように膨らみ、謎を解くことの怖さを感じた小説は他にありません。まるで自分で物語を組み立てていくような不思議な世界観（50代女性）
●とても悲しくて怖くて鳥肌が抑まりませんでした。雪穂が誰よりも強くて可哀相だったのが印象に残っています(10代女性)
●読み終えるまで常に震えながら読んでいた。社会に潜む闇に狂わされた人間の悲しみが伝わる傑作だと思う（10代男性）
●私はまだ17作品しか読んでいませんが、ダントツの1位作品だと思います。読んでいて本当に続きが気になって人物相関図を作るとルーズリーフが真っ黒になりました（10代女性）
●読み終えた後の何と言っていいか判らない脱力感。こんな暗い本があっていいの?でも薦めずにはいられない（20代女性）
●やっぱりダントツ一位です!本で読むのが一番ですね。雪穂という名前が好きです（30代女性）
●殺人事件の原因が哀しい。賢く美しい少女が育つ環境さえよかったら、と思うと切なくなりました。『風と共に去りぬ』を少女が愛読していたのが印象的でした（50代女性）
●設定が抜群。映画向きだと思う（70代以上男性）
●暗く重い作品ですが読み応えのある長編でここから『幻夜』に続く第3弾の発表が楽しみ（50代男性）
●純愛なのだと思う。禍々しい刃の形をした（40代女性）

# 流星の絆

第3位 10,791ポイント

1万人から届いたコメント

さらにスゴイ!

第43回新風賞 受賞

2008年連続TVドラマ放映（TBS系）

●兄妹っていいなって改めて思った。私は末っ子なので余計に思った（40代女性）
●主人公は4人（一人は私）という感じで読んでました（60代女性）
●3人の子を持つ親として、もし親がいなくなったら作品の3人の様な絆を持って欲しいです（40代女性）
●東野作品が女性に人気があるのがうなずけます（40代女性）
●意外な犯人。妹のため、嘘の人生を捨てた兄たちに涙します（50代女性）
●ドラマを観て内容を知っていても楽しめた作品。多くの人に読んでもらいたい作品です（10代男性）
●TVドラマを観た後読みましたが、三兄妹が両親を殺されたあとの場面は、読んでいる時、涙があふれました。嵐の主題歌も思い出しながら読みました（40代女性）
●最後のセリフを思い出しただけで涙がでます（40代女性）
●内容を見事に表したタイトルにやられました（20代男性）
●ミステリーなだけでなく、兄妹の絆が描かれているのが好き（10代女性）
●いいなあ若いって!!（40代女性）
●意外な犯人にびっくりした。ついついハヤシライスを食べにレストランに行ってしまった（30代女性）
●ラスト2ページは涙なくして読めません（20代男性）
●絆と味覚の奥深いこと。私にも思いだしてもらえる料理が作れるかしら??（40代女性）
●さわやかなハッピーエンド!!東野作品には珍しい（30代女性）
●推理小説だけど犯人が誰かより、登場人物の温かい繋がりがとても魅力的でした（30代女性）
●兄妹3人の温かい絆と美味しそうなハヤシライスでお腹も心も満たされる傑作（10代男性）
●三兄妹の絆に感動しました!ドラマも面白かったです（10代女性）
●兄妹の絆の深さに感動します！ラブストーリーも入ってて好きだし、何より功一のセリフが大好きです!!（10代女性）
●こんなふうに強い絆で結ばれたい（40代女性）
●自分にもこんな兄妹がいたらなあと思う（20代女性）
●〝真実〟というものが悲しくて重くて深くて、何を正義とし何を悪とするのか、一概には決める事はできないのだろうなと考えてしまいました（30代女性）
●お兄ちゃんの愛がすごい。まさかの犯人はちょっと切ないけど（30代女性）
●兄妹の絆の強さに胸をうたれた。次の展開が気になって、すらすらと読んだ。まさかの犯人に驚き（10代女性）
●三兄妹がお互いを思い合う、優しくせつない気持ちが好きです（30代女性）
●嵐の二宮君が出るドラマだからと読みましたが、これがキッカケで東野圭吾にはまりました（50代女性）
●曲がりながらもがんばって生きていく三兄妹の絆に、とても元気をもらいました（10代女性）
●信じることの大切さと怖さを知りました（10代男性）

●兄妹愛、家族愛が素敵でした。3人の絆、両親が亡くなってしまったが、二人への愛ゆえの復讐の仕方が凄かったです！（10代女性）

●主人公3人のキャラクターがとても好き。次男の泰輔がお気に入り（30代女性）

●東野さんのやさしさが伝わってきました（70代女性）

●登場人物が好きです。作品自体も最高に面白くて何度も読み返したくなる作品でした（20代女性）

●父母を殺された兄妹の復讐の果てに見えた結末は壮絶かつ、哀しいものだった（20代男性）

●あっという間に読み終わってしまった大好きな作品です（20代女性）

●ドラマと一緒に読みました。文庫しか買わないのにこれは単行本で買いました。最後が良い！（20代男性）

●ドラマ化のあと原作を読みましたが何度も涙がこぼれました（40代女性）

●両親を殺害されたことからはじまる悲しいストーリーだった。もしこんな兄妹がいたらたとえ犯罪に手を染めても加担してしまうだろう（10代女性）

●三兄妹がどんなことをしてでも生きていかなければならないという姿勢にとても心を打たれました（10代男性）

●3人の絆と温かいラストシーンに感動（40代男性）

●三兄妹のキャラが好きです。特に泰輔。最後のどんでん返しもよかった（60代女性）

●復讐、詐欺の部分より兄妹愛が好き（40代女性）

●最後がハッピーエンドでよかった（40代女性）

●3人の思いと次々と変わる展開にハラハラしました（10代女性）

●三兄妹の強い絆が素敵でした。3人とも大好き（30代女性）

●ラストが悲しかった。まさか犯人が……真相を知った時の功一の気持ちを思うと、犯人は別の人であってほしかった。静奈が本当の愛に出会えたのは救いでした（30代女性）

●兄妹の想い合う心がすごくいい。妹の好きな人が良い人でよかった（30代女性）

●ドラマで一度観たにもかかわらず、本で読んだ時はまた新鮮な目で読めました（40代女性）

●映像に頼ってはいけないが、三浦友和の演技があまりにも素晴らしかったから（50代男性）

●3人の互いを思う気持ちにウルウルきました。最後のシーンは犯人を突き止めたところがとても格好良くて、でも悲しかったです（10代女性）

●兄妹の絆の強さや犯人に対する執念深さがひしひしと伝わってきて展開されていくストーリーがとても面白かった（10代女性）

●犯罪は決して許されることではないけれど、この兄妹の幸せを心底願ってしまう（20代女性）

●兄妹愛、家族の絆の強さと純粋な恋心にきゅんとします♪唯一信じていた人に裏切られた時の兄貴の決断に感動しました！長男のファンです（20代女性）

●読み終えてスカっとなれる（40代男性）

●「絆」というものを深く考えさせられた。

また他の生き方ができていたら、この兄妹はどうしていたのかと考えてしまう(30代男性)

●3人の兄弟愛の形が不思議だった。妹を守る兄という表現もあるのかと思った。こう二人に感動してしまった(30代女性)

●私の東野ドラッグはこの本から始まった(50代女性)

●3人の兄妹が活き活きと生きていて、まるで本当にいるようで、応援してしまいました(40代女性)

●被害者にも加害者にも家族に対する強い思いが感じられ、号泣しました。友達に真っ先に勧めた作品です(30代女性)

●「東野さんの作品って面白い」と思うきっかけになった作品。ミステリー初心者でも入っていきやすい構成、三兄妹の心温まるストーリー。どれをとっても「秀逸」としか言いようがない(10代男性)

●今まで読んできた作品の中でも特に印象が強く、予想もしていない展開で驚いたから(10代男性)

●本屋で偶然見かけて買った。とても面白くてすぐ読んでしまい、これをきっかけに東野ワールドにはまりました。ドラマも面白かった(30代女性)

●これで東野圭吾作品にハマりました。友達にドラマを薦められたのがキッカケで、原作を読みました。今ではその友達と東野圭吾さんの本の話で盛り上がっています!(10代女性)

●三兄妹の絆の強さにとても感動しました。あと戸神行成大好きです!!妹思いの兄欲しいです!(10代女性)

●3人の力が合わさって兄妹の絆がよりふかまる感動するお話です(10代女性)

●どれも好きな作品ですが、特にこの小説では兄妹の心のチームワークに感激しました(60代男性)

●ラストの結末に驚いた。一冊がとても充実していてボリュームがある!(10代女性)

●この三兄妹の絆と詐欺シーンの面白さ、そして犯人のどんでん返し、たまらなく好きです(40代女性)

●兄たちの優しさ、兄弟の絆に涙しました。伏線の張り方には脱帽です!(20代男性)

●ドラマが始まってすぐ書店へ走りました。原作に勝るとも劣らずドラマも良い出来でしたが、やはり先に読み終えて良かった(40代女性)

●興奮と感動をたっぷり味わった。功一と行成の絡みがいいですね(40代男性)

●ドラマを観ていなかったのですが読み終わって「観ておけばよかったーっ」と思いました。じわじわと犯人に迫っていく中でハードルになった恋心。人の心って難しい、操れないと感じました。でもそこが面白かったです(10代女性)

●意外な犯人に驚きとショックを受けました。一人一人のキャラクターが優しく思いやりがあり活き活きとしていて好きです(30代女性)

●あんなお兄ちゃんがいる静奈がうらやましい!!と思いました(10代女性)

●犯人の意外さがハンパなかった(10代女性)

●三兄妹が悪事を働きながら東野ワールド随一のハッピーエンドへの展開に!やられました!(40代男性)

# 新参者

第4位

9,470ポイント

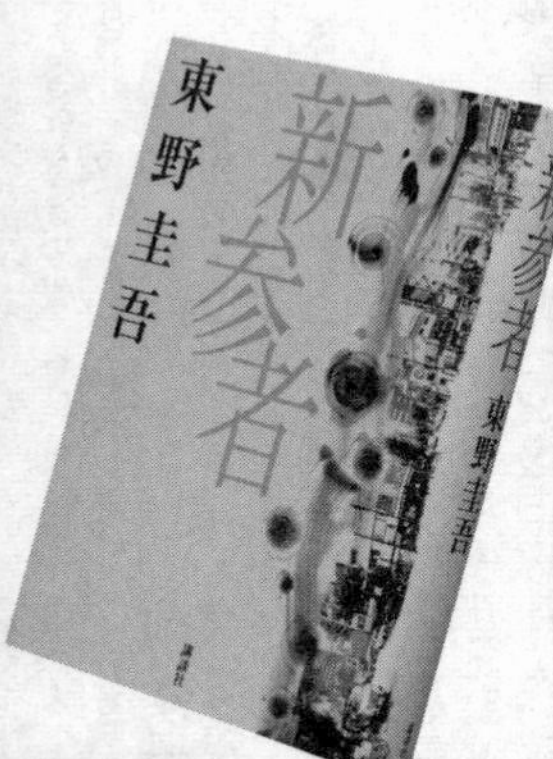


## 1万人から届いたコメント

●読んでとてもポカポカした気持ちになった。「事件によって心が傷つけられた人がいるのなら、その人だって被害者だ。そういう被害者を救う手だてを探しだすのも刑事の役目」という加賀、かっこいい。一度、人形町を歩いてみたいです（10代女性）

●「加賀百万石の加賀です」という地方性がいい（60代男性）

●一皮むけた加賀恭一郎が何といっても魅力的です。加賀さんのイメージは、私の中で野球選手のダルビッシュ投手です。ピッタリだと思うんですが。キャスティングは無理ですね……（40代女性）

●第1話と最終話がよかった。自分はまだ独身だけど、子供に悪いことは悪いときちんと言えるような親になりたい（20代男性）

●好きな日本橋を舞台に活躍する加賀刑事と登場人物が魅力的（60代男性）

●構成に感服（20代女性）

●加賀シリーズの最高作でしょう。チェーホフのようです（60代男性）

●こんな作品も書けるとは！（50代男性）

●一つ一つのストーリーが、最後になって繋がって見事!!と思いました（30代男性）

●人情モノとしても秀逸でした。これを読んで人形町を散策しました。玉ひでにも行きました（30代男性）

さらにスゴイ！

「このミステリーがすごい！2009年」第1位

「2009年週刊文春ミステリーベスト10」第1位

2010年連続TVドラマ放映（TBS系）

●ほのぼのと温かい話でそれだけで満足だったのに最後繋がって、まとまって驚嘆!(30代女性)
●事件とは関係なさそうな事でもそれを解決して人を助け、徐々に犯人に近づいていくのが面白いです!(10代女性)
●読み返すたびにからくり(伏線)を発見(60代女性)
●刑事物が好きなので、この作品を選びました。人情味のある刑事にホロリとさせられました(60代男性)
●人間の優しさ、温かさが表れている。これまでの作風から一変(50代男性)
●非道な話、不道徳な話を書けば大人の話だと思っている古い感覚の作品に真っ向から挑戦した作品……と一人で思っています。フフフ……(30代女性)
●町に溶け込み、人情の中で事件を解決していく加賀。最後の1行が、とてもかっこいいです(50代男性)
●主人公加賀や日本橋の雰囲気がとても伝わってきます(50代男性)
●人形町の街並みがよくわかる。話の展開が好き!(10代女性)
●一話一話ほっこり心温まる話でした。(殺人が題材なのに)事件に関わる人たちの抱えている問題までも解決してしまう加賀の配慮が温かかったです(30代女性)
●加賀恭一郎シリーズの連作ミステリでそれぞれの登場人物が各話で登場し、密接に関連したり伏線となっているのがすごいです。また全話、思いやりの嘘に心が動かされ感動し、涙しました(30代男性)
●犯人をつきとめるだけではなく「被害者の心」をも残された家族等にあたえてあげられる加賀刑事のファンになりました(20代女性)
●加賀恭一郎の魅力がよく出されていた作品で、これをきっかけにシリーズを読みました(20代男性)
●加賀刑事の新たな一面と人形町という街並みを色々想像する事が出来、面白かった(30代男性)
●単なるミステリーではなく日本橋の人々の人間らしさが加賀さんの魅力とともに伝わってきます(50代女性)
●83歳の母と一緒に楽しめるミステリー(50代女性)
●加賀さんは不思議で且つ魅力ある人(20代男性)
●小さい事件から大きい事件までどんな事件もぱっぱと解決していく加賀さんがかっこいいです!(10代男性)
●人情話とミステリーの融合がうまくハマった作品。加賀刑事の魅力を余すところなく描ききっている(30代男性)
●加賀の優しさにあふれた作品。短編集のように見えて長編。ページ数以上にボリューム満点の作品である(10代男性)
●それぞれの登場人物がとても魅力的!温かい読後感もお気に入りの理由です(40代女性)
●私、67歳。娘の「読んでみる?」の一言につられて読み始めて夢中になり、加賀恭一郎のファンに。また東野圭吾さんのファンにもなりました(60代女性)
●東京の下町人形町は江戸情緒が残り人情深く人間味溢れる町で本を片手に歩いてみたくなりました(40代女性)

# マスカレード・ホテル

第5位

8,635ポイント

さらにスゴイ!

2019年映画公開
2020年舞台化

## 1万人から届いたコメント

●「だって我々はずっと一緒にいたじゃないですか」という言葉にキュン（40代女性）

●客側、ホテル側の人間たちの心理が描かれていて楽しかった。徐々に変化していく新田に好感が持てた（20代女性）

●犯人逮捕の瞬間、興奮しました。新田さんステキです♥（20代女性）

●ホテルの上品な雰囲気を感じ取ることができ、トリックも良かった!（10代男性）

●殺人の起こる場所が分かっているという設定が斬新に感じました（30代男性）

●新田浩介という新キャラがどんなかと少々不安をもって読み始めましたが、いつの間にかすっかりひきこまれてしまいました。すごいストーリー。映像化は間違いないでしょう（40代女性）

●『悪意』のような読後の感じ、久々の気分を味わえました。ハッピーエンドっぽいのもいいですネ（50代女性）

●ちりばめられた伏線が見事（10代男性）

●ホテル・コルテシア東京に泊まってみたいと思いました（40代女性）

●最近仕事にからんで「サービス」とは何か、と考えていたところにこんな面白い本に出会って幸せなひとときを送れました（50代女性）

●トリック、心情、全てにおいて完璧（20

代男性）
●新田と尚美のやりとりが新鮮でした（10代男性）
●決して天才ではない新田と、密かに天才の能勢さんのコンビが良い（40代男性）
●刑事とホテルウーマンというおかしなコンビが新鮮だった。絶妙のコンビネーション。一気に読みました！（30代女性）
●新田と山岸のコンビには最後まで魅せられっぱなしでした。私もこんな二人のいるホテルに泊まりたい！（10代男性）
●洗練された面白さ（40代男性）
●こんなに心拍数を上げながら読んだ本はない！（30代女性）
●一気に読みました。どこから事件の真相に入っていくのかドキドキワクワクでした（30代女性）
●新田さんが大好きというか純粋に応援したくなるキャラ。湯川さんや加賀さんのような優等生タイプより新田さんのようなヤンチャで真っ直ぐな人柄がいい。シリーズ化して欲しい!!（20代女性）
●今後の新田くんの登場する作品に期待してます（30代女性）
●誰も考えなかったストーリーで、さらに展開がはやく、ラストに何よりも驚かされて、今までにない作品（10代女性）
●キムタクが新田ならいいナ（50代女性）
●新田と尚美が少しずつ信頼しあっていく姿が好きです。助けに来るのを待ちながら、ハラハラして泣いちゃいました。匂いでわかったというセリフにも感動。毎日一緒にいるってすごいことだと思いました（20代女性）
●NEWヒーローの新田の初舞台。人々の細かい心情までもが読み取れるような圧倒される作品でした（10代女性）
●意外な結末は全く予想できませんでした。またホテル業界の様々な心温まるストーリーや心遣いに目頭が熱くなりました（30代女性）
●未熟者のヒーローだからこそホテルウーマンとしての山岸尚美のプロフェッショナルが際立ち、読んでいても「スゴイ人だ！」と感じた。だからこそ事件が起きた時のショックも大きかったです（50代女性）
●新田浩介にホレました（40代女性）
●読み終えた後、「東野圭吾最高の作品」と思えた一冊！（10代男性）
●ホテルマン！に扮する刑事。働く者としてすごくよかったです。能勢さんのスピンオフ本求む！（20代女性）
●すべてのパズルがはまった時、あ～！と思いました。今から映像化が楽しみです（40代女性）
●発売が待ち遠しい程楽しみにしていました。期待通りに面白くて一気に読んでしまいました（30代女性）
●ホテルの日常の様がテンポ良く進む中、怪しい客が何人か……「えっこんな人だったの！」と豹変する感じが「根に持つタイプの人間」として抜群に描かれている（40代女性）
●新しいタイプの推理小説だと思いました。楽しく読めました！新田さんかっこいい！（10代女性）
●途中から犯人探しの推理をやめて、ただただ物語に酔いしれました。ごちそうさま（40代女性）

# 手紙

第6位

7,804ポイント

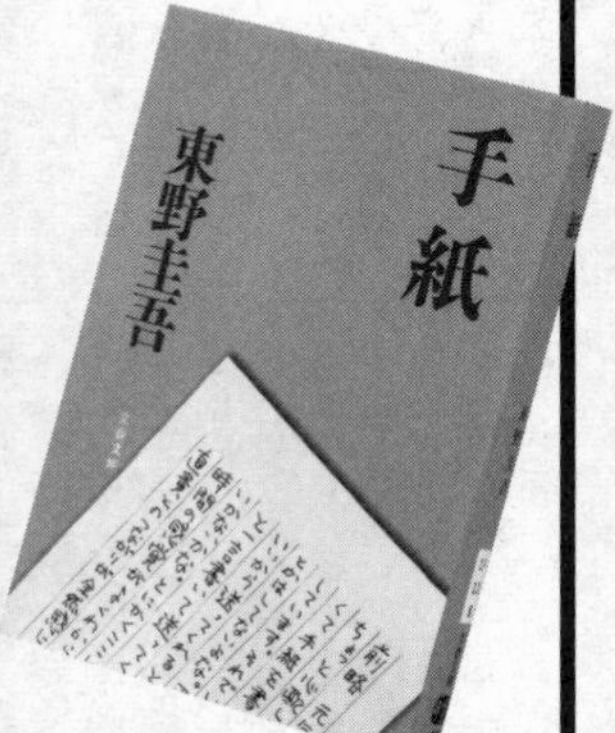

## 1万人から届いたコメント

●読んだ後、兄に抱きつきたくなった（10代男性）

●犯罪加害者の家族の苦しみというのを考えたことが無かったので、色々と考えさせられました。本を読んで初めて号泣しました（20代女性）

●超現実的な物語。ミステリではないが、文章の書き方が巧妙で、すらすら読ませながらもテーマは壮大です（10代男性）

●何故これが直木賞を取れなかったのか、疑問（10代男性）

●全世代の老若男女に読んで欲しい（20代男性）

●天津甘栗を見ると思い出します（40代女性）

●最後の4ページで号泣！声出し泣き！（40代女性）

●作品に出会えて感謝（50代男性）

●殺人事件の加害者について初めて考えさせられました（20代男性）

●読書があまり好きでない主人も認めた作品（30代女性）

●自分が変わらないと何も変わらない。これが私がこの作品から感じた最大のメッセージ。直貴と社長が話しているシーンが一番印象的（20代女性）

●学校では「差別はいけないこと」と学ん

さらにスゴイ！

2006年映画公開

だが、この本では「差別の本質」を学んだ。とても考えさせられた（10代男性）

●じゃ死刑をなくせるのか?どうすればよいのか?と教えてくれる作品（30代男性）

●小5で初めて読んだ東野さんの本で、僕を東野ファンにさせた一冊です。すばらしい本をありがとうございます（10代男性）

●犯罪者とその家族。重いテーマだけど普段考えたこともなかったので印象的でした。あの結末も賛否両論だし、正しかったのかは私にはまだわかりません。でも、いろいろなことを考えさせられました。大人になってもう一度読みたいです（10代女性）

●人は報われる時が必ずくる。忍耐と贖罪と信じる心を忘れずにいれば。それぞれの立場と人を信じる心を深く考えさせられた。素晴らしい作品だと思う。理解者として最後に残るのは親兄弟だと思うが、いつかそんな自分を支えてくれる人にも巡り逢えるかもしれない（60代女性）

●活字が苦手だった私が活字中毒になってしまった記念すべき作品です（30代男性）

●就職氷河期の上に難聴で内定が出ず、障害者手帳を取って障害者枠に応募するきっかけとなった一冊。「差別はなくならない」にずしりときました（20代女性）

●兄弟、弟の会社の社長の心理表現をなぜ体験もしていないのに書けるの、と思ったから（50代男性）

●手紙を通しての兄弟の絆に心を打たれます。ネット時代の今だからこそ読みたい一冊（30代男性）

●被害者と加害者ではなく加害者とその弟の話。悩んで犯罪を犯すとこんなことになる。共感です（20代男性）

●初めて小説で泣いた本。罪とは一体何かと考えました。知らない……という事もまた罪なんだと知りました（20代女性）

●時代が移り変わっても必ず風化されないテーマだと思った。今一度よ～く考えてみると現実は苛酷なんだろうと改めて思った（40代女性）

●深く考えさせられる作品。〝人〟として読んでおきたい一冊（10代男性）

●切っても切れない兄弟の絆。でも弟は思いきってそれを断ち切ってしまう。そのせつなさが心に残りました（40代女性）

●今までの人は綺麗事を言っているだけだと思った（10代男性）

●初めて読んだ東野作品です。加害者の家族にスポットをあてて展開されるストーリーが新鮮で面白く読みました。読売新聞の「本よみうり堂」に投稿し、紙面に文章が掲載されました!（50代女性）

●兄からの手紙が何とも言えない心境にいざなってくれました。最後の場面で号泣!（10代以下男性）

●「小説」というジャンルでは収められないまるでノンフィクションかと錯覚してしまう程、内容がリアルで濃い!今まで犯人の家族のことなんて深く考えなかったが、こんなに壮絶な人生だとは……!ぜひたくさんの人に読んで欲しい（20代女性）

●加害者の家族という表に出てこない人のやりきれない切なさに心を動かされました（40代女性）

●読んでいて自分がそれぞれのキャラクターになっていた。最後の涙はどっちの涙なんだか、もう（40代女性）

# 秘密

第7位

7,794 ポイント

さらにスゴイ!

第52回日本推理作家協会賞（長編部門）受賞

「このミステリーがすごい! 1998」第9位

1999年映画公開

2007年映画公開（フランス）

2010年連続TVドラマ放映（テレビ朝日系）

## 1万人から届いたコメント

●娘はいませんが、主人公になりきり、面白く切ない男心が表現された。グッとくる作品でした（50代男性）

●東野ワールド炸裂の作品。夫（男?）の悲哀と苦悩が面白い（30代男性）

●受験がんばれお母さん!って天国から言ってみたい（20代女性）

●最後にわかる本当の「秘密」の意味に感動した（40代女性）

●娘がいるので直子の心情に移入していました。ラストは涙ものです（40代女性）

●読んでいて苦しくなるけど、読むのをやめられなかった。感動の名作だと思う（10代男性）

●泣ける名作で、この作品は他のものとは別格だと思っています（30代男性）

●強くて賢くて優しい女性が魅力的に感じられた（30代女性）

●やり直しがきく人生も厳しい（20代男性）

●心と体がズレてる話が好きな私には、たまらなく面白かった!最後2発殴るところが最高!（10代女性）

●男性の切ない心情はピカイチです（40代女性）

●父親の、夫の悲しさ（20代男性）

●全体を通しての素晴らしいユーモア感（50代男性）

●読後もしばらく余韻が続く作品。深いと思いました（30代男性）

●夫と娘（妻）の葛藤が心にしみた（60代女性）

●究極の夫婦愛（30代女性）

●切ないの一言。こんな終わり方ってアリ?という気持ちとこの終わり方だからこの作品が素晴らしいという気持ちが今も葛藤しています（30代男性）

●直子の決意を考えると鳥肌が立つ（10代男性）

●魂の入れ替わりの話はよくあるが、この本の最後で違いがある（20代男性）

●直子が悩んだ末に出した結論は正解だと思う（40代男性）

●喪失と再生をこれほど見事に描いた作品を知りません（40代男性）

●おっさんファンタジー小説では絶対ありえない結末に大拍手です（30代女性）

●東野さんの本を初めて読んだのがコレでした（10代男性）

●人の脳の不思議。夫婦・親子の心のつながり。切るに切れない秘密がNo.1（50代男性）

●最後のベンチでのシーンは涙が止まらなかった。初めて小説で泣いた（20代女性）

●本で感動して泣いたのはこの本が初めてでした。今までのミステリにはなかった、人の想い、心情をうまく書いてあると思います。ラストシーンは今思い出してもジーンと来ます。自分で買った初めてのハードカバー本というのもあります（笑）（10代女性）

●これが悲恋じゃなければ何があるねん!（30代女性）

●ありえないストーリーだが娘になった直子の努力が心に響く作品でした（40代男性）

●涙なくしては読めない小説だと思います（10代男性）

●「泣ける」というより「胸がしめつけられる」作品です。この作品を読んで以来ユーミンの「翳りゆく部屋」を涙なしに聴くことができません（40代男性）

●自分も誰かの身体に入って何かしたいと思った（50代女性）

●「俺にお前を殴らせてくれ」という一言に感動!（50代男性）

●中学2年のときこの作品を通して初めて東野圭吾さんの小説を読みました。当時読んだ印象と、今読んだ印象とでは全く違うものに変わっていた。作品名である「秘密」には深い意味があると感じてさすが東野さんだと思いました（10代女性）

●ページを捲るのが怖いと思った初めての本。乙女がラブレターを読むような感じで開いては閉じ、と繰り返しました。男性ならきっと分かるはず（30代男性）

●「意識が入れ替わって……」というのは他の本で何回か読んだことがあります。しかしこれは読んだもの全てと全く違います。40以上の人が10代からやり直せてある意味ラッキーなのかな?と思ったけど、本当に大変なんだなーと思いました。ラストはただ一言「お父さん気の毒ですねー」としか言いようがありません（10代女性）

●自分にも娘がいるのでこのあり得ない構成にただ惹かれてしまった。が、平介さんのやり場のない気持ちが「男の人ってこうなんだ〜」と思わせて面白い（40代女性）

# 赤い指

第8位

7,372ポイント

## 1万人から届いたコメント

●主人（単身赴任中）の両親と同居中だったので考えてしまいました。親は大切にしないとね（40代女性）

●僕の家庭はここと違います。しかしこの家庭が特別なわけではない、そのことが少し怖かったです（10代男性）

●中年女性としてはこれははずせない（50代女性）

●真実が明らかになるシーンは何回読んでも涙が出ます。親になってから読むとまた違った感じ方があり、考えさせられました（30代女性）

●切ないが、家族の存在は何ものにも替え難いものだと思った。決して粗末にしてはいけないと感じる（20代女性）

●年老いた母に優しくしなければ……と思いました（50代女性）

●自分の将来が怖くなりました（20代女性）

●母親の子を思う気持ちに、痛いほど泣かされました（40代女性）

●加賀と父親とを知る上で避けては通れない一冊。東野さん作品を薦める際、必ず薦める一冊です（40代女性）

●家族の絆と人間の弱さを再認識（60代男性）

●小説を読んで号泣したのは、この作品だけ（40代女性）

さらにスゴイ!

「このミステリーがすごい! 2006」第9位

「2006年週刊文春ミステリーベスト10」第4位

2011年TVドラマ放映（TBS系）

●加賀シリーズで一番好き（30代女性）
●守るべきものとその代償の選択は神様にしか許されません（50代女性）
●家族とはと考えさせられた。高齢化社会でこのようなことが起こったら嫌だなあ～（20代女性）
●号泣号泣大号泣！（40代女性）
●加賀刑事の丁寧な捜査と優しさに夢中になって読みました（30代女性）
●今の日本の現実を題材にしている内容で考えさせられた。加賀さんの人間味溢れるラストシーンは涙が出ます。こんな人が近くにいればいいのにって思う（20代女性）
●私にも息子（まだ0歳ですが）がいるので、なんだか考えさせられる作品。家族って何だろう。私は幸せな家族にしたい、その為にはどうすべきなのかと色々考えました（30代女性）
●初めて読んだ東野作品。親心に感動（70代以上男性）
●最後の一文を読み終えた瞬間、じんわり涙が流れました。私も母親として、胸にせまるものを感じました（40代女性）
●私自身も母と同居していますので、主人公の現実逃避したい気持ちが重なって、やるせなくなりました（40代男性）
●祖母の気持ちがとても切なく泣きました。父親の家庭内における力関係に現代の日本を感じました（60代女性）
●学生時代は本の虫でしたが、社会人になるとなかなか本を読む時間はないけど、久々に熱中できるシリーズになりました（30代女性）
●他の作品みたいに事件の犯人を考えるのではなくて、家族のことや介護問題など事件の背景に心を動かされました（20代女性）
●これを読んで、ますます加賀さんにホレた（10代女性）
●家族とは、親の愛とはを問う作品。ラストは号泣でした（40代女性）
●罪を隠そうとする家族と罪を暴こうとする刑事のやりとりが好きです。加賀刑事が出てくる作品の中でも『赤い指』にこめられたメッセージを、友達にも紹介したくなりました（10代女性）
●母の息子に対する愛情の表現が素晴らしい（50代男性）
●加賀父子のエピソードがよい！（10代女性）
●泣けた!!（40代男性）
●ラストがミステリーとは思えないほど切なかった（10代女性）
●『赤い指』だけではありません。率直に言うと加賀さんのシリーズ全部が大好きです！でも読み終えた後のショックのようなものはこの本が一番強かったかな？と思います。容疑者とその父親に「家族とは何か」と問い詰めてみたいと思いました。でも実際このような家族はいまの社会にたくさんあるんだろうなと思いました……（10代女性）
●終始絶望で腹の立つ家族を正しい方向に導くことができるのは加賀恭一郎しかいないんだなとよくわかった（10代男性）
●家族関係の問題を考えさせられる（30代男性）
●普通の家族がフツーの家族ではなくなる時が来るんだと怖かった。でもいつでも加賀さんは冷静だ（40代女性）

# 時生(トキオ)

第9位

4,780 ポイント

さらにスゴイ!

「このミステリーがすごい! 2002」第18位

2004年連続TVドラマ放映(NHK)

## 1万人から届いたコメント

●泣ける。息子に言ってみたいです。「お父さんの若気の至りは見てられないよ」と……(50代女性)

●拓実のだらしなさに耳が(目が?)痛い……(10代女性)

●親父と二人で泣いた(30代男性)

●拓実はバカ!!しかしバカな主人公をたてることで、歯がゆくなったりして、むしろ読者が感情移入し、引き込まれやすくなると思う。ひょっとして計算?そして今までに無かったタイムスリップの題材。というか時間軸が二つあり、それをうまく操る。これまた流石!(30代男性)

●今は偉そうにしている元旦那と最愛の息子との状態を見ていて思わずリンクしてしまった。私にとって思い入れのある一冊だった!(40代女性)

●青春は永遠(40代女性)

●「明日だけが未来じゃない」心打たれました(30代女性)

●こういう話、大好き。父子のやりとりが、セリフが、心に残った(40代女性)

●中学の時の国語の先生に薦められて初めて読んだ東野圭吾先生の作品。あの時からもう7年、ずっとファンです!(20代男性)

●「自分では親を選ばれへん。配られたカードで精一杯勝負するしかないやろ」のフ

レーズが大好き！（50代女性）

●タイムトラベル作品は矛盾が残るんですが、これを読んだ時はスッキリしました（30代男性）

●久しぶりに泣けました（40代男性）

●この作品を読んで花やしきに行きました（30代男性）

●拓実がカッコイイ！（30代女性）

●最後の「花やしきで待っているからな」に泣きそうになった（10代男性）

●読み終えてとても気持ちの良いさわやかな話だった。最後の「花やしきで待ってる」ってメッセージもステキだった。殺人が多い東野さんだけど、この話は感動的だった!!（20代女性）

●トキオの台詞にはいつも「どきり」としました（10代男性）

●自分の若い頃の馬鹿さ加減がそっくりで読んでいて恥ずかしくなりました（40代男性）

●竹美がホンットカッコイイ。「相手が申し訳ないと思っているのが分かったらそれ以上余計なこと考えなくても」ってセリフが好きです（20代女性）

●ラスト一行にやられました（40代女性）

●「トキオ〜！花やしきで待ってるぞ〜！」父親の叫びが未だに耳に残っています（40代女性）

●何回読んでも泣けます。この本の影響で友人は息子の名前を「時生」くんにしました（30代女性）

●「配られたカードで精一杯勝負するしかないやろ」竹美の言葉は私の心に一生飾っておきたい（30代女性）

●心温まる話。憎めない主人公に周りの登場人物たちも人間味があるし、ラストの方は涙が止まらなかった。最後の一行が好き（30代女性）

●拓実には時々腹立つこともあったが、単純に真っ直ぐなところと展開が面白かった（50代女性）

●ファンタスティックで面白かったです。お父さんが昔はあんなフラフラしていたなんて……自分の親の若い時の話を聞きたくなりました（10代女性）

●トキオの一生懸命さが心に響いた。今を大切に生きようと本気で思わせてくれた（20代男性）

●生きる希望、勇気をもらいました。本当に素晴らしい作品です（30代男性）

●早くに兄を亡くしたときに「明日だけが未来じゃない」という言葉に救われました（30代女性）

●とにかく好きな一冊。温かい気持ちになれる（30代女性）

●最後の拓実のセリフに泣けた（10代男性）

●当時15歳の息子に読むよう薦めました。職場の大学生の男の子にも薦めたら、さっそく読んでよかったと言ってました（40代女性）

●自分も人の親だからなのか、もどかしくもひきつけられ一気に読んだ（40代女性）

●「今この瞬間でも僕は未来を感じることができるから」『時生』が好きな作品の理由です（20代女性）

●私も子育てをして四十数年になりますが、自分達の子供として生まれてきてどうだったろうかと考えてしまいました（60代女性）

# 真夏の方程式

さらにスゴイ！
**2013年映画公開**

## 1万人から届いたコメント

●いつもとは違った湯川がそこにいた気がする（10代男性）

●湯川先生大好きです！子どもとの会話にも彼らしさが溢れてて良かった。結末にはビックリでした（40代女性）

●湯川が行ったのは解決ではなく救済だったと信じていたい結末でした（40代女性）

●チョーやばかった（10代女性）

●湯川先生のセリフ、冷たくも感じられますが、子供が苦手ながらも距離を縮めていく湯川先生が微笑ましかったです（30代女性）

●海の香りとヒグラシの声が聞こえてきそうな夏の思い出が詰まった作品。科学嫌いの少年へのガリレオ先生の優しさがたまらないです（30代女性）

●湯川の新しい一面を存分に知ることができた（10代女性）

●湯川が気づいてしまった真実に衝撃、悲しみを感じた（10代女性）

●湯川准教授大好きです（40代女性）

●ガリレオの中でも秀逸！（20代男性）

●文句なし。ダントツです☆（40代女性）

●少年と湯川先生の成長を感じました。後日談も読んでみたいです（20代女性）

●すごいトリックや感動のラスト……はないですが、優しい後味で好きです（30代女

性）

●早く映像として見たい（30代女性）

●自分も元小学校教師だったので子供の好奇心の描写力に驚いた（50代女性）

●学びの意義を准教授によって真に理解しました。読めば読むほど、深さが伝わってきます（10代男性）

●なんとなく、かなしい結末な印象でしたが……湯川先生の人間性が出てよかったです（30代女性）

●「明るいガリレオ」ですね！時間も空間も超えた謎解きが好きです。文系ですが、理系が少し好きになれました（10代女性）

●湯川先生の優しさにほっとした気持ちになりました（10代男性）

●切なくもあり、少年と湯川とのやり取りが軽妙であった（30代

●うちの息子が〝恭平〟というので……スキ。恭平くんと湯川センセの絡みがおもしろかった（40代女性）

●真実を明らかにすれば人が救われる訳ではない。でも真実を知ることも大事（20代男性）

●恭平を通して同年代にタイムスリップして、自分も楽しんだ。開発事業への問題提起や、方程式の様に絡み解かれていくミステリーは面白く、さすが！と思った。ふるさとを思い出させてくれた心に残る作品。湯川先生のような方と知り合いたいです（60代女性）

●少年と湯川先生のやりとりが何とも言えないあたたかい気持ちにさせてくれました！（20代女性）

●湯川先生の言葉一つ一つが今の自分に響き、涙しました（20代女性）

●今までにない湯川先生と少年のかけあいがおもしろかった（10代女性）

●この作品を読んだのがちょうど真夏だったのでとても作品にスムーズに入り込むことができました。感情移入もしやすかったし、少年と接する湯川も素敵でした（30代女性）

●湯川の謎解きよりも「家族」とか「愛」がテーマであると感じて深かった（50代女性）

●湯川さんと子供の関係が新鮮でした。子供を子供扱いせず一人の人間として接していて、とてもよかった。将来のことも心配していて新たな湯川さんが見られてうれしかった（30代女性）

●湯川が少年と絡めているのに驚いた（10代男性）

●目の前に広がる海辺の街、そこで繰りひろげられる出来事、子供とともに過ごす湯川。ほんわかした終わり方……よかったです（50代女性）

●科学とか物理とか興味のない私だったけどペットボトルの実験には興奮を覚えました（60代女性）

●ガリレオ作品は頭の中で福山さんが動きます（笑）。今までのクールでかっこいいガリレオイメージが変わりました。子供であっても一人の人として向き合っていくガリレオがかっこいい……！やっぱり福山さんで映像化希望です（10代女性）

●ラストは涙がとまりませんでした！（20代女性）

●人間の業というものが怖い……（30代男性）

# 全部読んだか？　東野圭吾

## さくいん兼読んだ本チェックリスト

## シリーズ作品

《加賀シリーズ》





《浪花少年探偵団シリーズ》



《笑シリーズ》

## ノンシリーズ作品

## エッセイ など

# 第1回　野間出版文化賞受賞スピーチ

このたびはありがとうございます。

私の場合、自分のことを話すと、だいたい言い訳か自慢になりますので、どちらも話が長くなるのでちょっとやめておきましょう。

未来のことを話したいと思います。

子どもの頃、二十一世紀には自分が何歳になるのか計算して、四十三歳だとわかったときには、なんだそんなジジイになっているなら、二十一世紀なんて楽しくないなと思っていました。

いまそれから十八年経って六十一歳になって振り返ってみると「ああ、四十三歳、若かったな」と思います。

でも、来年の今頃とか、十年後とか、自分が野間出版文化賞をもらったのは六十一歳だったなと今日の日を振り返ったときに、あのときは若かったなと思うに違いありません。

ここにいる結構多くの人たちが、百歳まで生きるかもしれませんよね。

そのときに八十歳だった自分を思い出して「ああ、八十歳、若かったな、あのときやれることいっぱいあったな」と百歳になったら、きっと思います。

このなかには明日四十歳になる女性もいるかもしれない。四十歳っておばさんだなと思うかもしれない。だけど四十五歳になったときに四十歳になった頃の自分を思い出すと「ああ、あの頃に戻りたいな」と感じると思います。

ここにいる皆さんの明日からの未来を含めた人生のなかで一番若いのは今日です。僕もそのつもりで——また来年ひとつ歳をとっちゃいますけど、悔いのないように「今日が一番若いんだから」「今日が一番、これからの人生の中で可能性があるんだから」と、これからもいい小説を、まあ、自分でいい小説と言っていたらしょうがないですね、皆さんに楽しんでいただける小説を書きたいと思います。

そして、少しでも出版界を儲けさせて、若い作家がまた育ってくれたらいいなと思います。

ありがとうございました。

（二〇一九年十二月）

# プロフィール

東野圭吾（ひがしの・けいご）
1958年、大阪府生まれ。
大阪府立大学電気工学科卒業。
エンジニアとして勤務しながら、
1985年、『放課後』で第31回江戸川乱歩賞を受賞し、デビュー。
1999年、『秘密』で第52回日本推理作家協会賞、
2006年、『容疑者χの献身』で第134回直木賞、
第6回本格ミステリ大賞、
2012年、『ナミヤ雑貨店の奇蹟』で第7回中央公論文芸賞、
2013年、『夢幻花』で第26回柴田錬三郎賞、
2014年、『祈りの幕が下りる時』で第48回吉川英治文学賞
2019年、第1回野間出版文化賞を受賞。

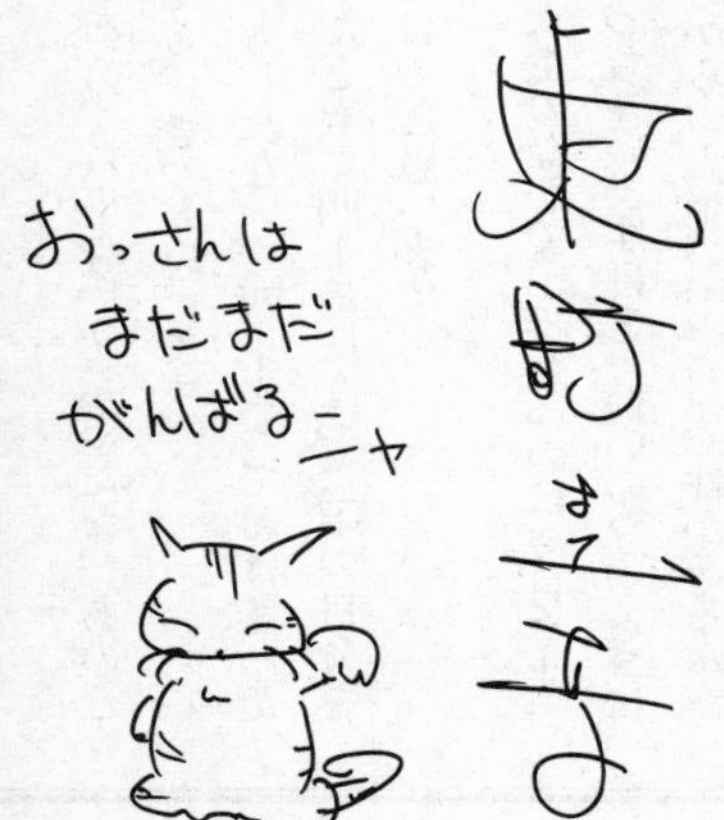


■本書は二〇一二年に刊行された『東野圭吾公式ガイド　読者一万人が選んだ　東野作品人気ランキング発表』の情報を更新、新たな内容を加え、再編集したものです。

東野圭吾公式ガイド　作家生活35周年ver.

東野圭吾作家生活35周年実行委員会 編


講談社文庫
定価はカバーに
表示してあります

2020年7月15日第1刷発行

発行者──渡瀬昌彦
発行所──株式会社　講談社
東京都文京区音羽2-12-21　〒112-8001
電話　出版（03）5395-3510
　　　販売（03）5395-5817
　　　業務（03）5395-3615

Printed in Japan

デザイン─菊地信義
製版───凸版印刷株式会社
印刷───凸版印刷株式会社
製本───株式会社国宝社



ISBN978-4-06-520034-6

# 講談社文庫刊行の辞

二十一世紀の到来を目睫に望みながら、われわれはいま、人類史上かつて例を見ない巨大な転換期をむかえようとしている。

世界も、日本も、激動の予兆に対する期待とおののきを内に蔵して、未知の時代に歩み入ろうとしている。このときにあたり、創業の人野間清治の「ナショナル・エデュケイター」への志を現代に甦らせようと意図して、われわれはここに古今の文芸作品はいうまでもなく、ひろく人文・社会・自然の諸科学から東西の名著を網羅する、新しい綜合文庫の発刊を決意した。

激動の転換期はまた断絶の時代である。われわれは戦後二十五年間の出版文化のありかたへの深い反省をこめて、この断絶の時代にあえて人間的な持続を求めようとする。いたずらに浮薄な商業主義のあだ花を追い求めることなく、長期にわたって良書に生命をあたえようとつとめるところにしか、今後の出版文化の真の繁栄はあり得ないと信じるからである。

同時にわれわれはこの綜合文庫の刊行を通じて、人文・社会・自然の諸科学が、結局人間の学にほかならないことを立証しようと願っている。かつて知識とは、「汝自身を知る」ことにつきていた。現代社会の瑣末な情報の氾濫のなかから、力強い知識の源泉を掘り起し、技術文明のただなかに、生きた人間の姿を復活させること。それこそわれわれの切なる希求である。

われわれは権威に盲従せず、俗流に媚びることなく、渾然一体となって日本の「草の根」をかたちづくる若く新しい世代の人々に、心をこめてこの新しい綜合文庫をおくり届けたい。それは知識の泉であるとともに感受性のふるさとであり、もっとも有機的に組織され、社会に開かれた万人のための大学をめざしている。大方の支援と協力を衷心より切望してやまない。

一九七一年七月

野間省一